Братья Карамазовы 1

푸 른 숲
징 검 다 리
클 래 식
0 2 8

카라마조프 집안의 형제들 1

Братья Карамазовы 1

표도르 M. 도스토옙스키 지음

서상범 옮김

푸른숲주니어

'푸른숲 징검다리 클래식'을 펴내며

어린 시절, 할머니께서 조근조근 들려주시던 옛날이야기는 새로운 세상과 통하는 작은 창이었다. 상상의 날개를 달고 떠나는 창 너머 세상으로의 여행은 들어도 들어도 질리지 않는 재미와 마음속 깊은 곳을 울리는 감동을 선사해 주곤 했다. 그뿐 아니라 우리의 삶을 어떻게 꾸려 가야 하는지 곰곰이 생각해 보게 하는 지혜를 가르쳐 주었다. 말하자면 우리는 그 이야기들을 통해 '삶'을 배운 셈이다.

우리가 문학 작품을 읽어야 하는 까닭 또한 '삶을 배운다'는 점에서 크게 다르지 않다. 우리는 한 편 한 편의 문학 작품을 만나 사랑을 배우고, 우정을 배우고, 진실을 배우고, 지혜를 배운다.

그런 점에서 '푸른숲 징검다리 클래식'은 참 의미가 깊다. 오랜 세월을 거치며 각 나라의 문학사에 확고히 자리매김한 작품들을 한데 모았기 때문이다. 문학을 사랑하는 사람들이 즐겨 읽어 세계적인 명저로 일컬어지는 작품들……. 이를테면 우리 부모 세대, 아니 그 이전 세대부터 즐겨 읽었던 작품들로 많은 이들에게 삶의 의미와 가치를 일러주고, 또 '인생'이란 망망대해에서 등대 역할을 담당했던 것들이다.

세월이 흘러 사람들이 사는 모습도 달라지고 생각도 달라졌다. 그러나 시대와 장소를 뛰어넘어 변하지 않는 것이 있다. 바로 '삶'이다. 사람이 있는 곳이라면 어디든지 존재하는 삶은 항상 저마다의 무게를 떠안고 있다. 그 무게는 진실이라는 옷을 입고 문학 작품 속에 영원한 생명을 불어넣는다. 우리는 그것을 '고전'이라 부른다.

  그러나 제아무리 훌륭한 고전이라 해도 독자가 읽고 소화할 수 없다면 아무런 소용이 없다. 지나치게 방대한 분량과 길고 어려운 문장은 책을 읽으려는 청소년들의 의지를 꺾을 뿐 아니라 좌절감마저 불러일으킨다.

  '푸른숲 징검다리 클래식'은 바로 그러한 점을 염두에 두고 기획된 세계 명작 시리즈이다. 작품이 본디 지닌 맛과 재미를 고스란히 살리면서 우리 청소년들이 읽고 소화하기 쉽게 글을 다듬었다.

  그리고 본문 뒤에는 현직 국어 교사들이 직접 쓴 해설을 붙였다. 작가나 작품에 대한 풍부한 설명은 물론, 그 작품들이 지니고 있는 현재적 의미까지 상세하게 짚어 보이고 있다. 아울러 해설 곳곳에 관련 정보를 담은 팁과 시각 자료를 배치해, 읽는 재미를 넘어 보는 재미까지 만끽할 수 있도록 했다.

  아무쪼록 '푸른숲 징검다리 클래식'을 통해 우리 청소년들의 삶이 더욱더 깊고 풍성해지기를……

  2006년 4월
  기획위원 강혜원·계득성·전종옥·송수진

| 차례 |

제 1 장
카라마조프 집안의 역사

　알렉세이 표도로비치 카라마조프는 지주 표도르 파블로비치 카라마조프의 셋째 아들이다. 표도르 파블로비치는 십삼 년 전 갑자기 의문스런 죽음을 맞이하는 바람에 한동안 많은 이들의 입에 오르내렸다. 표도르 파블로비치의 죽음에 대해선 때가 되면 자세히 얘기하겠다.

　다만 그가 살아생전에 방탕하기 짝이 없었던 데다 말 한마디 통하지 않는 벽창호였지만, 재산 관리만큼은 능수능란하게 할 줄 아는 인간이었다는 점은 밝혀 둔다. 젊은 시절엔 땡전 한 푼 없이 남의 집 식객 노릇이나 하던 처지였으나, 죽을 때는 십만 루블가량 되는 거금을 지니고 있었다.

하지만 그는 죽을 때까지 멍청하기 짝이 없는 짓을 계속했다. 결코 머리가 나빠서가 아니었다. 교활하게도 어릿광대처럼 어수룩한 척 연기를 했다. 그는 두 번 결혼을 했고, 세 아들을 두었다. 장남 드미트리는 첫 번째 부인과의 사이에서, 나머지 두 아들 이반과 알렉세이는 두 번째 부인과의 사이에서 태어났다.

표도르 파블로비치의 첫 번째 부인은 우리 마을에서 손꼽히는 지주이자 명망 있는 귀족인 미우소프 집안의 아젤라이다 이바노브나 미우소바였다. 지참금도 있는 데다 아름답고 영리하기까지 한 이 아가씨가 어쩌다가 이 보잘것없는 한량과 결혼까지 하게 됐을까?

한창 낭만에 빠져 있던 아젤라이다는 어쩌면 단순히 독립적인 삶을 동경했을지도 모른다. 그게 아니라면, 사회적 제약이나 가문의 억압에 대항하고 싶었든가……. 낭만적인 환상에 사로잡힌 나머지, 표도르 파블로비치가 그 당시 비록 식객이긴 해도 많은 가능성을 가진 사람이라고 착각했을 수도 있다. 아니, 이것도 저것도 아닐 수도 있다. 단지 자신들이 택한 야반도주라는 비정상적인 행위에 지극히 충동적인 매력을 느꼈을지도 모르니까.

하지만 표도르 파블로비치는 그저 못돼 먹은 어릿광대일 뿐 그 무엇도 아니었다. 출세하고 싶은 욕망에 사로잡힌 나머지 수단과 방법을 가리지 않는 인물이었다. 그렇기에 자신이 빌붙어도 괜찮을 만큼 좋은 가문과 지참금까지 챙길 수 있는 조건에 그저 구미가 당겼던 것뿐이었다. 사랑의 감정 따윈 눈곱만큼도 없었다. 오죽하면 평소에는 지나칠 만큼 여자를 밝히던 그가 첫 번째 부인에게선 육체적 욕망조차 느끼지 못했을까.

남편에게 애정이 없는 것은 아젤라이다도 마찬가지였다. 결혼한 지 얼마 되지 않아, 그녀는 자신이 남편을 경멸할 뿐 그 어떤 감정도 느끼지 않고 있다는 걸 깨달았다. 결국 그들의 결혼은 시작과 동시에 파국으로 치달았다. 친정에서는 비록 야반도주를 해서 한 결혼이지만 딸에게 곧바로 지참금을 챙겨 주었다. 그러나 그들 부부는 무질서한 생활과 끝없는 갈등으로 안정된 결혼 생활은 꿈조차 꿀 수 없었다.

표도르 파블로비치는 부인이 상속받은 이만 오천 루블을 모두 빼돌렸다. 부인이 물려받은 집마저도 자기 소유로 만들기 위해 온갖 수작을 다 부렸다. 그는 부인에게 갖은 아첨을 늘어놓으며 그 집을 한입에 꿀꺽 삼키려고 무척이나 애를 썼다.

그럴 때마다 아젤라이다는 남편에 대한 경멸감과 혐오감만 짙어질 뿐이었다. 남편의 집요함에 지쳐서 '저 인간이 제발 이대로 나가떨어졌으면 좋겠다.'라며 막 체념하려는 찰나에 마침 친정에서 나서 주어 그나마 재산을 지켜 낼 수 있었다.

두 사람 사이에서는 주먹다짐도 심심찮게 있었다고 한다. 소문에 따르면, 주먹을 주로 휘두르는 쪽은 표도르 파블로비치가 아니라 불같은 성미의 아젤라이다였다. 결국 그녀는 신학교 출신의 가난한 교사와 눈이 맞아, 세 살 난 드미트리를 표도르 파블로비치에게 남겨 둔 채 멀리 달아나 버렸다.

아젤라이다가 사라지자, 표도르 파블로비치는 날마다 술판을 벌이며 자신의 집을 순식간에 창녀들의 소굴로 만들어 버렸다. 그러면서도 틈틈이 시내를 돌아다니면서 부인이 자신을 버렸다고 눈물로 하소연을 하기도 하고, 입에 담기 민망한 결혼 생활을 시시콜콜 떠벌리기도 했다. 사람들 앞에서 불쌍한 척 연기를 하거나 자신이 받은 모욕을 낱낱이 까발리는 것을 마치 낙으로 삼은 듯했다.

오래지 않아, 그는 도망간 부인의 소식을 듣게 되었다. 함께 달아난 신학교 출신 교사와 함께 상트페테르부르크에서 더할 나위 없는 자유와 해방을 만끽하고 있다는 것이었다.

표도르 파블로비치는 과장되게 수선을 떨며 상트페테르부르크로 떠날 채비를 했다. 무엇을 위해 떠나는 것인지는 그 자신도 몰랐다. 다만 길을 떠나기 전에 기운을 돋우려는 의미로 질펀하게 술판을 벌여야겠다는 생각이 들었을 뿐이었다.

그런데 바로 그때, 뜻밖에도 처가에서 그녀가 죽었다는 소식을 전해 왔다. 상트페테르부르크의 작은 다락방에서 죽은 채로 발견됐다는 것이다. 장티푸스에 걸려서 죽은 것 같다고도 하고 굶어서 죽은 것 같다고도 했다.

부인이 죽었다는 소식을 접했을 때, 표도르 파블로비치는 술에 잔뜩 취해 있었다. 어떤 이는 그가 기쁨에 겨워 두 팔을 하늘 높이 쳐들고 "드디어 해방이다."라고 외쳤다고 했고, 또 어떤 이는 그가 부인을 잃은 슬픔으로 하염없이 눈물을 흘렸다고도 했다. 어쨌든 애도와 해방감이 마구 뒤섞인 듯한 표정으로 울고 웃으며 거리를 활보한 것만은 틀림없었다.

표도르 파블로비치가 어떤 아버지였을지는 충분히 짐작할 수 있을 것이다. 그는 세 살 난 드미트리를 완전히 내팽개쳐 버렸다. 아이를 원래부터 싫어하거나 도망간 부인에게 앙금이 남아 있어서가 아니었다. 아이의 존재 자체를 아예 잊어버렸다. 드미트리는 아버지 대신 충직한 하인 그리고리가 돌봤다.

어찌 된 일인지 외가에서도 아이의 존재를 잊어버린 듯했다. 아이의 외할아버지는 이미 세상을 떠났고, 외할머니는 모스크바로 이사 간 뒤 중병에 걸렸으며, 이모들은 모두 결혼해서 다른 곳으로 떠나고 없었다. 거의 일 년 동안, 드미트리는 그리고리의 보살핌을 받으며 행랑채에서 생활했다. 만약 표도르 파블로비치가 아들을 기억하고 있었다 하더라도 방탕한 생활에 방해가 된다며 행랑채로 내쫓았을지도 모를 일이었다.

그러던 어느 날, 아젤라이다의 사촌 오빠인 표트르 알렉산드로비치 미우소프가 고향으로 돌아왔다. 그는 오랫동안 외국에서 생활한 탓인지 자유주의자를 자처했는데, 천 명 정도의 농노를 비롯해 상당한 재산을 갖고 있었다. 마을 외곽에 있는 표트르 알렉산드로비치의 영지는 수도원과 맞닿아 있었다. 그는 성직자에게 소송 거는 일을 계몽 시민으로서의 의무쯤으로 여기고 있던 터라, 틈만 나면 하천 어로권이나 삼림 벌목권을 놓고 수도원과 소송을 벌였다.

표트르 알렉산드로비치는 사촌 여동생의 결혼 생활과 죽음, 그리고 조카 드미트리가 행랑채에 버려져 있다는 얘기를 듣자마자 표도르 파블로비치에게 극심한 분노를 느꼈다. 그는 곧장 표도르 파블로비치를 찾아가, 자신이 드미트리의 양육을 맡겠다고 나섰다.

아이의 아버지라는 사람은 그 말을 듣고 멍하니 앉아 있다가, 한참 만에야 자신에게 어린 아들이 있다는 사실을 떠올렸다. 그는 별 고민 없이 표트르 알렉산드로비치와 공동으로 드미트리의 후견인이 되기로 하였다. 그 덕분에 드미트리는 어머니 몫이었던 자그마한 집과 영지를 물려받게 되었다.

드미트리는 표트르 알렉산드로비치의 집으로 거처를 옮겼다. 그런데 오래지 않아, 표트르 알렉산드로비치가 영지의 수입을 모두 정리하고 파리로 훌쩍 떠나 버렸다. 어쩔 수 없이 드미트리는 모스크바에 사는 친척 집에 얹혀살게 되었다. 하지만 그 친척마저 세상을 떠나자, 그보다 더 먼 친척 집을 떠돌며 거처를 네 번씩이나 옮겼다.

드미트리는 표도르 파블로비치의 아들 중 유일하게 자기 몫의 재산을 갖고 있었다. 그는 소년 시절과 청년 시절을 제멋대로 보내다가 끝내 김나지움을 마치지 못하고 군사 학교에 입학했다. 군사 학교를 졸업한 후에는 카프카스에서 얼마간 근무했는데, 동료와 결투를 벌이는 바람에 계급이 강등됐다가 어렵사리 제자리를 찾았다. 그러는 중에도 끊임없이 방탕한 생활을 해서 꽤 많은 빚을 지고 있었다.

그러다 자신의 재산이 어떻게 관리되고 있는지 궁금한 나머지, 성인이 된 후 처음으로 어느 날 불쑥 아버지를 찾아왔다. 그러나 아버지와 마음이 맞지 않았는지 오래 머물지는 않았다. 아버지에게서 얼마간의 돈을 받자마자 곧장 떠나 버렸다. 사실 그는 아버지에게서 자기 영지의 수입이나 시세에 대해 거의 알아내지 못했다.

표도르 파블로비치는 드미트리와 채 몇 마디도 나누지 않아서, 아들이 자신의 재산 상태에 대해 전혀 알고 있지 못하다는 사실을 알아챘다. 뿐만 아니라 참을성이라곤 눈곱만치도 없어서 경솔하기 짝이 없는 성격이라는 것까지 꿰뚫었다. 그래서 나름대로의 계산을 잽싸게 마치고 꽤 만족스러운 미소를 지었다. 드미트리에게 약간의 돈을 쥐어 주면 당분간 잠잠하게 지내리라고 판단한 것이었다.

그 후 사 년 동안, 드미트리는 아버지가 찔끔찔끔 주는 용돈을 받아 쓰면서 힘겹게 생활을 유지했다. 그러다 더 이상 참지 못하고 아버지와 재산 문제를 담판 지으려고 다시 고향을 찾았다. 그런데 그 자리에서 뜻밖에도 자신의 전 재산을 이미 현금으로 다 받아 썼다는 얘기를 들었다. 그뿐만 아니라, 오히려 아버지에게 빚을 지고 있다는 충격적인 말까지 듣게 되었다.

모년 모월 모일 모시, 드미트리 본인의 의사에 따라 성립된 협약에 따르면, 그는 이제 더 이상 아버지에게 그 무엇도 요구할 권리가 없다는 것이었다. 드미트리는 마른하늘에 날벼락을 맞은 듯한 기분이었다. 아무래도 아버지가 자신에게 거짓말을 하고 있거나 속임수를 쓰고 있는 것만 같아서 분노가 치밀어 올랐다.

비극은 바로 이렇게 시작되었다. 여기서 잠깐, 표도르 파블로비치의 다른 두 아들이자 드미트리의 동생인 이반과 알렉세이가 어떻게 지내다가 우리 마을로 오게 되었는지 말해 두는 편이 좋겠다.

표도르 파블로비치는 드미트리가 떠난 후, 새파랗게 젊은 여자와 다시 결혼해서 팔 년 동안 함께 살았다. 두 번째 부인 소피야 이바노브나는 보조 신부의 딸로 태어난 탓에 어릴 때부터 고아나 다름없는 신세였다. 그 전까지 그녀는 양육자라기보다는 박해자에 가까운, 보로호로프 장군의 늙은 미망인 집에서 생활했다. 노파의 간섭과 잔소리가 어찌나 심했던지, 말대꾸조차 할 줄 모르던 온순한 성격의 그녀가 목을 매 죽으려고까지 하였다. 다행히 주위 사람들의 도움으로 위기를 넘기기는 했지만.

표도르 파블로비치가 소피야에게 청혼을 하자, 장군의 늙은 미망인은 은밀히 뒷조사를 한 후에 퇴짜를 놓았다. 그러자 그는 그 불쌍한 처녀에게 야반도주를 제안했다. 그가 어떤 사람인지 조금만 알았더라도 그녀는 결코 따라나서지 않았을 것이다. 그러나 이제 갓 열여섯 살이 된 그 처녀는 고약한 은인의 집에서 계속 사느니 차라리 강물에 뛰어드는 편이 낫다고 생각했다.

이렇게 해서 그 가엾은 처녀는 표도르 파블로비치의 두 번째 부인이 되었다. 표도르 파블로비치는 소피야에게서 지참금을 하나도 챙기지 못했다. 늙은 미망인은 화가 난 나머지 두 사람을 저주했을 뿐 땡전 한 푼 챙겨 주지 않았다. 표도르 파블로비치도 처음부터 한몫 챙길 속셈은 아니었다. 그저 그녀의 맑고 순결한 모습을 매일매일 볼 수 있다는 것만으로 만족스러워했다.

그러나 막상 결혼을 하고 나자 생각이 바뀌었다. 표도르 파블로비치는 허구한 날, 올가미에 갇혀 있는 걸 풀어 줬더니 은인에게 돈 한 푼 보태지 않는다면서 그녀를 죄인 취급했다. 부부로서 지켜야 할 최소한의 예의조차 짓밟아 버렸다. 그녀가 버젓이 집에 있는데도 추잡한 여자들을 데려와 술판을 벌이고 난잡한 행동을 일삼았다.

그 모습이, 무뚝뚝하고 우직하고 고집불통인 하인 그리고리의 눈에 몹시 못마땅하게 비쳤다. 그는 첫 번째 부인 아젤라이다는 싫어했지만 마음씨 착한 소피야에게는 마음 씀씀이가 각

별했다. 그래서 하인 신분으로는 도저히 용납될 수 없는 욕을 주인에게 퍼부으며 그녀를 감싸 주곤 했다. 심지어 집으로 찾아온 난잡한 여자들을 직접 내쫓아 버리기까지 했다.

소피야는 어렸을 때부터 겁에 질려 살아온 터라 남편의 그런 행동에 놀라 이따금 발작을 일으키기도 하고 의식을 잃기도 했다. 그런 중에도 이반과 알렉세이, 두 아들을 낳았다. 이반은 결혼한 해에, 알렉세이는 삼 년 뒤에 태어났다. 그녀가 죽었을 때 알렉세이는 겨우 네 살이었지만, 어머니의 모습을 마음에 새겨 두고 평생토록 기억했다.

소피야가 세상을 떠난 후, 두 아들은 드미트리와 같은 처지에 놓였다. 그들은 아버지의 기억에서 순식간에 사라져 버렸고, 그리고리의 보살핌을 받으며 행랑채에서 자라났다.

소피야의 양육자이자 박해자였던 장군의 늙은 미망인이 두 아이를 발견한 곳도 바로 그 행랑채였다. 늙은 미망인은 소피야가 결혼 후 팔 년 동안 어떻게 지냈는지 속속들이 알고 있었다. 그녀의 주변에서 얼마나 추잡한 일이 벌어지고 있었는지, 그것 때문에 그녀가 얼마나 많이 힘들고 아팠는지 낱낱이 꿰었다.

늙은 미망인은 소피야가 죽고 나서 석 달가량 지난 후, 기별도 없이 표도르 파블로비치의 집을 찾았다. 그녀가 그곳에 머문 시간은 고작 삼십 분 정도였지만 그동안에 아주 많은 일을 해치웠다.

먼저 술에 잔뜩 취해 있던 표도르 파블로비치를 보자마자 아무 말도 없이 손자국이 남을 정도로 세게 따귀를 두 번 때렸다. 그러고는 그의 머리털을 움켜쥔 채 위아래로 세 번 흔들었다. 그다음엔 곧장 행랑채의 두 아이에게로 향했다. 제대로 씻지도 못한 채 누더기 같은 옷을 걸치고 있는 아이들을 보고는 옆에 서 있던 그리고리의 뺨도 힘껏 후려쳤다.

늙은 미망인은 아이들을 데려가겠다고 딱 잘라 말했다. 그녀는 아이들을 담요에 둘둘 싼 다음, 그대로 마차에 태우고 떠나 버렸다. 표도르 파블로비치는 순식간에 벌어진 이 일을 하나하나 곱씹어 보고는 속으로 얼씨구나, 하고 좋아했다. 혹시라도 나중에 늙은 미망인이 정식으로 양육권을 요구하기라도 한다면 자신은 완전한 해방을 만끽하게 되리라는 속셈에서였다.

그 일이 있고 얼마 지나지 않아, 늙은 미망인은 두 아이에게 각각 친 루블씩을 남기고 세상을 떠났다. 그녀의 첫 번째 상속자는 예핌 페트로비치 폴레노프라는 사람으로, 현(縣) 귀족 모임의 회장이었다. 그는 표도르 파블로비치와 몇 차례 편지로 얘기를 나눠 본 뒤, 이 작자에게서는 친아들의 양육비조차 받아내기 힘들겠다는 결론을 내렸다. 그래서 자신이 아이들을 데려와 직접 키우기로 마음먹었다.

그는 워낙에 고결하고 정직한 성품인 데다 오래전부터 고아들에게 깊은 관심을 가지고 있었다. 아이들이 장군의 미망인에게서 물려받은 천 루블에는 손도 대지 않고 오로지 자기 돈으로 끝까지 돌보았다. 그래서 아이들이 청년으로 성장했을 때는 원금에 이자까지 붙어서 재산이 각각 이천 루블 정도 되었다.

형 이반은 남들에게 좀처럼 마음의 문을 열지 않는 우울한 품성의 소년으로 자라났다. 열 살 무렵부터 자기들이 남의 집에서 남의 돈으로 살고 있다는 것, 아버지는 입에 올리기도 부끄러울 만큼 형편없는 사람이라는 것 등을 알아차렸다.

그 때문인지는 알 수 없으나, 이반은 어릴 때부터 공부에 탁월한 재능을 보였다. 그래서 열세 살부터는 모스크바의 김나지움에서 공부했다. 천재적인 재능을 가진 소년은 천재적인 교육자에게 배워야 한다고 생각한 예픔 페트로비치의 적극적인 지원 덕분이었다.

하지만 이반이 김나지움을 졸업하고 대학에 진학했을 때는 예픔 페트로비치도, 천재적인 교육자도 이미 이 세상 사람이 아니었다. 아이들 몫으로 남겨진 천 루블이 이천 루블로 불어나 있긴 했지만, 예픔 페트로비치가 일을 제대로 처리해 두지 않은 탓에 불필요한 수속과 절차로 돈 받는 일이 자꾸만 지연되었다.

결국 이반은 대학 생활을 하는 동안 자기 힘으로 학비와 생계를 책임져야 했기 때문에 고생이 이만저만이 아니었다. 그러면서도 아버지에게 도와달라는 내용의 편지는 한 통도 쓰지 않았다. 아버지를 경멸했기 때문일 수도 있고, 아버지에게서 땡전 한 푼 지원받을 수 없다는 것을 일찌감치 알고 있었기 때문일 수도 있다.

어쨌든 이반은 열심히 일하며 공부했다. 처음에는 이 루블을 받고 과외 선생을 하다가, 나중에는 '목격자'라는 필명으로 거리에서 일어나는 여러 가지 사건에 대한 열 줄짜리 기사를 신문에 기고하는 일을 했다. 그가 쓴 기사들은 사람들의 흥미를 끌기 좋은 소재인 데다가 핵심을 찌르는 날카로움이 돋보여서 금세 인기를 모았다.

이반은 신문사 편집국과 안면을 튼 후 그들과의 끈을 놓지 않은 채 그와 관련된 일을 꾸준히 했다. 대학을 졸업할 무렵에는 다소 전문적인 주제를 다룬 책들을 읽고 서평을 쓰면서 문단에까지 이름을 알리게 되었다. 한 술 더 떠, 얼마 전에는 사람들의 주목을 크게 끄는 일이 생기기도 했다.

이반은 대학을 졸업한 후에야 이전 두블을 손에 거머쥐었다. 그는 그 돈으로 외국을 여행하다가, 우연히 저명한 신문에 논문 한 편을 발표했다. 논문은 그 당시 곳곳에서 논쟁을 일으키고 있던 교회의 재판 문제를 다루고 있었다.

그는 이전에 나온 견해들을 조목조목 분석한 다음, 자신의 의견을 논리 정연하게 서술하였다. 전반적으로 내용이 훌륭한 데다 결론으로 이끌어 가는 솜씨가 하도 빼어나서, 교회 관계자들 대부분은 단연코 그를 자기편이라고 여겼다. 심지어 무신론자들까지 박수를 보내 주었다.

이 논문은 우리 마을 근처의 저명한 수도원에까지 흘러 들어가 커다란 반향을 불러일으켰다. 논문을 쓴 사람이 우리 마을 출신일뿐더러, 표도르 파블로비치의 아들이라는 사실 때문에 순식간에 이목이 집중되었다. 바로 그 무렵, 이반이 우리 마을에 나타났다.

그의 이 운명적인 귀향은 훗날 카라마조프 집안에 일어난 모든 사건의 출발점이 되었다. 나에게는 그의 귀향이 오랫동안 의문으로 남았다. 그 똑똑하고 야무진 청년이 자신의 존재를 기억조차 하지 못하는 아버지 앞에 느닷없이 나타난 것은 아무리 생각해도 납득하기 어려운 일이었다.

더 이상한 일은 이반이 아버지와 한 집에서 두어 달 동안 아주 사이좋게 지냈다는 사실이다. 이 대목에서는 나뿐만 아니라 다른 사람들도 놀라움을 감추지 못했다. 그 무렵에는, 프랑스 파리에 살던 표트르 알렉산드로비치 미우소프도 자기 영지에 돌아와 있었다. 그는 이반에게 특별한 관심을 갖고 있었는데, 그 때문인지 여러 가지 주제를 놓고 자주 토론을 벌이곤 했다.

표트르 알렉산드로비치는 이반에 대해 이렇게 말했다.

"오만한 젊은이야. 언제든 필요한 돈을 벌 수도 있고, 외국에 나가 살 수도 있는데, 하필이면 이곳에 와 있는 이유가 무엇일까? 아버지를 찾아온 이유가 분명 돈 때문은 아닐 거야. 술이나 계집을 좋아하는 것도 아니면서 그 노인네와 사이좋게 지낼 수 있다니……. 이것 참, 도무지 알 수가 없는 일이야!"

정말로 그랬다. 이반은 모두가 놀라워할 만큼 아버지에게 많은 영향을 끼쳤다. 표도르 파블로비치는 늘 제멋대로 행동했지만, 이반의 말에는 고분고분 잘 따르는 편이었다. 그 덕분에 가끔은 그답지 않게 조신한 모습을 보이기도 했다.

사실 이반은 드미트리의 부탁으로 아버지를 찾아온 것이었다. 그는 형의 얼굴을 이번에 아버지 집에서 처음 봤지만, 편지는 모스크바에서부터 자주 주고받았다. (그 일에 대해서는 때가 되면 자세히 알게 될 것이다.) 굳이 한마디 덧붙이자면, 그 당시 이반은 서로를 상대로 소송을 벌이려는 아버지와 드미트리 사이에서 중재자 역할을 맡았다. 카라마조프 집안사람들은 그때 처음으로 한자리에 모였다.

막내 알렉세이는 이미 지난해부터 우리 마을의 수도원에 머무르고 있었다. 그때 알렉세이는 스무 살, 이반은 스물네 살, 드미트리는 스물여덟 살이었다. 알렉세이는 광신도도 아니고 신비주의자도 아니었다. 그저 또래에 비해 조금 더 조숙한 박애주의자에 불과했다. 그런 그가 수도원에서 지냈던 이유는 악의로 가득 찬 속세에서 벗어나 참사랑의 빛을 찾으려는 열망 때문이었다. 그에게는 그곳만큼 이상적인 출구가 없었다.

물론 그에게 큰 감명을 안겨 준 조시마 신부를 하필이면 우리 마을의 수도원에서 맞닥뜨린 것도 한몫을 했다. 알렉세이는 첫눈에 사랑에 빠지듯, 조시마 신부를 보자마자 마음을 송두리째 빼앗겨 버렸다.

알렉세이는 원래 말수가 적은 데다 자신의 속내를 쉽사리 드러내지 않는 성격이었다. 몹시 소심하거나 남을 믿지 못하는 성격이어서가 아니라 혼자만의 세계에 빠져들기를 좋아해서였다. 그는 사람들을 진심으로 좋아하고 신뢰했다. 절대로 누군가를 비난하거나 경멸하는 법이 없었다. 방탕의 소굴이나 다름없는 아버지 집에서 차마 눈 뜨고 볼 수 없는 광경이 펼쳐져 있을 때조차도, 그저 말없이 물러났을 뿐 누구를 경멸하거나 비난하지 않았다.

표도르 파블로비치는 처음엔 짐짓 그에게 무뚝뚝하게 굴었다. 그러나 채 두 주일도 지나지 않아, 시도 때도 없이 눈물을 흘리며 아들을 껴안고 입을 맞추었다. 물론 술에 잔뜩 취해서 감상에 젖은 나머지 무의미하게 쏟아 내는 눈물이었다. 하지만 아들을 진심으로 사랑하게 된 것만은 분명했다. 표도르 파블로비치는 그 누구도 이토록 진심으로 사랑해 본 적이 없었다.

알렉세이는 어릴 때부터 어디를 가든 누구에게나 사랑을 받았다. 은인이자 양육자인 예핌 페트로비치의 집에서도 집안사람들 모두에게 애정을 듬뿍 받으며 친아들이나 다름없이 지냈다. 알렉세이는 사랑의 감정을 불러일으키는 신비한 기운을 선천적으로 타고난 것만 같았다.

그는 예핌 페트로비치가 세상을 떠난 후에도 이 년가량 더 현립(縣立) 김나지움에 다녔다. 학업 성적이 우수한 편에 속하긴 했지만 일등을 한 적은 한 번도 없었다. 그때 예핌 페트로비치의 부인은 가족과 함께 이탈리아로 장기간 여행을 떠났고, 알렉세이는 먼 친척 집에 얹혀살았다. 하지만 자신이 누구의 돈으로 살아가고 있는지 따위에는 조금도 관심이 없었다. 아니, 돈의 의미나 가치에 대해서 전혀 모르는 것 같았다. 이 부분에서는 이반과 정반대였다.

훗날 표트르 알렉산드로비치는 알렉세이에 대해 이런 말을 했다.

"저런 사람은 이 세상에 둘도 없을 거요. 알렉세이라면 인구 백만 명이 사는 대도시 광장에 무일푼으로 내버려 둬도 굶어 죽거나 얼어 죽는 일이 없을 겁니다. 사람들이 당장 그에게 먹을 것을 가져다주고 거처를 마련해 줄 테니까요. 설령 누군가 애써 돌봐 주지 않는다고 해도 스스로가 모든 것을 해결해 낼 거예요. 비굴해지거나 수치스러워지지 않고……. 그를 돌봐 주는 사람 역시 부담감보단 흐뭇함을 느낄걸요."

알렉세이는 김나지움을 졸업하지 못했다. 졸업을 하려면 일 년가량 학업을 더 지속해야 했는데, 머릿속에 자꾸만 한 가지 생각만 맴돌아서 공부에 몰두할 수가 없었다. 결국 그는 김나지움을 그만두고 아버지 집으로 돌아왔다.

우리 마을에 도착했을 때, 그의 얼굴에는 수심이 가득해 보였다. 그는 곧바로 어머니의 무덤을 찾았다. 하지만 그것 때문에 고향으로 돌아온 것은 아니었다. 그의 영혼 속에서 그 무언가가 갑자기 솟구쳐 올라왔고, 그것이 곧 그를 피할 수 없는 운명으로 이끌었다.

표도르 파블로비치는 두 번째 아내 소피야를 어디에다 묻었는지 아들한테 일러 줄 수가 없었다. 그녀의 관에 흙을 뿌린 뒤, 한 번도 찾아가 본 적이 없었기 때문이다.

사실 표도르 파블로비치는 오랫동안 우리 마을을 떠나 있었다. 소피야가 죽고 삼사 년쯤 후 러시아 남부로 떠났다가, 나중에는 흑해 북쪽의 오데사에서 몇 년을 살았다. 그동안 그는 재산을 불리는 데 남다른 능력을 발휘했다.

알렉세이가 오기 삼 년 전쯤에야 우리 마을로 돌아왔는데, 사람들이 폭삭 늙었다고 수군거릴 만큼 백발이 성성했다. 그사이 많은 세월이 흘렀건만 점잖아지기는커녕 전보다 더 뻔뻔스러워져 있었다. 예전에는 혼자서 어릿광대 노릇을 했는데, 이제는 다른 사람들까지 그 어릿광대짓에 끌어들이려고 애를 썼다.

난잡한 여자들과 어울려 추태를 부리는 것은 여전했다. 심지어 마을 곳곳에 술집을 차리기까지 하였다. 그의 재산은 십만 루블은 너끈히 될 성싶었다. 많은 사람들이 그에게 담보를 맡기고 돈을 빌려 썼다.

표도르 파블로비치는 얼마 전부터 몸집이 갑자기 불어나면서 살가죽이 축축 처졌다. 원래 균형 감각이 없는 편이어서 경솔한 짓을 자주 저질렀는데, 언젠가부터 정신을 잃을 정도로 술을 퍼마시는 일이 잦아졌다. 그리고리가 가정 교사처럼 주인의 꽁무니를 졸졸 쫓아다니며 보살펴 주지 않았다면 시끄러운 일들이 끊이지 않았을 터였다.

알렉세이에게 어머니 무덤이 있는 곳을 알려 준 사람 또한 그리고리였다. 그는 알렉세이를 마을 공동묘지의 구석진 곳에 있는 주철 비석 앞으로 데려갔다. 비석 위쪽에는 죽은 사람의 이름과 지위, 나이, 사망 연도가 새겨져 있었고, 아래쪽에는 시 몇 줄이 적혀 있었다.

그리고리는 소피야의 무덤을 돌봐야 한다고 몇 번이나 말했지만, 표도르 파블로비치는 번번이 무덤이고 추억이고 다 필요 없다며 신경질을 내다가 급기야는 오데사로 떠나 버렸다. 결국 그리고리가 자신의 돈으로 이 가엾은 여인의 무덤에 비석을 세우고 틈틈이 관리를 하였다.

알렉세이는 어머니의 무덤 앞에서 이렇다 할 감정을 내비치지 않았다. 근엄한 목소리로 비석 세운 이야기를 늘어놓고 있는 그리고리의 이야기에 귀를 기울이며 그저 묵묵히 서 있을 뿐이었다. 그 뒤로는 꼬박 일 년이 지나도록 어머니의 묘지를 찾지 않았다.

하지만 알렉세이가 어머니 묘지를 방문한 일은 표도르 파블로비치에게 여러 가지 생각을 하게 했다. 그는 종교와는 거리가 아주 먼 사람이었기 때문에 몇 푼 안 되는 양초 한 자루도 아까워서 성상 앞에 놓아 본 적이 없었다. 그런데 느닷없이 천 루블을 들고 수도원으로 찾아가 죽은 부인의 영혼을 위로하는 기도에 써 달라고 부탁했다. 그것도 알렉세이의 어머니 소피야가 아니라, 자기를 버리고 다른 남자와 도망쳤다가 죽음을 맞은 아젤라이다를 위해서였다. 그날 저녁, 그는 고주망태가 되도록 술을 퍼마시고는 알렉세이에게 수사 신부들을 마구 헐뜯었다.

알렉세이는 어머니 묘지에 다녀온 후부터 수도원에 들어가 견습 수사로 지내고 싶어 했다. 표도르 파블로비치는 수도원의 암자에서 기도를 하고 있는 조시마 신부가 이 얌전한 아이에게 특별한 인상을 남겼다는 사실을 진작부터 알고 있었다.

혹시라도 이 대목에서 알렉세이가 병약하기 짝이 없는 말라깽이에다 광적인 몽상가일 거라고 짐작한다면 큰 오산이다. 그것은 사실과 명백히 다르다. 알렉세이는 균형 잡힌 몸매에 발그스름한 뺨과 해맑은 시선을 지닌, 쇠도 녹일 만큼 다부진 체격의 열아홉 살 청년이었다. 그는 꽤 잘생긴 편에 속할뿐더러 훤칠한 키에 늘씬하기까지 했다. 짙은 황갈색 머리카락에 이목구비가 뚜렷했으며, 반짝반짝 빛나는 잿빛 눈동자를 지녔다. 그 누구보다 침착하고 진중한 청년이었다. 게다가 언제나 진실을 추구하고, 또 그것을 믿는 정직한 청년이었다.

믿음이 생긴 후에는 신앙생활에 뛰어들었으며, 자신의 영혼을 송두리째 바쳐서라도 빨리 위업을 달성하고 싶어 했다. 위업을 이루기 위해서라면 자신의 인생까지 모조리 희생할 각오가 되어 있었다. 알렉세이는 조금 특별한 길을 선택했을 뿐, 자신의 꿈을 하루라도 먼저 이루고 싶은 열망은 여느 청년들이나 똑같았다.

예순다섯 살쯤 돼 보이는 조시마 신부는 지주 출신으로, 젊었을 때는 카프카스에서 장교로 근무했다. 조시마 신부 역시 알렉세이가 마음에 들어서 자기 암자에서 지내는 것을 기꺼이 허락하였다.

알렉세이는 수도원에서 생활하고 있긴 했지만 수사 신부는 아니었기 때문에 마음이 내키면 어디든 나다닐 수 있었다. 수도복을 입고 지내는 것은 단지 수도원 사람들 사이에서 튀고 싶지 않았기 때문이다. 물론 수도복이 마음에 들기도 했다.

'성스러우신 저분의 마음속에는 다른 사람을 갱생시킬 수 있는 비밀이, 그리고 지상의 진리를 다시 세울 위력이 깃들어 있다. 머지않아 이 세상 사람들이 모두 성스러워져서 서로를 사랑하게 될 것이며, 부유한 자도 가난한 자도 높은 자도 낮은 자도 모두 다 하느님의 자녀가 될 것이다. 그리하여 그리스도의 참된

왕국이 도래할 것이다.'

알렉세이는 조시마 신부를 보며 이런 꿈을 꾸었다.

한편, 두 형의 귀향은 알렉세이에게 아주 강렬한 인상을 주었다. 이반보다 드미트리와 더 빨리 친해졌는데, 속으로는 이반에 대해서 궁금한 것이 많았다. 하지만 이반이 아버지 집에 온 지두 달이 지나도록 좀처럼 친해지지 않았다. 알렉세이는 워낙에 말이 없는 성격이었고, 이반은 그에게 잠깐 호기심을 보이는 듯하더니 이내 관심을 끊어 버렸다.

알렉세이는 처음에 자신이 너무 어리고 또 많이 배우지 못했기 때문에 이반이 무관심한 거라고 생각했다. 그렇지만 시간이 흐르면서 단지 그런 이유 때문만은 아니라는 느낌이 들었다. 이반이 무언가 다른 중대한 문제에 깊이 빠져 있어서 자기에게까지 신경 쓸 겨를이 없는 듯이 보였기 때문이다.

그러면서도 마음 한켠에는 남들보다 똑똑한 이반이 자신과 같이 멍청한 견습 수사를 경멸해서 그럴지도 모른다는 생각이 남아 있었다. 이반은 무신론자였기 때문이다. 그렇더라도 언제든 자신에게 좀 더 가까이 다가와 주기를 내심 간절히 바랐다.

드미트리는 이반이 동생인데도 마음속 깊이 존경하고 있었다. 그래서 그에 대해 말할 때마다 깊은 감동에 젖어들곤 했다. 알렉세이는 드미트리가 이반을 존경 어린 시선으로 바라볼 때마다 이상하게 여겨졌다. 왜냐하면 드미트리는 이반에 비하면 교육을 거의 받지 못한 데다, 성격도 완전히 달라서 연결 고리라곤 전혀 찾아볼 수 없었기 때문이다.

바로 이 무렵, 카라마조프 집안사람들의 가족 모임이 조시마 신부의 암자에서 이루어졌다. 이것은 알렉세이에게 여간 신경 쓰이는 일이 아니었다. 사실 가족 모임이란 구실은 가짜였다. 그 무렵 유산 문제로 아버지와 드미트리 사이에 불화가 깊어, 그 끝을 짐작할 수 없을 정도로 심각해져 있었다.

언젠가 표도르 파블로비치가 지나가는 말로 조시마 신부의 암자에서 다 함께 모이면 어떨까, 라는 말을 툭 뱉었다. 신부가 직접 나서서 중재해 주길 바라서가 아니라, 신부의 체면과 얼굴을 봐서 다소 점잖게 화해 분위기가 조성되지 않을까 싶은 마음에서였다.

드미트리는 조시마 신부의 암자에 가 본 적도 없거니와 그의 얼굴도 본 적이 없었다. 그래서 아버지가 신부를 동원해 자기를 겁주려는 속셈이라고 짐작하였다. 그러면서도 아버지와 다툴 때 심한 말을 함부로 내뱉었다는 생각이 들어서 그 제안을 순순히 받아들였다. 그즈음 드미트리는 아버지 집을 나와 마을 끄트머리 쪽에 따로 살고 있었다.

게다가 웬일인지 표트르 알렉산드로비치 미우소프가 표도르 파블로비치의 제안을 열렬히 지지하고 나섰다. 어쩌면 그만의 다른 속셈이 있는지도 몰랐다. 영지와 수도원 사이의 영토 경계 문제와 삼림 벌목권, 하천 어로권 등 해묵은 싸움이 아직도 끝나지 않고 있었다. 내심 수도원을 방문해 한시라도 빨리 끝장을 내고 싶었을 수도 있을 터였다.

조시마 신부도 쉽사리 동의했다. 그 바람에 모임 날짜도 빨리 정해졌다. 맨 처음 모임 소식을 들었을 때 알렉세이는 몹시 당황스러워했다. 집안의 불화가 순조롭게 끝나기를 진심으로 바라긴 했지만, 조시마 신부에 대한 걱정으로 애가 바짝바짝 탔다. 혹시라도 신부가 받게 될지 모를 모욕이 두려웠던 것이다.

그 무엇보다 표트르 알렉산드로비치의 세련되면서도 점잖은 냉소와 박학다식한 이반의 차디찬 말투가 마음에 걸렸다. 물론 아버지가 평소처럼 어릿광대짓을 하지나 않을까 조바심이 나기도 했다. 가족 모임에서 그나마 진지한 태도를 보일 수 있는 사람은 드미트리뿐이었다. 알렉세이는 조시마 신부에게 가족 모임에 참석하는 사람들에 대해 미리 언질이라도 해 둘까 하다가 잠자코 그날을 기다렸다.

제 2 장

늙은 어릿광대의 대소동

아직은 더운 기운이 감도는 8월 말이었다. 조시마 신부는 미사를 마치고 열두 시에 만나기로 하였다. 그날 가족 모임에 참석하는 사람들은 정확히 미사가 끝날 즈음에 도착했다. 그들은 두 대의 마차에 나눠 타고 왔다.

값비싼 말 한 쌍이 끄는 멋스러운 반개(半開, 문 따위가 반쯤 열리거나 벌어지는 것) 마차를 타고 온 사람은 표트르 알렉산드로비치였는데, 먼 친척인 칼가노프와 함께였다. 칼가노프는 스무 살가량의 청년으로, 아주 건장한 체격이었다. 더러 멍청한 표정을 짓기도 했지만 인상은 좋은 편이었다. 그는 알렉세이와 친구 사이였다.

표트르 알렉산드로비치의 마차가 도착하고 한참이 지난 뒤, 표도르 파블로비치와 이반이 탄 마차가 수도원에 닿았다. 늙은 말 한 쌍이 끄는 몹시 낡은 짐마차였다. 드미트리는 아직 오지 않았다.

방문객들은 마차를 수도원의 텃밭 옆 호텔에 세워 두고 걸어서 정문으로 향했다. 표도르 파블로비치를 제외한 다른 사람들은 수도원에 와 본 적이 없었다. 그중에서도 표트르 알렉산드로비치는 삼십 년 남짓한 세월 동안, 수도원 근처에는 얼씬도 한 적이 없었다. 그는 다소 오만한 표정으로 수도원 곳곳을 두리번거렸다.

수도원 안에는 평범하기 짝이 없는 세간을 갖춘 예배당 건물들 말고는 특별한 것이 아무것도 없었다. 미사를 마치고 나오는 사람들이 모자를 벗고 성호를 그으며 그들 곁을 지나갔다. 평범한 사람들 속에서 제법 상류층에 속하는 듯한 귀부인 두어 명과 나이 든 장군 한 명이 보였다. 그들은 모두 수도원 앞 호텔에 묵고 있었다.

그나저나 그들을 마중 나온 사람이 보이지 않았다. 수도원 입장에서는 미리 나와 그들을 기다리는 것뿐만 아니라 의식적으로라도 존경심 정도는 비쳐야 했다. 한 사람은 얼마 전에 천 루블이나 기부를 했고, 또 한 사람은 아주 부유한 데다 교양마저 철철 흘러넘치는 지주가 아니던가. 소송 결과에 따라, 하천 어로권이나 삼림 벌목권 문제로 수도원에 어떤 영향을 미치게 될지 모르는 관계였다. 그런데도 공식적으로 그들을 마중하러 나온 사람이 한 명도 눈에 띄지 않았다.

표트르 알렉산드로비치는 수도원 주변의 묘비들을 멀거니 둘러보다가, 이렇게 성스러운 곳에 무덤을 마련한 자들은 돈깨나 쏟아 부었겠다고 비아냥거리고 싶은 걸 꾹 눌러 참았다. 그의 조소는 어느새 분노로 바뀌고 있었다.

그는 혼잣말처럼 불쑥 내뱉었다.

"젠장, 누구한테 물어봐야 할지도 알 수가 없으니, 원. 이거 무슨 수를 써야겠는걸. 아까운 시간이 다 흘러가 버리잖아."

그때 마침, 나이가 제법 들어 보이는 대머리 신사가 헐렁한 여름 재킷을 걸친 채 그들 쪽으로 다가왔다. 그는 모자를 살짝 들어 올리며 인사를 건넸다. 그리고 자신을 툴라(러시아 모스크바 남쪽에 있는 공업 도시)에서 온 지주 막시모프라고 소개했다. 그의 얼굴에는 뭔가 아첨을 하려는 기색이 역력했다.

막시모프는 과장된 목소리로 다시 말을 건넸다.

"조시마 신부님께서는 암자, 그것도 아주 외진 곳에 자리한 암자에 머물고 계십니다. 수도원에서 꽤 멀리 떨어진 곳인데, 숲을 지나고 또 숲을 지나서……."

"숲을 지나야 된다는 건 나도 알고 있소."

표도르 파블로비치가 말했다.

"그저 길을 기억하지 못하고 있을 뿐이오. 가 본 지 하도 오래 돼서⋯⋯."

"바로 이 문으로 들어가셔서 곧장 숲을 따라 걸어가시면 됩니다. 아니면 제가⋯⋯. 이쪽입니다."

그들은 문을 지나 숲 쪽으로 향했다.

예순 살쯤 되어 보이는 막시모프는 거의 뛰다시피 하면서 걷는 중에도 연방 몸을 옆으로 돌려 방문객들의 기색을 호기심 가득한 눈길로 살폈다. 그의 눈은 퉁방울처럼 툭 튀어나와 있었다.

"이보시오, 우리가 지금 조시마 신부한테 가려는 건 중대한 용무가 있어서요."

표트르 알렉산드로비치가 냉랭한 목소리로 한마디 던졌다.

"우리는 그분께 이미 방문을 허락받았소. 길을 안내해 주는 건 고맙지만, 암자에는 함께 들어가고 싶지 않소이다."

"저는 벌써 다녀왔는걸요. 그분이야말로 정말 완벽한 기사 분이시지요!"

"기사라니, 누굴 말하는 거요?"

표트르 알렉산드로비치가 물었다.

"조시마 신부님 말입니다, 위대하신 신부님⋯⋯. 수도원의 명예와 영광 그 자체이지요. 신부님은 그러니까⋯⋯."

그가 두서없는 연설을 장황하게 늘어놓고 있을 때, 수사 신부한 명이 헐떡거리며 방문객들을 뒤쫓아 왔다. 수도복 차림에 두

건을 둘러쓴 수사 신부는 얼굴이 창백한 데다 빼빼 말라서 기운이라곤 하나도 없어 보였다.

표도르 파블로비치와 표트르 알렉산드로비치는 곧장 걸음을 멈추었다. 수사 신부는 허리까지 숙이며 정중하게 인사를 한 뒤 천천히 입을 열었다.

"수도원장님께서 간곡히 부탁하신 일이 있어서 이렇게 달려왔습니다. 조시마 신부님의 암자를 방문하신 후에 다시 수도원으로 오셔서 함께 점심 식사를 드셨으면 하십니다. 수도원에는 한 시까지 오시면 될 듯합니다. 막시모프 님도 함께 오시고요."

그는 막시모프를 바라보며 마지막 말을 덧붙였다. 그러자 막시모프가 고개를 끄덕이며 대답했다.

"아무렴, 가고말고요!"

표도르 파블로비치는 초대를 받아서 기쁜지 큰 소리로 외쳤다.

"가다마다요. 꼭 가겠습니다. 표트르 알렉산드로비치, 당신도 함께 갈 거요?"

"안 갈 이유가 없지요. 나는 이곳 생활을 둘러보고 싶어서 온 것이니까 기꺼이 가도록 하겠소. 당신과 함께 있을 생각을 하니 골치가 좀 아프긴 하지만요."

그때 표도르 파블로비치가 주위를 둘러보며 말했다.

"그러고 보니 드미트리가 아직 안 왔군."

"차라리 잘됐군요. 난들 당신의 어설픈 연극이 좋아서 여기까지 온 줄 아시오? 아무튼 우리 모두 식사를 하러 갈 예정이니 수도원장님께 감사의 말씀을 전해 주시오."

표트르 알렉산드로비치가 수사 신부를 쳐다보며 말했다.

"아닙니다. 제가 여러분을 신부님께로 모시겠습니다."

수사 신부가 대답했다.

"그럼 제가 수도원장님께로 곧장 달려가서 말씀을 전하겠습니다."

막시모프는 이렇게 말하고는 수도원 쪽으로 황급히 뛰어갔다.

"참, 질기기 짝이 없는 영감이구먼."

표트르 알렉산드로비치가 막시모프의 뒷모습을 보며 못마땅한 듯 중얼거렸다. 그리고 표도르 파블로비치를 향해 다시 입을 열었다.

"표도르 파블로비치, 본인 입으로 점잖게 행동하겠노라고 약속했단 사실을 꼭 명심하시오. 만약 당신이 어릿광대짓을 벌인다면 난 그 길로 빠지겠소. 당신과 같은 부류로 보이고 싶진 않으니까. 이봐요."

표트르 알렉산드로비치는 수사 신부를 바라보며 덧붙였다.

"이런 자와 함께 점잖은 사람들 앞에 나서는 것이 얼마나 두려운 일인지 당신은 짐작도 못 할 거요."

수사 신부는 핏기 없는 입술에 보일 듯 말 듯한 미소만 띄울 뿐 별다른 말을 하지 않았다.

"오, 저기 암자가 보이네. 다 왔어! 그런데 대문이 잠겨 있군."

표도르 파블로비치가 소리쳤다. 그리고 잽싸게 대문 주변에 그려진 성자들 앞으로 가서 크게 성호를 그었다.

"로마에 가면 로마 법을 따라야지. 참, 이쪽 암자에서는 스물 다섯 명의 성자들이 모여서 기도를 하고 텃밭을 일군다죠? 여자들은 이 문으로 절대 들어갈 수 없다는 점이 특히 마음에 듭니다. 그런데 신부님께서는 여자들도 접견을 하신다면서요?"

표도르 파블로비치는 이렇게 말하며 수사 신부를 돌아보았다.

"신부님께서 건강이 괜찮으실 때는 몸소 텃밭을 지나 그분들을 맞으러 가십니다. 지금도 하리코프의 지주인 호흘라코바 부인께서 몸이 허약한 따님과 함께 오셔서 신부님을 기다리고 계십니다. 최근에는 건강이 많이 안 좋으셔서 사람들 앞에 나오시는 일이 거의 없었는데, 그분들은 꼭 만나 주시겠다고 약속을 하신 모양입니다."

"그러니까 암자에 그 여자들한테로 갈 수 있는 뒷구멍이 있다는 거로군요. 오, 성스러운 신부님! 내가 무슨 속셈이 있어서 이런다고 생각지는 마시오. 그저 한번 해 본 말입니다."

"표도르 파블로비치, 나는 당신을 이 자리에 내팽개치고 그만 돌아가야겠소. 만일 내가 없으면 당신은 신부들한테 양팔을 붙들린 채 질질 끌려 나가게 될 거요."

"아니, 내가 뭘 잘못했다고 그리 야단이랍니까?"

"여러분, 잠시만 여기서 기다려 주십시오. 제가 신부님께 가서 여러분이 오셨노라고 말씀드리겠습니다."

수사 신부가 먼저 조시마 신부의 암자로 들어가면서 말했다.

"표도르 파블로비치, 마지막으로 다시 한 번 말하겠소. 점잖게 행동하시오. 그러지 않았다간 내가 받은 망신을 당신한테 고스란히 갚아 줄 테니…… 도대체 무엇 때문에 당신이 이렇게 방정을 떠는지 알 수가 없군요."

표트르 알렉산드로비치는 마뜩찮은 표정으로 다시 한 번 다짐을 하였다. 그러자 표도르 파블로비치가 냉소 어린 목소리로 대꾸했다.

"지은 죄가 많아서 그러는 거요? 아닌 게 아니라 조시마 신부는 눈빛만 봐도 그 사람이 무슨 일로 온 것인지 다 알아맞힌답디다. 파리 시민입네, 하고 혼자서 진보적인 척은 다 하던 신사 양반이 수도원이랍시고 들어오니까 벌벌 떠는 꼴이라니…… 이 몸은 놀라서 뒤로 자빠질 지경이오!"

표도르 파블로비치의 빈정거림에 표트르 알렉산드로비치가 미처 대응할 겨를도 없이 안으로 들어오라는 기별이 왔다. 표트르 알렉산드로비치는 잔뜩 골이 난 얼굴을 한 채 발걸음을 옮겼다.

그들은 조시마 신부와 거의 동시에 응접실 안으로 들어섰다.

신부는 그들이 도착했다는 소식을 듣자마자 곧바로 침실에서 나오던 참이었다. 두 명의 수사 신부가 먼저 나와 조시마 신부를 기다리고 있었다. 한 명은 사서인 이오시프 신부였고, 다른 한 명은 파이시 신부였다. 두 사람 다 대단히 박식하다고 소문이 나 있었다.

그 밖에 스물두어 살쯤 되어 보이는 청년이 프록코트를 입은 채 구석에 서 있었다. 그는 수도원의 후원을 받고 있는 신학생이었다. 아직 앳된 얼굴에 광대뼈가 튀어나왔고 키가 상당히 컸다. 갈색 눈동자가 영리하게 반짝이고 있었는데, 매우 주도면밀한 성격 같아 보였다. 그의 이름은 라키친이었다.

조시마 신부는 알렉세이와 함께 응접실로 왔다. 수사 신부들은 자리에서 일어나 손바닥이 땅에 닿을 정도로 몸을 깊이 숙여 그를 맞이했다. 그들은 조시마 신부의 축복을 받고 나서야 고개를 들고 신부의 손에 입을 맞추었다. 조시마 신부도 그들을 축복한 뒤 손바닥이 땅에 닿을 정도로 몸을 깊이 숙여 답례하며 그들의 축복을 청했다. 이 의식은 아주 진지하게 치러졌다.

하지만 표트르 알렉산드로비치에게는 억지 감동을 주기 위한 형식적인 절차로밖에 보이지 않았다. 그는 일행의 맨 앞에 서 있었다. 그 전까지는 자신의 감정이 어떻든 신부에게 다가가 손에 입을 맞추지는 않더라도 최소한 축복 정도는 받아 주는 것이 예의라고 생각했다. 그러나 수사 신부들이 절을 하고 손에 입을 맞추는 광경을 지켜보면서 생각을 바꾸었다.

평소에 하던 대로 근엄한 표정을 지은 채 몸을 깊이 숙여 인사한 뒤 소파 쪽으로 한 발짝 물러섰다. 표도르 파블로비치는 원숭이처럼 표트르 알렉산드로비치를 그대로 따라 했다. 이반은 상대적으로 공손하긴 했지만 양손을 바지 솔기에 붙인 채 뻣뻣하게 인사를 했다. 칼가노프는 당황한 나머지 아예 몸을 숙이지도 않았다.

조시마 신부는 그들을 축복하기 위해 들어 올렸던 손을 내리고 고개를 한 번 숙인 뒤 다들 소파에 앉으라고 권했다. 알렉세이는 뺨이 벌겋게 달아올랐다. 너무도 창피스러웠기 때문이다. 그의 불길한 예감이 슬슬 현실로 나타나고 있었다.

조시마 신부는 마호가니 장식이 돋보이는 가죽 소파에 앉았다. 네 명의 손님들은 맞은편에 있는 검은색 가죽 소파에 나란히 앉았다. 그리고 이오시프 신부는 문 옆에, 파이시 신부는 창문 쪽에 자리를 잡았다. 라키친과 알렉세이는 그대로 서 있었다. 응접실은 몹시 비좁고 초라했다. 가구는 조잡하기 짝이 없었는데 그나마도 필수품밖에 구비돼 있지 않았다.

창턱에는 화분 두 개가 놓여 있었고, 구석구석에 성화가 걸려 있었다. 엄청난 크기의 성모 마리아 성화 앞에는 램프가 타오르고 있었다. 그 옆으로 노랗게 반짝이는 금색 테를 두른 두 폭의 성화가 나란히 걸려 있었다. 간간이 값비싼 외국 판화도 눈에 띄었다. 그사이에 서민적인 느낌이 풍기는 러시아 판화 몇 점이 제 나름의 자태를 뽐내며 끼어 있었다. 성자와 순교자, 고위 성직자를 그린 것으로, 시장에서 몇 코페이카만 주면 살 수 있는 그림들이었다. 다른 쪽 벽에는 러시아 주교들의 초상화가 걸려 있었다.

표트르 알렉산드로비치는 응접실을 훑어본 뒤 조시마 신부를 뚫어질 듯이 바라보았다. 그는 처음 본 순간부터 조시마 신부가 마음에 들지 않았다. 신부의 얼굴에는 왠지 사람의 마음을 편치 않게 하는 묘한 기운이 흐르고 있었다.

조시마 신부는 크지 않은 키에 등이 잔뜩 굽어 있는 데다 다리도 성치 않아 보였다. 허옇게 센 머리카락은 관자놀이께만 겨우 몇 가닥 남아 있었다. 예순다섯이라는 나이보다 열 살은 더 늙어 보였다. 바싹 여윈 얼굴은 주름투성이였는데, 눈언저리는 아예 자글자글했다.

자그마한 두 눈은 두 개의 점인 양 빠르게 깜박거렸다. 숱이 거의 없는 턱수염은 쐐기처럼 거칠었고, 이따금 미소가 떠오르는 입술은 노끈처럼 가늘었으며, 콧날은 새부리처럼 뾰족했다.

표트르 알렉산드로비치는 속으로 이렇게 중얼거렸다.

'표독스러운 노인네군. 게다가 시시껄렁한 자만심으로 가득 차 있어.'

이윽고 괘종시계가 열두 시를 알렸다.

"시간이 됐군요."

표도르 파블로비치가 소리치듯 말했다.

"그런데 드미트리가 보이지 않네요. 대단히 죄송합니다. 존경하는 신부님, 나로 말씀드릴 것 같으면 일분일초도 어기는 법 없이 시간을 칼처럼 지키는 사람이랍니다. 이러한 정확함은 지도자가 꼭 지녀야 할 기본 자질 중 하나라고 생각하고 있습니다만."

"당신은 지도자도 뭣도 아니잖소?"

표트르 알렉산드로비치가 참지 못하고 비아냥거렸다.

"지당하신 말씀! 당연히 지도자는 아니지요. 표트르 알렉산드로비치, 그건 내가 더 잘 알고 있소. 자다가 봉창 두드리는 소리를 하는 걸 한두 번 본 것도 아니잖소? 새삼스럽게 뭘……. 그건 그렇고, 존경하는 신부님!"

그는 갑자기 감상에 잠긴 목소리로 외쳤다.

"신부님 앞에 있는 나는 한낱 어릿광대에 불과합니다! 이렇게 내 소개를 합지요. 내가 이따금 자다가 봉창 두드리는 소리를 하는 것은 순전히 사람들의 기분을 풀어 줄 요량으로 일부러 그러는 것입니다. 이왕이면 기분 좋게 서로를 대하는 게 낫지 않겠습니까? 그래 놓고 나는 언제나 손해를 본다니까요!"

"지금도 딱 그대로요."

표트르 알렉산드로비치가 혐오스럽다는 듯 한마디 툭 던졌다.

조시마 신부는 말없이 잠시 동안 그 자리에 모인 사람들을 찬찬히 둘러보았다. 수사 신부들은 굳은 표정으로 신부가 무슨 말을 할지 주시하면서도, 여차하면 표트르 알렉산드로비치와 마찬가지로 일어날 태세를 취하고 있었다.

알렉세이는 금방이라도 울음을 터뜨릴 듯한 표정으로 서 있었다. 아버지를 말릴 수 있는 유일한 사람이라고 여겼던 이반이 눈을 내리깐 채 잠자코 앉아 있는 것을 보자 야속한 마음이 들었다. 마치 자신은 제삼자인 양 천연덕스런 표정으로 꼼짝도 않고 있지 않은가. 알렉세이는 라키친마저도 똑바로 쳐다볼 수가 없었다. 그와 꽤 친한 사이였기 때문에 속마음을 들킬까 봐 겁이 났다.

"신부님, 용서해 주십시오."

표트르 알렉산드로비치가 신부에게 말했다.

"신부님께서 나까지 무례한 장난질에 가담한 것처럼 여기실까 봐 두렵습니다. 표도르 파블로비치 같은 무지렁이도 존경받는 인물 앞에서는 어떻게 행동해야 되는지쯤은 알고 있으리라 믿었던 나의 불찰입니다. 저 사람과 함께 왔다는 이유만으로 용서를 구해야 할 일이 생길 줄은 미처 몰랐습니다."

표트르 알렉산드로비치는 너무도 민망한 나머지, 그 길로 방에서 나가려 하였다.

"그런 염려는 하지 마십시오."

신부는 허약한 다리에 힘을 주며 자리에서 일어나더니, 표트르 알렉산드로비치의 양손을 잡아 소파에 앉혔다.

"편하게 있으십시오. 부탁입니다. 당신은 내 손님이지 않습니까?"

신부는 공손하게 말한 뒤, 몸을 돌려 다시 소파에 앉았다.

"위대하신 신부님, 쓴소리를 하셔도 좋습니다. 내가 지나치게 나대는 바람에 기분이 상하신 건 아닌지요?"

표도르 파블로비치는 신부가 힐난하는 기색을 보이면 곧바로 뛰쳐나가기라도 할 듯한 기세로 소리쳤다.

"제발 부탁입니다. 아무 염려 마시고 편안히 계십시오. 어려워하지 않으셔도 됩니다."

신부는 표도르 파블로비치를 바라보며 조금 전보다는 약간 강경한 목소리로 말했다.

"부디 자택에 계신 양 편히 여겨 주십시오. 무엇보다 스스로를 부끄럽게 여기지 마십시오. 모든 것이 그것 때문이니까요."

"내 집에 있는 양 편히 여기라고요? 원래 내 모습 그대로 있으란 말씀이시죠? 정말이지 너무도 관대하십니다. 감격스럽습니다. 경건하신 신부님! 그러나 나더러 원래 모습 그대로 있으라고 부추기진 마십시오. 모험은 하지 마시라는 뜻입니다. 이곳에서 나의 원래 모습을 다 보여 드리진 않을 것입니다. 신부님께서 당황하실 일이 생길까 봐 미리 알려 드립니다. 사람들은 나를 늘 우스꽝스런 존재로 만들고 싶어 한답니다. 이건 표트르 알렉산드로비치, 당신을 두고 하는 말이오."

그는 자리에서 일어나 두 팔을 위로 치켜들고 계속 떠들었다.

"그대를 배었던 배는 복되도다. 그대에게 양식을 준 젖꼭지도 복되도다. 특히 젖꼭지가 복되도다! 신부님께서는 지금 '스스로를 부끄럽게 여기지 말라. 모든 것이 그것 때문이다.'라고 하셨는데, 마치 내 속을 훤히 꿰뚫고 계신 것 같습니다. 바로 그렇습니다. 사람들 앞에 나설 때마다 모두들 나를 어릿광대 취급한다는 느낌이 들었습니다.

그런 일이 되풀이되다 보니, '정 그렇다면 정말로 어릿광대 노릇을 해 주지. 네놈들이 어떻게 생각하든 조금도 두렵지 않아. 네놈들은 하나에서 열까지 나보다 더 야비하니까.'라고 생각하게 되었답니다. 그리하여 나는 진짜로 어릿광대가 되고 말았습니다. 부끄러운 나머지, 너무도 부끄러운 나머지 말이에요. 다른 사람들이 나를 조금이라도 사랑스럽거나 똑똑하게 여겨 주었다면, 오, 그랬다면 지금쯤 나는 얼마나 선량한 사람이 되어 있을까요? 신부님!"

그는 갑자기 무릎을 꿇었다.

"영생을 얻으려면 앞으로 어떻게 살아야 합니까?"

그는 도무지 종잡을 수 없는 얘기를 한참 동안 늘어놓았다. 지금 이 순간도 그는 어릿광대짓을 하는 것일까, 아니면 정말로 마음의 감화를 얻고 감동에 휩싸여 있는 것일까?

　신부는 그를 향해 미소를 지으며 말했다.

　"어떻게 해야 하는지는 당신 스스로 이미 오래전부터 잘 알고 있습니다. 충분히 현명하시니까요. 술을 마시지 말고, 말을 자제하며, 음탕한 생활에 빠지지 말아야 합니다. 무엇보다 돈을 지나치게 숭배하지 마세요. 우선 술집부터 정리하시지요. 다 닫을 수 없다면 두서너 곳만이라도……. 그리고 거짓말하지 마십시오."

　"복되신 분이시여! 당신의 손에 입을 맞추게 해 주십시오."

　표도르 파블로비치는 재빨리 일어나 신부의 여윈 손에 입을 쪽 맞추었다.

　"모두 맞습니다. 나는 거짓말을 했습니다. 평생 동안 날이면 날마다 순간순간 거짓말을 했어요. 나 자신이 바로 거짓말이고, 거짓말의 아버지입니다! 아, 거짓말의 아버지가 아닌가요? 그게 아니었던 것 같은데, 머릿속에서 성경 구절이 온통 뒤죽박죽돼 버렸지 뭡니까? 거짓말의 아들이라고 해도 괜찮겠네요.

　위대하신 신부님, 그나저나 사 년 전부터 꼭 여쭤 보고 싶었던 일이 하나 있습니다. 위대하신 신부님,《순교자전》어딘가에 기적을 일으킨 성자 얘기가 있다던데, 그게 사실입니까? 믿음 때문에 온갖 수난을 당하다가 결국 머리까지 잘렸는데, 그가 벌떡 일어나 자기 머리를 들어 올리곤 입을 맞춘 뒤 품에 안고 오랫동안 걸어 다녔다고 하던데요. 이것이 사실입니까, 아닙니까?

정직하신 신부님!"

"그건 사실이 아닙니다."

조시마 신부가 말했다.

"《순교자전》에는 그런 얘기가 나오지 않는데, 어떤 성자를 말씀하시는 건지요?"

이오시프 신부가 물었다.

"어떤 성자인지는 모릅니다. 실은 누구한테서 들은 얘기거든요. 그 얘기를 들려준 사람이 누군지 아십니까? 바로 표트르 알렉산드로비치 미우소프올시다. 이 양반이 그런 말을 했어요."

"나는 당신한테 그런 얘기를 한 적이 없소. 평소엔 당신과 아예 말이라는 걸 섞지 않으니까요."

"옳은 말씀이오. 당신이 나한테 직접 얘기한 건 아니지. 사 년쯤 전에, 어느 모임에서 그 얘기를 했소. 이 우스꽝스러운 이야기 때문에 내 믿음이 마구 흔들렸다는 걸 당신은 전혀 몰랐겠지. 아예 눈치도 못 챘겠지만, 나는 믿음이 흔들린 채로 그 자리를 떠났소. 그 뒤로 믿음은 점점 더 심하게 흔들렸단 말이오. 표트르 알렉산드로비치, 당신이야말로 나를 타락시킨 원흉이오!"

표도르 파블로비치는 비장하게 연설을 마쳤지만, 그가 연기를 하고 있다는 것은 누구나 다 눈치를 채었다. 그중에 표트르 알렉산드로비치는 마음이 쓰라릴 만큼 큰 상처를 받았다.

"완전히 헛소리야, 모든 것이 헛소리라고."

그가 나직이 중얼거렸다.

"언젠가 그런 말을 했을 수도 있지만, 어쨌든 당신한테 한 건
아니오. 실은 나도 어디선가 들은 말입니다. 파리에 있을 때 프
랑스 사람한테서 들은 건데, 우리나라에서 미사를 드릴 때 《순
교자전》의 그 부분을 낭독한다고 하더군요. 그는 러시아의 통
계학을 전문적으로 연구하던, 매우 박식한 사람이었어요. 나는
아직 《순교자전》을 읽지 않았습니다. 앞으로도 읽을 생각이 없
고요. 밥 먹을 땐 원래 별의별 소리를 다 하지 않습니까? 우리는
그때 밥을 먹고 있었어요."

"그래요. 그때 당신은 밥을 먹었고, 나는 믿음을 잃었소!"

표도르 파블로비치가 살살 약을 올렸다.

"당신의 믿음이 나와 무슨 상관이오?"

표트르 알렉산드로비치는 소리를 지르려다가 가까스로 자제
를 하면서 경멸스럽다는 듯 흘겨보았다.

그때 조시마 신부가 자리에서 일어났다.

"죄송합니다만 여러분, 나는 잠시 다른 곳에 좀 다녀와야겠습
니다. 여러분보다 먼저 와서 기다리는 분들이 계셔서요. 그리고
당신은 이제 거짓말을 그만하세요."

조시마 신부는 표도르 파블로비치를 향해 부드러운 얼굴로
덧붙였다.

알렉세이가 계단을 내려가는 신부를 부축하기 위해 따라 나

갔다. 알렉세이는 숨을 헐떡이고 있었다. 그 자리를 떠나게 되어서 홀가분하기도 했고, 또 신부가 언짢아하는 기색을 보이지 않아서 마음이 놓이기도 했다.

그때 표도르 파블로비치가 응접실 문간에 서서 외쳤다.

"참으로 복된 분이시여! 신부님의 손에 다시 한 번 입을 맞추도록 해 주십시오! 신부님께서는 내가 거짓말을 일삼고 늘 어릿광대짓이나 한다고 생각하시겠죠? 하지만 알아주십시오. 사실은 신부님을 시험하기 위해서 일부러 연기를 한 것이랍니다. 자긍심이 강하신 신부님께서 나 같은 인간도 받아들일 수 있으신지 궁금했습니다. 신부님께 표창장을 드리는 바입니다. 신부님과 같이 지낼 수 있겠습니다! 이제부터 침묵하겠습니다. 입을 꼭 다물고 있겠다고요."

암자를 둘러싼 울타리 너머, 나무로 된 회랑에는 조시마 신부를 만나려고 기다리는 사람들이 모여 있었다. 그들은 대부분 시골 아낙네들로 신부의 축복을 바랐다. 신부가 나타나자 그들은 감동과 환희의 눈물을 흘리며 그의 옷자락에라도 입을 맞추려고 앞다투어 밀려들었다. 몇몇은 소리 내어 울음을 터뜨리기도 했다. 신부는 한 사람 한 사람에게 일일이 축복을 내렸다. 어떤 이들과는 대화를 나누기도 했다. 그러다가 호흘라코바 부인과 딸에게로 다가갔다.

호흘라코바 부인은 부잣집 마나님답게 맵시 나는 옷차림을 하고 있었다. 옷차림 때문인지 나이보다 한참 젊어 보였다. 약간 창백한 얼굴이었지만 호감을 주는 인상이었으며 몸놀림이 매우 활기찼다. 그녀의 나이는 서른셋이었고, 과부가 된 지는 오 년가량 되었다.

올해 열네 살이 된 그녀의 딸 리즈는 하반신 마비로 일 년 전부터 휠체어를 타고 다녔다. 병으로 약간 여원 듯했지만 여전히 명랑한 성격이었다. 까맣고 큰 눈에는 장난기가 가득했다.

그들은 외국으로 떠나려다가 영지 문제로 우리 마을에 일주일째 머물고 있었다. 호흘라코바 부인은 사흘 전에 신부를 방문한 뒤로 딸의 병세가 훨씬 좋아졌다며 '위대한 치료자'를 다시 만나게 해 달라고 간절히 부탁했다.

"따님의 건강에 대해 상의하고 싶으신 게 있다고요?"

"네, 간절히 부탁드렸습니다. 애원도 했고요. 신부님께서 만나 주지 않으시면 창문 앞에 무릎을 꿇고 며칠이고 기다릴 작정이었답니다. 위대한 치료자이시여, 기쁨에 넘치는 감사의 말씀을 전하기 위해서 이렇게 다시 찾아왔습니다. 신부님께서 리즈의 병을 고쳐 주셨어요."

"무슨 말씀이십니까? 내가 따님의 병을 고쳤다니요? 게다가 따님은 지금도 여전히 휠체어에 앉아 있는데요?"

"밤마다 오르던 열이 완전히 내렸습니다. 신부님께서 저 애 머리에 손을 얹고 기도해 주신 날부터 말입니다. 다리도 튼튼해졌답니다. 혈색도 발그레해졌고요. 오늘 아침에는 아주 건강한 모습으로 일어났어요. 아무것도 잡지 않고 혼자 일 분 동안이나 서 있었는걸요."

호흘라코바 부인은 흥분한 목소리로 옆에 있는 딸에게 말했다.

"리즈, 감사 인사를 드려야지. 어서 감사 인사를……."

신부를 바라보며 미소 짓고 있던 리즈는 표정이 자못 진지해졌다. 그녀는 할 수 있는 한 힘을 내어 휠체어에서 몸을 일으킨 뒤 두 손을 모아 신부에게 인사를 했다. 그러고는 무엇을 보았는지, 도저히 참을 수 없다는 듯 갑자기 웃음을 터뜨렸다.

"이건 저 사람 때문이에요! 저 사람을 보니까 웃음이 나와서 참을 수가 없어요."

리즈는 알렉세이를 손가락으로 가리키며 말했다. 순간 조시마 신부 뒤에 서 있던 알렉세이의 얼굴이 붉게 물들었다. 그는 두 눈을 잠시 반짝이더니 곧 내리깔았다.

호흘라코바 부인은 알렉세이에게 손을 내밀며 말했다.

"리즈가 당신에게 용건이 있대요. 그동안 잘 지냈죠?"

신부는 고개를 돌려 알렉세이를 주의 깊게 바라보았다. 알렉세이는 리즈에게 다가가 어색한 미소를 지으며 손을 내밀었다. 리즈는 냉랭한 표정을 짓고 있었다.

잠시 후, 호흘라코바 부인은 조그만 쪽지를 알렉세이에게 건네며 다시 말했다.

"참, 카테리나 이바노브나 베르호프체바가 당신에게 편지를 전해 달라고 부탁했어요. 카테리나는 자기 집에 들러 달라고, 가능하면 빨리 찾아와 주면 좋겠다고 했어요."

"그분께서 무슨 일로 그럴까요?"

알렉세이는 놀란 표정으로 중얼거리더니 이내 얼굴에 수심이 가득해졌다.

"아무래도 드미트리 표도로비치와 관련된…… 최근의 사건들 때문이 아닐까 싶어요. 카테리나는 어떤 결심을 하려고 하는 것 같아요. 그러기 위해서 당신을 꼭 만나야 한다는군요."

"저는 그분을 딱 한 번 뵈었을 뿐인데요."

알렉세이는 조심스럽게 말했다.

"오, 카테리나는 대단히 고상한 사람이에요. 그녀가 지금 겪고 있는 고통만 보더라도……. 그녀가 지금까지 참아 온 일들을 생각해 보세요. 앞으로 또 어떤 일이 그녀에게 닥쳐올지 생각하면…… 정말이지 끔찍해요!"

알렉세이는 찾아와 달라는 간절한 부탁 외에는 아무런 설명도 들어 있지 않은 쪽지를 재빨리 훑어본 뒤 이렇게 대답했다.

"알겠습니다. 곧 찾아뵙도록 하지요."

"아아, 당신은 정말 자상한 분이에요."

리즈가 갑자기 활기찬 목소리로 소리쳤다.

"난 당신이 구원의 길을 걷고 있기 때문에 어떤 일이 있어도 만나러 가지 않을 거라고 엄마한테 큰소리 쳤는데……. 당신은 정말 관대한 사람이군요. 멋져요. 그 전부터 멋지다고 생각해 왔어요. 이런 말을 할 수 있게 돼서 얼마나 기쁜지 몰라요."

"리즈!"

호흘라코바 부인은 꾸짖듯이 딸의 이름을 부르고는 곧 미소를 지었다.

"당신은 요즘 우리를 잊고 지내지요? 우리 집에는 통 들르지를 않으니 말이에요. 리즈는 당신과 함께 있으면 기분이 참 좋아진다고 두 번씩이나 이야기했어요."

알렉세이는 다시 얼굴을 붉히며 뜻 모를 미소를 지었다.

잠시 후, 호흘라코바 부인이 조시마 신부에게 말했다.

"리즈에게 축복을 내려 주세요. 신부님, 축복을!"

"이 아가씨는 사랑을 받을 자격이 없는 것 같습니다. 아까부터 장난만 치고 있잖습니까? 왜 알렉세이를 계속해서 놀리는 거지요?"

신부가 장난기 섞인 목소리로 물었다.

리즈는 지난번부터 알렉세이가 자기 때문에 당황해 하며 눈길을 피한다는 사실을 눈치채고 몹시 즐거워하고 있었다. 그녀는 알렉세이와 눈이 마주칠 때까지 쉼 없이 그의 시선을 좇았다. 알렉세이는 리즈의 시선을 의식적으로 피하다가 이따금씩 자신도 모르게 그녀를 바라보았다. 그때마다 그녀는 참을 수 없다는 듯 웃어 댔고, 그는 당황하는 스스로에게 화가 나서 어쩔 줄 몰라 했다.

"장난꾸러기 아가씨, 알렉세이를 왜 자꾸 무안하게 만드시나요?"

조시마 신부가 묻자, 뜻밖에도 리즈는 얼굴을 붉히고 눈망울을 반짝이며 진지한 표정을 지었다. 그러더니 약이 오른 목소리로 입을 열었다.

"저 사람은 모든 것을 잊어버렸어요. 제가 어렸을 때 저 사람이 안아 주기도 하고 놀아 주기도 했는데……. 제게 글을 가르치러 오기도 했다는 걸 알고나 계세요? 그런데 왜 갑자기 저를 어려워하는지 모르겠어요. 어째서 저에게 가까이 오려고도 하지 않고 이야기를 나누려고도 하지 않는 거지요? 저희 집에 들르지도 않고……. 제가 잡아먹기라도 할까 봐 두려운가요? 아니면 신부님께서 허락해 주시지 않는 건가요? 저 같은 아이가 구원의 길을 걷고 있는 사람을 부르는 것은 예의에 어긋나는 일이라도 된다는 거예요?"

그녀는 이렇게 말하고는 손으로 얼굴을 가리고 몸을 떨면서 신경질적으로 웃어 젖혔다.

조시마 신부는 그녀의 이야기를 듣고 난 후 부드럽게 미소를 지으며 축복해 주었다. 리즈는 신부의 손에 입을 맞추다가, 그 손을 자기 눈에 갖다 대면서 갑자기 흐느끼기 시작했다.

"저에게 화내지 마세요. 저는 바보예요, 아무짝에도 쓸모없는……. 이렇게 우스운 계집애를 찾지 않는 알렉세이가 옳은 거예요!"

"내가 꼭 보내 주겠소."

신부가 나지막이 말했다.

제 3 장

아버지와 아들

조시마 신부는 약 이십오 분 후에 다시 응접실로 돌아왔다. 시곗바늘은 이미 열두 시 삼십 분을 가리키고 있었다. 드미트리는 아직도 오지 않고 있었다. 하지만 그의 존재는 아예 잊어버린 양, 응접실에서는 활기찬 대화가 오갔다. 대화에 열성적인 사람은 이반과 두 수사 신부였다.

표트르 알렉산드로비치도 열렬하게 대화에 끼어들려 했지만 깍두기 신세를 면치 못하고 있었다. 그의 말에 대꾸해 주는 사람이 거의 없었기 때문에 짜증만 늘어날 뿐이었다. 그는 이전에도 이반과 여러 차례 열을 올리며 지식을 겨루곤 했는데, 상대방이 조금이라도 무시하는 듯한 기색을 보이면 도무지 참아 내질 못했다.

'나는 지금까지 유럽 진보주의의 정상에 서 있던 몸인데, 이 새로운 세대가 나를 몰라보고 함부로 무시하는군.'

그는 속으로 이렇게 생각하고 있었다.

잠자코 있겠노라고 자기 입으로 맹세한 표도르 파블로비치는 정말로 얼마간은 소파에 가만히 앉아 있었다. 입가에 비아냥거리는 듯한 미소를 머금은 채 자기 옆에 앉아 있는 표트르 알렉산드로비치를 지켜보고 있었는데, 그가 잔뜩 골이 나 있는 것을 보고는 속으로 매우 고소해 하였다. 이미 오래전부터 무슨 건수만 있으면 그에게 앙갚음을 하려고 벼르던 참인지라, 이번 기회를 결코 놓치고 싶지가 않았다.

표도르 파블로비치는 표트르 알렉산드로비치의 어깨에 몸을 살짝 기대면서 속닥였다.

"아니, 아까 '친절하게 입을 맞춘 뒤' 왜 자리를 뜨지 않고 이 점잖지 못한 모임에 계속 남아 있는 거요? 이미 자기 꼴이 처참하게 망가졌다는 생각에 앙갚음 차원에서 지식이라도 뽐내려는 참이오?"

"또 시작이오? 안 그래도 지금 가려던 참입니다."

"설마 그럴 리가요? 맨 나중에 일어서시겠죠."

표도르 파블로비치가 급소를 찌르자 표트르 알렉산드로비치는 버럭 화를 냈다.

바로 그때 조시마 신부가 응접실 안으로 들어왔다. 열띤 논쟁이 금방 수그러들자, 신부는 자리에 앉은 뒤 계속하라며 좌중을 둘러보았다. 조시마 신부의 얼굴을 주시하고 있던 알렉세이는 그가 완전히 기진맥진한 상태에서 간신히 버티고 있음을 알아차렸다. 병세가 급격히 나빠지고 난 뒤로는 기력이 많이 떨어져서 정신을 잃는 일이 잦았다. 정신을 잃기 직전과 비슷하게, 신부의 얼굴이 점차 창백해지고 있었다. 입술도 새하얘졌다.

이오시프 신부가 조시마 신부에게 이반을 가리키며 말했다.

"이분의 흥미로운 논문에 대해 이야기하던 중이었습니다. 새로운 관점이 많긴 하지만, 사상 자체는 여전히 양날의 칼 같은 데가 있어요. 이분은 교회의 사회 재판과 그 권리의 범위에 대해 책을 쓴 어느 성직자에게 논박하는 형식의 논문을 잡지에 실었답니다."

"유감스럽게도 나는 아직 당신의 논문을 읽지 못했습니다. 하지만 얘기는 들었어요."

조시마 신부가 사려 깊은 시선으로 이반을 응시하며 말했다. 이오시프 신부가 말을 이었다.

"이분은 매우 재미난 관점을 취하고 있습니다. 교회의 사회 재판에 관한 문제에서 교회를 국가로부터 분리하는 것을 완강히 부정하고 있거든요."

"그것참, 흥미롭군요. 어떤 의미에서 그렇게 생각하시는지요?”

조시마 신부가 이반에게 물었다. 이반은 지난밤에 알렉세이가 우려했던 것과 달리, 겸손하고 절제된 태도로 자신의 생각을 늘어놓았다.

“저는 두 요소들의 결합, 즉 교회와 국가의 결합이 영원히 계속되리라는 전제에서 출발했습니다. 하지만 이 일의 밑바닥에는 기만이 도사리고 있기 때문에 실제로는 그것이 불가능하다고 판단했습니다. 어느 정도 조화된 상태에서 이끌어 가는 것조차 힘이 들겠지요. 예컨대, 재판과 같은 문제에서, 국가와 교회 사이의 절충이란 있을 수 없으니까요.

제가 반박했던 성직자는 교회가 국가 내에서 일정한 입지를 차지하고 있다고 주장했습니다. 저는 그에 대해 반대 의견을 제시했습니다. 교회가 국가 내에서 그저 일정한 부분만을 점유할 것이 아니라 국가 전체를 포괄해야 한다는 것이지요. 그것이 지금은 여러 가지 이유로 불가능하다 할지라도, 앞으로 기독교 사회가 발전하기 위해서는 반드시 지향해야 하는 일차적 목적이 되어야 한다고 생각했습니다.”

그러자 박식하면서도 말수가 적은 파이시 신부가 맞장구를 쳤다.

“참으로 옳으신 말씀입니다!”

그때 초조함을 떨치지 못하고 공연스레 다리를 바꿔 꼬고 있던 표트르 알렉산드로비치가 소리쳤다.

"흥, 순전히 교황 지상주의자로군."

바로 그 순간, 문이 열리면서 약속 시간보다 상당히 늦게 드미트리가 허겁지겁 들어섰다. 사람들은 더 이상 그를 기다리지 않고 있었기 때문에 드미트리의 느닷없는 출현에 오히려 당황하는 빛을 보였다.

드미트리는 중간 정도의 키에 호감 가는 인상의 스물여덟 살 청년이었다. 두 뺨이 푹 꺼진 데다 얼굴색이 누르스름해서 그런지 실제 나이보다 좀 더 성숙해 보였다.

그 무렵, 그는 굉장히 불안한 상태였다. 향락적인 생활에 한창 빠져들어 있던 터라 혼이 반쯤 나가 있었다. 아버지와 돈 문제로 다투기 시작한 뒤로는 신경까지 극도로 예민해졌다. 그럼에도 불구하고 프록코트에 검은 장갑, 신사용 모자까지 제대로 갖춰 잔뜩 멋을 낸 차림이었다. 갓 퇴역한 군인 티라도 내려는 듯 콧수염만 남겨둔 채 턱수염을 완전히 밀어 버렸다. 짙은 황갈색 머리카락 역시 짧게 정돈되어 있었다.

드미트리는 성큼성큼 걸어서 안쪽으로 들어갔다. 문지방에서 잠깐 걸음을 멈추고 안을 획 둘러본 뒤 곧장 조시마 신부에게로 향했다. 그러고는 몸을 깊이 숙여 인사를 하면서 축복을 구했다. 신부는 자리에서 일어나 그를 축복했다.

드미트리는 신부의 손에 공손하게 입을 맞춘 뒤, 그때까지의 점잖은 태도와는 다르게 날카로운 목소리로 말했다.

"이렇게 오래 기다리시게 하다니, 부디 너그럽게 용서해 주십시오. 아버지가 보낸 하인 스메르쟈코프에게 약속 시간을 물었더니 두 번씩이나 단호하게 한 시라고 말하더군요. 그런데 알고 보니……."

"마음 쓰지 마십시오. 좀 늦긴 했지만 큰일은 아닙니다."

조시마 신부가 말을 가로막았다.

"정말 고맙습니다. 워낙 선량하신 분이라 그렇게 말씀하실 줄 알았습니다."

드미트리는 신부에게 한 번 더 몸을 숙인 뒤, 아버지에게도 공손하게 인사를 했다. 그는 이렇게 인사를 하려고 미리 작정을 하고 온 듯했다. 아마도 공손하고 선량하게 보이는 것이 이 모임에서 유리하리라고 판단한 모양이었다.

표도르 파블로비치는 불의의 습격에 얼떨떨했지만 곧바로 그답게 대응했다. 아들의 인사에 대한 답례로 소파에서 벌떡 일어나 똑같이 몸을 깊이 숙였다. 하지만 얼굴은 표독스러운 표정을 짓고 있었다.

드미트리는 창문 쪽으로 걸어가 빈자리에 앉더니, 자신의 등장으로 끊어진 대화에 본격적으로 참여하겠다는 듯한 자세를 취했다. 드미트리의 등장에 걸린 시간은 고작해야 이 분도 채 되지 않았다.

표트르 알렉산드로비치는 사교계 모임에서 대화하듯이 무관심한 어조로 말했다.

"아까 그 주제는 이제 좀 제쳐 놓도록 합시다. 그 주제는 워낙 오묘한 것이니까요. 자, 그건 그렇고, 여기 이반에 대한 흥미진진한 일화를 하나 들려 드릴까 합니다. 닷새쯤 전에 있었던 일인데요. 주로 부인들이 모여 있는 자리였죠.

이반은 논쟁 중에 인간이 타인을 사랑하도록 강요할 이유는 단연코 없다고 하더군요. 인류를 사랑하라는 자연의 법칙 따윈 애당초 존재하지 않으며, 만약 이 세상에 사랑이 존재한다면 그것은 자연의 법칙 때문이 아니라 사람들이 자신의 불멸을 꿈꾸기 때문이라고 말했습니다. 이반은 사람들에게서 불멸에 대한 믿음을 없애 버린다면, 사랑뿐만 아니라 삶을 지속시키는 데 필요한 생명력마저도 모조리 메말라 버릴 것이라고 덧붙였습니다.

그렇게 되면 결국 도덕이란 개념도 사라져 모든 것이, 심지어 식인까지도 허용될 거라고 하더군요. 신이나 자신의 불멸을 믿지 않는 사람들이 따르는 도덕 법칙은 기존의 종교적인 것과는 완전히 반대되므로 즉각 바뀌어야 한다고도 했습니다. 그래서 가장 악한 이기주의까지도 허용되어야 한다고요. 모든 것이 허용되는 세계야말로 가장 이성적이고 가장 고귀한 것이라고 말입니다. 이반이 이곳에서 또 어떤 주장을 펼칠지 짐작할 수 있으시겠지요?"

"죄송합니다만……."

뜻밖에도 드미트리가 끼어들었다.

"혹시 잘못 들은 게 아닌가 해서요. 그러니까 악행이 허용되어야 한다는 겁니까? 무신론자 입장에서는 그것이 아주 현명한 처사라는 말입니까? 미처 깨닫지 못했습니다. 명심하겠습니다."

드미트리는 여기까지 말하고는, 대화에 뛰어들었던 순간처럼 느닷없이 입을 다물어 버렸다. 다들 호기심 어린 눈으로 그를 바라보았다.

"정말로 당신은 사람들이 영혼의 불멸을 믿지 않으면, 그런 세상이 올 거라고 확신합니까?"

조시마 신부가 이반에게 물었다.

"예, 그렇습니다. 영혼의 불멸이 없다면 선행도 없습니다."

"그렇다면 당신은 매우 축복받은 사람이거나 몹시 불행한 사람이군요!"

"왜 불행합니까?"

이반이 미소를 지으며 물었다.

"당신 스스로의 불멸을 믿지 않고 있으니까요. 심지어 당신이 교회와 교회 재판에 대해 쓴 글조차 믿지 않잖습니까?"

"옳으신 말씀입니다. 하지만 제 말이 완전히 농담이었던 건 아닙니다."

이반은 이렇게 고백하면서 얼굴이 새빨개졌다.

"그래요, 그건 진실이었겠지요. 보아하니, 이 사상은 아직 당신의 마음속에서 해결되지 못한 채로 스스로를 괴롭히고 있군요. 수난자는 때로 자신의 절망을 놀이 삼아 즐기는 걸 좋아하지요. 그 역시도 절망의 소산이니까요. 당신은 신문에 평론을 신기도 하고 사교계 모임에서 논쟁을 벌이기도 하면서 절망을 즐기고 있어요. 그러나 그 논리를 스스로 믿지 않는 탓에 마음속에 고통이 쌓이고, 또 그러한 자신을 비웃게 되는 것입니다. 당신의 내부에서 해결되지 않고 있는 그 문제, 거기에 당신의 크나큰 비애가 있어요. 마음속의 고통이 집요하게 해결을 요구할테니까요."

"과연 그 문제가 저의 내부에서 해결될 수 있겠습니까? 그것도 긍정적인 쪽으로요?"

이반은 야릇하게 웃으면서 질문을 계속했다.

"긍정적인 쪽으로 해결될 수 없다면 부정적인 쪽으로도 해결될 수 없을 겁니다. 당신의 마음이 이런 속성을 지녔다는 건 당신 스스로 더 잘 알 테지요. 바로 여기에 당신 고뇌의 핵심이 있습니다. 당신이 그런 고뇌로 괴로워할 수 있게 하신 하느님께 감사드리십시오. '높은 곳에 뜻을 두고 높은 것을 구하라. 이는 우리의 살 곳이 하늘에 있음이니라.' 하느님께 기도하십시오. 당신이 이 세상에 머무는 동안 스스로 해결책을 찾게 해 주시길, 그리고 당신의 앞길을 축복해 주시길!"

조시마 신부가 앉은자리에서 한 손을 높이 들고 성호를 그어 주려 하자, 갑자기 이반이 자리에서 벌떡 일어났다. 그러고는 신부에게 다가가 축복을 청하고 그의 손에 입을 맞춘 뒤 자기 자리로 돌아갔다. 그는 몹시 진지한 표정이었다. 이반과 신부의 대화는 수수께끼 같았는데 자못 경건한 기운마저 느껴졌다.

모두 충격을 받은 듯 잠시 동안 아무 말도 하지 못했다. 알렉세이는 몹시 놀라 아예 얼이 빠진 듯했다.

얼마 후, 표트르 알렉산드로비치가 어깨를 으쓱했다. 바로 그 순간, 표도르 파블로비치가 자리에서 벌떡 일어났다.

"하느님과 다름없는, 성스러우신 신부님!"

그는 이반을 가리키며 소리쳤다.

"이 녀석이 내 아들입니다. 내 몸에서 나온 몸, 사랑스럽기 그지없는 내 혈육이지요. 이 녀석은 존경받아 마땅합니다. 방금 전에 들어온 아들, 그러니까 신부님께 혼내 줄 방법을 구하도록 만든 장본인인 드미트리와는 정반대입니다. 이 둘을 잘 헤아려서 구원해 주십시오! 우리에겐 신부님의 기도, 아니 예언까지 필요합니다."

"어리석은 말씀입니다. 집안사람을 욕보이는 일은 이제 그만하십시오."

조시마 신부가 기운 없는 목소리로 말했다. 시간이 흐를수록 기력이 떨어지는 듯했다.

"오늘 모임은 아무짝에도 쓸모없는 희극입니다. 오기 전부터 이럴 줄 알았어요."

드미트리는 자리에서 벌떡 일어나 분노에 찬 목소리로 외쳤다.

"죄송합니다, 신부님!"

그는 신부를 향해 말했다.

"저는 교육을 제대로 못 받아서 신부님을 어떻게 불러야 하는지도 모릅니다. 하지만 신부님께서는 속으셨습니다. 저희가 신부님의 암자에 모이도록 허락해 주시다니, 신부님께서는 너무 선량하셨습니다. 제 아버지에게 필요한 건 오직 소동뿐입니다. 무엇을 위한 소동인지는 아버지만이 아시겠죠. 아버지에게는 늘 당신만의 꿍꿍이속이 있으시거든요. 그러나 오늘은 무엇을 위해서인지 알 것 같군요."

"다들 나를 모함하고 있어, 모두!"

표도르 파블로비치도 목소리를 높였다.

"드미트리뿐만이 아닙니다. 여기 표트르 알렉산드로비치도 나를 모함하고 있어요. 모함하다마다요."

그는 갑자기 표트르 알렉산드로비치 쪽으로 몸을 돌렸지만 상대방은 들은 척도 하지 않았다.

"다들 내가 아들의 돈을 빼돌렸다고 모함하고 있습니다. 아니, 재판이란 건 존재하지도 않습니까? 거기서 다 밝혀질 것입니다. 드미트리가 제 손으로 쓴 영수증과 편지, 계약서 등을 증거로 내놓을 테니까요. 원래 얼마가 있었는지, 그동안 얼마를 탕진했는지, 그리고 지금 얼마가 남아 있는지 다 밝혀질 겁니다. 다들 나를 못 잡아먹어 안달이지만, 정작 내게 빚을 진 쪽은 드미트리입니다. 그것도 몇 천 루블이나 됩니다. 나에게 모든 서류가 있다고요!

이 녀석이 놀자 판을 벌여 온 마을이 들썩이고 있습니다. 이전에 근무하던 곳에서도 귀족 아가씨를 유혹하느라 천 루블이든 이천 루블이든 닥치는 대로 쓰곤 했다지요. 아주 비밀스러운 부분까지도 난 속속들이 알고 있습니다. 드미트리, 내가 다 증명해 보이겠다. 성스러우신 신부님, 사실입니다. 심지어 드리트리는 훌륭한 집안의 아가씨를 모욕하기도 했습니다. 많은 공훈을 세워 훈장까지 받은 용맹스러운 대령, 그러니까 자기 상관의 딸을 유혹한 뒤 청혼을 해서 아가씨의 명예를 더럽히기도 했어요.

지금 그 아가씨는 고아나 다름없는 처지가 되어 이 마을로 와 있습니다. 그런데도 이 녀석은 그 아가씨 눈앞에서 버젓이 다른 여자 집에 들락거리고 있지요. 그 여자 역시 어느 명예로운 사람과 약혼한 사이랍니다. 한마디로 임자가 있는 여자란 말이지요. 어쨌든 정숙한 여자입니다. 암, 그렇고말고요. 성스러우신 신부님! 드미트리는 이 순결한 요새를 황금 열쇠로 열기 위해 내게서 돈을 뜯어내려고 했어요. 여태까지 이 정숙한 여자에게 쏟아 부은 돈이 수천 루블은 족히 될걸요. 끊임없이 돈을 꾸었지요. 여러분, 드미트리가 누구한테서 돈을 꾸었겠습니까? 말을 해도 되겠니, 드미트리?"

"그만두십시오. 이제 제발 그만하시라고요. 그리고 제 앞에서 감히 그 고귀한 아가씨를 모욕하지 마십시오. 아버지가 입에 올리는 것만으로도 이미 그녀에겐 치욕입니다. 다시 한 번 더 함부로 떠들어 대면 그땐 정말 가만있지 않겠어요!"

드미트리는 이렇게 소리치고는 숨을 급하게 몰아쉬었다.

"드미트리, 드미트리!"

표도르 파블로비치는 눈물을 쥐어짜 내며 가냘프게 소리쳤다.

"아비의 축복 대신 너를 저주한다면 그땐 어쩌겠느냐?"

"철면피! 위선자!"

드미트리는 고래고래 소리를 질렀다.

"이놈이 감히 아비에게! 이러니 다른 사람들에게는 어떻겠습니까? 우리 마을에 비록 가난하지만 존경받을 만한 퇴역 대위가 있습니다. 불행한 일로 퇴직을 당하긴 했지만 공식적으로 파면을 당한 것이 아니라서 그 명예는 고스란히 간직하고 있지요. 그 집의 생계는 오로지 그 퇴역 대위의 목에 달려 있었습니다. 그런데 삼 주 전, 우리의 드미트리가 선술집에서 그의 턱수염을 거머쥔 채 길거리로 끌어내어 사람들이 다 보는 데서 죽도록 두들겨 팼습니다. 그 퇴역 대위가 단지 내 대리인 노릇을 했다고 말입니다.”

“모두 거짓말입니다! 다 지어낸 얘기라고요!”

드미트리는 분노로 온몸을 부르르 떨었다.

“아버지, 저도 잘한 건 없습니다. 그래요, 사람들이 보는 데서 그 대위에게 난폭하게 굴었어요. 그렇게 짐승같이 굴다니, 지금도 생각하면 제 자신이 혐오스러워요. 하지만 그 대위, 그러니까 아버지의 대리인이 그루센카(아그라페나 알렉산드로브나 스베틀로바의 애칭)를 찾아가서 무슨 짓을 했는지 잘 아시잖아요? 만일 제가 돈 문제로 아버지한테 계속 들러붙으면, 아버지가 갖고 계신 어음을 돌려서 저를 감옥에 처넣겠다고 하셨다면서요? 그루센카더러 대신 돌려 달라고 부탁까지 하셨다면서요? 아버지는 지금 제가 그 여자를 꼬드겼다고 비난했지만, 사실은 아버지가 직접 그 여자를 찾아가 저를 유혹하라고 시킨 거잖아요!

그 여자가 제 눈을 보면서 똑똑히 말했어요. 아버지를 비웃으면서! 아버지가 저를 감옥에 처넣으려는 건 오직 그 여자와의 관계를 질투하기 때문이에요. 그 여자가 탐이 나서 꾸민 짓이라고요. 제 눈엔 모든 게 훤히 보여요. 듣고 계세요? 그 여자는 아버지를 쉴 새 없이 비웃었다고요.

성스러우신 분들! 방탕한 아들을 비난하고 나선 아버지란 사람의 정체가 바로 이것입니다! 증인 여러분, 저의 분노를 용서하십시오. 하지만 저는 이 교활한 영감쟁이가 여러분 모두를 이리로 불러 모은 건 그저 한바탕 소동을 일으키기 위해서라는 걸 알고 있습니다. 저는 아버지가 혹시라도 용서의 손길을 내민다면 진심으로 용서해 주려고 왔습니다! 그런데 아버지가 저뿐만 아니라, 제가 감히 입에 올리지도 못할 만큼 경애하는 아가씨까지 모욕했으니, 아버지의 비열함을 만천하에 폭로하는 것이 당연하다고 생각합니다. 비록 이 사람이 제 아버지일지라도!"

드미트리는 지나치게 흥분한 나머지 더 이상 말을 이을 수가 없었다. 그 자리에 모인 다른 사람들 역시 흥분을 감추지 못하고 술렁거렸다.

수사 신부들은 침착한 태도로 조시마 신부의 뜻을 기다렸다. 신부는 기력이 다한 나머지 얼굴이 아예 새파래져 있었다. 그는 이따금씩 소란을 저지하려고 손을 들어 올리기도 했는데, 그러면서도 뭔가를 더 기다리는 듯 사람들을 유심히 둘러보았다.

마침내 표트르 알렉산드로비치는 자신이 몹시 치욕적인 입장에 처했음을 알아차렸다.

"이 소동은 우리 모두의 잘못입니다!"

그는 열정에 휩싸여 목소리를 드높였다.

"나는 여기로 오면서도 이렇게까지 될 줄은 몰랐습니다, 비록 상대방이 어떤 작자인지는 알고 있었지만……. 신부님, 정말입니다. 나는 이 모든 것이 처음 듣는 얘기입니다. 아버지가 아들이 사귀는 요사스런 계집을 질투하고, 그것도 모자라 그 요사스런 계집과 작당해서 아들을 감옥에 처넣을 음모를 꾸미다니요? 차마 믿고 싶지도 않습니다. 이런 패거리와 함께 여기에 앉아 있다니 치욕스러움을 도저히 참을 수가 없군요. 속았습니다, 완전히 속은 겁니다."

"드미트리!"

표도르 파블로비치가 갑자기 울부짖었다.

"네가 내 아들이 아니라면 당장 결투를 신청했을 거다. 총을 들고, 세 발짝씩 앞으로 걸어가서, 손수건을 던지고!"

그는 두 발을 구르면서 악을 썼다. 드미트리는 인상을 잔뜩 쓰고는 경멸 어린 시선으로 아버지를 쏘아보았다.

"저는, 그러니까 저는……."

그는 최대한 감정을 자제하며 나지막한 목소리로 말했다.

"저는 약혼녀와 함께 고향에 돌아와 아버지의 노년을 위로해 주려고 했습니다. 그런데 막상 돌아와 보니, 아버지란 작자는 방탕하기 짝이 없는 호색한(여자를 몹시 좋아하는 남자)에 저급한 어릿광대에 지나지 않았습니다."

"결투다!"

표도르 파블로비치는 숨을 헐떡이며 울부짖었다.

"표트르 알렉산드로비치, 당신 가문을 모조리 뒤져 봐도 지금 당신이 감히 '요사스런 계집'이라고 말한 그루셴카보다 정숙한 여자는 절대로 찾지 못할 거라는 걸 알아 두시오! 그리고 드미트리, 약혼녀를 놔두고 그 '요사스런 계집'과 연애질을 하다니! 네 약혼녀는 그 '요사스런 계집'의 구두 밑창만도 못하다고 여겼나 보지? 그 '요사스런 계집'이 그만큼 대단했던 거냐?"

"수치스럽기 짝이 없군!"

그때 이오시프 신부가 한마디 툭 던졌다.

"저런 인간은 도대체 왜 사는 걸까요? 말씀해 주십시오. 이런 상황에서도 저 사람이 이 땅을 더럽히게 내버려 둬야 한단 말입니까?"

표도르 파블로비치가 갑자기 이오시프 신부에게로 달려들었다.

"들리십니까, 신부님? 들리시냐고요. 제 아비를 죽이고도 남을 놈의 말이……. 바로 이것이 신부님의 '수치스럽기 짝이 없군.'에 대한 답입니다. 도대체 뭐가 수치스럽습니까? 그녀는 당신들보다 훨씬 더 성스럽습니다. 수행 중이신 신부님들! 난 어린 시절의 불우한 환경 탓에 남들보다 일찍 타락했습니다. 그래서 그만큼 사랑을 많이 했지요. 사랑을 많이 한 자는 그리스도도 용서한다고 하지 않았습니까?"

"그리스도께서는 그런 사랑을 용서해 주신 게 아닙니다."

온화한 성품의 이오시프 신부도 도저히 참지 못하겠다는 듯 날카롭게 쏘아붙였다.

"아니올시다, 신부님들. 바로 그런 사랑을 용서한 겁니다! 신부님들은 암자에서 양배추를 먹고 도나 닦으면 의인이라고 생각하시죠? 매일 드시는 꼬치고기(꼬치고깃과의 바닷물고기) 한 마리로 하느님처럼 살 수 있다고 생각하면서 말이죠!"

"세상에 어떻게 저런 말을……!"

응접실에 있던 사람들이 일제히 웅성거렸다.

모임은 더 이상 수습하기 어려운 지경에 이르렀다.

그때 조시마 신부가 자리에서 일어났다. 다른 사람들은 정신이 완전히 나가 있었지만, 알렉세이는 제때에 신부의 팔을 부축하였다.

신부는 드미트리 쪽으로 걸어가 그 앞에 무릎을 꿇었다. 순간, 알렉세이는 다리에 힘이 빠져 쓰러진 것이라고 생각했다. 하지만 그게 아니었다. 신부는 드미트리 앞에 무릎을 꿇고 그의 발을 향해 이마가 땅에 닿도록 절을 했다.

알렉세이는 너무나 놀라서 몸을 일으키려는 신부를 부축할 생각도 하지 못했다. 신부는 희미하게 미소를 지었다.

"용서하십시오, 모두를 용서하십시오!"

드미트리는 충격을 받은 듯 한참 동안 멍하니 서 있었다. 조시마 신부가 자신의 발아래 무릎을 꿇고 절을 하다니……. 이게 대체 무슨 일이란 말인가? 그는 결국 두 손으로 얼굴을 가린 채 "오, 맙소사!" 하고 소리를 지르며 응접실에서 뛰쳐나갔다.

다른 사람들도 당황한 나머지, 조시마 신부에게 미처 작별 인사도 하지 못한 채 밖으로 우르르 따라 나갔다. 오직 수사 신부들만이 다시 축복을 받기 위해 조시마 신부 곁에 남았다.

'신부가 드미트리에게 절을 한 게 무슨 상징 같은 건가?'

표도르 파블로비치는 못내 궁금했지만 누구에게 딱히 물어볼 엄두는 내지 못했다.

잠시 후 텃밭 옆으로 지나갈 때, 표트르 알렉산드로비치가 잔뜩 골이 나서 말했다.

"나는 정신병자를 책임지진 않소. 대신 당신 패거리로부터 나를 철저히 지킬 거요, 표도르 파블로비치. 앞으로 영원히 말이오! 아까 그 수사 신부는 대체 어디로 간 거야?"

그러자 그들에게 수도원장의 오찬 초대를 전했던 수사 신부가 재빨리 나타났다.

"존경하는 신부님, 수도원장님에 대한 나의 깊은 존경심을 꼭 전해 주십시오. 별안간 예기치 못한 상황이 생겨서 오찬 초대에 응하는 영광은 도저히 누릴 수 없게 되었습니다. 나를 대신해서 사과의 말씀을 전해 주십시오."

표트르 알렉산드로비치가 신경질적으로 말하자, 곧바로 표도르 파블로비치가 말을 받았다.

"예기치 못한 상황이란 나를 두고 하는 말입니다! 신부님, 표트르 알렉산드로비치가 나와 함께 남아 있기 싫어서 이러는 겁니다. 내가 없어지면 당장 오찬 장소로 갈 테지요. 표트르 알렉산드로비치, 수도원장님께 가서 실컷 드시오! 당신이 아니라 내가 사양하겠소. 자, 그럼 이 몸은 이만 물러갑니다. 집에 가서 노래나 부르렵니다. 여기서는 영 못 하겠군요. 표트르 알렉산드로비치, 나의 친절한 친척 양반."

"나는 결단코 당신의 친척이었던 적이 없소. 천박한 인간 같으니!"

"당신이 우리가 친척 관계라는 사실을 자꾸 부인하니까 더 열받게 하고 싶잖소. 당신이 아무리 아닌 척해 봤자 친척은 친척인 것을……. 원한다면 증명이라도 해 보이겠소. 그리고 이반, 네가 원한다면 남아 있어도 좋다. 때가 되면 마차를 보내도록 할 테니까. 아, 표트르 알렉산드로비치! 당신은 예의상으로라도 수도원장님께 가서 내가 일으킨 소동을 사과해야지요."

"정말로 가는 거요?"

"그런 일을 저지르고 무슨 낯짝으로 남겠소! 죄송합니다, 여러분. 아주 흠뻑 도취되어 깊은 감동을 받았거든요. 부끄러운 일이지요. 그렇게 어처구니없는 소동을 벌여 놓고 점심 대접까지 받을 순 없잖소. 수도원의 소스까지 축낼 수는 없단 뜻입니다. 부끄럽습니다. 그럴 순 없어요. 그러니 이만 실례하겠소!"

'저 거짓말하는 솜씨 좀 보라지!'

표트르 알렉산드로비치는 멀어져 가는 어릿광대를 반신반의하며 지켜보았다.

"당신도 수도원장님께 갈 거요?"

표트르 알렉산드로비치가 이반에게 퉁명스럽게 물었다.

"왜, 안 됩니까? 저는 어제 이미 수도원장님의 초대를 받았는 걸요."

"나 역시 이 빌어먹을 점심 식사에 꼭 가야 한다는 느낌이 팍 드는군요."

표트르 알렉산드로비치는 옆에서 듣고 있는 수사 신부를 조금도 신경 쓰지 않은 채 거칠게 말을 내뱉었다.

"수도원장님께 여기서 일어난 일을 사과하고 우리의 결백을 해명해야죠. 안 그렇습니까?"

"그렇습니다. 우리가 한 짓이 아니라고 해야죠. 더욱이 아버지는 자리에 안 계실 테니까요."

이반이 한마디 했다.

"당신 아버지와 함께였다면, 그야말로 빌어먹을 점심이 되었을 거요."

이윽고 그들은 수도원을 향해 걸음을 옮겼다.

수사 신부는 말없이 듣기만 했다. 작은 숲을 가로질러 가는 동안, 수도원장이 오래전부터 그들을 기다렸으며, 약속 시간에서 이미 삼십 분 정도 늦었다고 말한 게 전부였다.

표트르 알렉산드로비치는 잠시 이반을 쳐다보며 생각했다.

'아무 일도 없었다는 듯 천연덕스럽게 점심을 먹으러 가다니!

낯가죽이 두껍고 양심이 없는 게 영락없이 카라마조프라니까.'

알렉세이는 조시마 신부를 침실까지 데려간 후 침대에 앉혔다. 꼭 필요한 가구만 갖춰져 있는 아주 작은 방이었다. 벽 쪽에 좁은 철제 침대가 있었고, 그 위에는 두꺼운 펠트 천(양털이나 그 밖의 짐승의 털에 습기·열·압력을 가하여 만든 천)이 깔려 있었다. 성상 옆 독경대에는 십자가와 《순교자전》이 놓여 있었다.

신부는 침대에 힘없이 앉아 있었다. 그의 눈은 여전히 빛났지만 숨결엔 맥이 없었다. 그는 생각에 잠긴 얼굴로 알렉세이를 바라보았다.

"나는 괜찮으니, 너는 어서 수도원장님께 가 보렴. 네가 있어야 할 곳은 거기야. 식사 시중이라도 들어 드려야지."

"제발 여기 있게 해 주세요."

알렉세이가 간청했다.

"그곳에서 널 더 필요로 해. 거기에는 평화가 없잖니? 시중을 들다 보면 알아차리게 될 거야. 소란이 일어나거든 기도문을 읊조리렴. 그리고 아들아, 앞으로도 너의 자리는 이곳이 아니다. 이 점을 명심해야 해. 내가 하느님의 부르심을 받으면 곧바로 수도원을 떠나거라."

알렉세이는 몸을 부르르 떨었다.

"왜 그러느냐? 이곳은 너의 자리가 아니래도……. 속세에서 위대한 수행을 하게 될 너를 축복하노라. 너는 더 많이 방황해야 된다. 결혼도 해야 되고. 다시 돌아올 때까지 모든 걸 참아 내렴. 많은 일이 생길 거야. 하지만 나는 너를 믿는다. 그렇기에 너를 보내는 거야. 그리스도께서 너와 함께하실 거다. 그리스도를 지켜 드려라. 그러면 그리스도께서도 너를 지켜 주실 것이다. 엄청난 고뇌를 맛보겠지만, 그 고뇌 속에서 비로소 행복해질 것이다. 바로 이것이 내가 너에게 주는 유언이니라. 고뇌 속에서 행복을 구해야 한다. 일을 하여라. 끊임없이 일해야 한다. 내 말을 명심하여라. 앞으로도 말할 기회가 있겠지만, 내 수명은 이제 얼마 남지 않은 듯하구나."

알렉세이의 입술 끝이 파르르 떨렸다. 신부는 미소를 지으며 조용히 말을 이었다.

"속세 사람들이야 눈물을 흘리면서 고인을 배웅해도, 우리는 떠나가는 신부를 위해 기뻐하면서 기도하지 않니? 이제 그만 가 보렴. 나는 기도를 좀 해야겠구나. 어서 가 봐. 서둘러! 형님들 곁에 머물러라. 그것도 한쪽이 아니라 두 형님 모두의 곁에."

신부는 축도를 하기 위해서 한 손을 높이 들었다. 알렉세이는 신부 곁에 남아 있고 싶었지만 그의 뜻을 거역할 수가 없었다. '드미트리 형에게 이마가 땅에 닿도록 절을 하신 이유는 무엇입니까?'라는 물음이 혀끝에서 맴돌았지만 차마 입이 떨어지지 않았다. 자기가 묻기 전에 알려 주지 않는 것을 보면, 신부는 애당

초 말해 줄 뜻이 없었던 게 분명했다.

알렉세이는 신부의 뜻에 따라 수도원장에게 가려고 텃밭을 지나가다가 불현듯 걸음을 멈추었다. 심장이 고통스러울 정도로 꽉 조여들었다. 자신의 종말이 임박했음을 알리던 신부의 목소리가 자꾸만 귓가에 울리는 것 같았다. 신부가 확언했으니 틀림없이 그렇게 될 터였다. 알렉세이는 그렇게 믿었다.

'그렇게 되면 신부님의 얼굴도 보지 못하고 목소리도 듣지 못할 텐데……. 나는 신부님 없이 어떻게 살아가지? 과연 어디로 가야 할까? 무작정 이곳을 떠나라고 명하시다니. 맙소사!'

알렉세이는 한 번도 이런 비애를 느껴 본 적이 없었다.

제 4 장
범죄의 냄새

그는 다시 암자와 수도원 사이를 가로지르는 숲을 따라 걸음을 재촉했다. 그런데 첫 번째 모퉁이에서 라키친과 맞닥뜨렸다. 아마도 누군가를 기다리고 있는 듯했다.

"혹시 나를 기다렸어?"

알렉세이가 다가가 그에게 물었다.

"응, 너를 기다렸어."

라키친이 웃으며 말했다.

"너는 지금 수도원장님께 가는 길이겠지? 이미 알고 있어, 수도원에서 오찬이 있다는 걸……. 나는 그 자리에 참석할 수 없지만 너는 가서 소스라도 날라야지. 알렉세이, 그 전에 나한테

한 가지만 말해 줘. 그게 도대체 무슨 뜻이지? 사실 이것 때문에
널 기다렸어."

"그거라니?"

"조시마 신부님이 너의 형 드미트리에게 머리가 땅에 닿도록
절한 것 말이야. 거의 이마를 마룻바닥에 찧을 뻔했잖아."

"나도 모르겠어, 무슨 뜻인지……."

"내 이럴 줄 알았어. 너한테 설명을 하셨을 리가 없지. 겉으론
뭔가 있는 것 같아 보이지만 실제론 아무 의미도 없었던 거야.
사람들은 멋도 모르고 '그것이 도대체 무슨 의미였을까?' 하고
떠들어 댈 테지. 그 노인에게는 정말로 형안(炯眼, 사물에 대한 뛰
어난 관찰력)이 있는 모양이야. 그러니까 범죄의 냄새를 기가 막
히게 맡는 거 아니겠어? 너희 집안에선 썩은 내가 난단 말이야."

"범죄라니?"

알렉세이가 놀란 눈으로 물었다. 라키친은 멈칫거리며 대답
했다.

"너희 집에서 곧 범죄가 일어날 거야. 너의 형과 아버지 사이
에서 틀림없이 뭔가 일이 날 거라고……. 조시마 신부님이 그것
을 감지하고서 이마를 바닥에 쾅 찧으려 한 거잖아. 나중에 무
슨 일이 정말로 터지면, '아, 성스러우신 신부님께서 예언하신
일이 고스란히 일어났어.'라고 떠들어 댈 테니까. 하지만 신부님
이 이마를 땅에 찧었다고 뭐가 달라지겠어? 그런데도 사람들은

그걸 위대한 상징이었다고 할 테지. 빌어먹을! 너희 집에서 일어날 범죄에 대해 예견했다고 말이야. 조시마 신부님은 고작 그런 부류인 거야. 의인에게는 지팡이를 휘두르고, 살인자 앞에선 무릎을 꿇는…….”

“살인자라니?”

알렉세이는 그 자리에 못 박힌 듯이 멈춰 섰다. 라키친도 걸음을 멈추었다.

“살인자가 누군지 몰라서 묻는 거야? 아니면 모르는 척하는 거야? 장담하건대, 이 생각은 네가 먼저 하고 있었을걸! 알렉세이, 너는 우유부단한 면이 있긴 해도 언제나 바른 말만 하잖아. 이런 생각을 했어, 안 했어?”

“했어.”

알렉세이가 나직이 대답했다. 라키친은 알렉세이가 곧바로 인정을 하자 도리어 당황하는 빛을 감추지 못했다.

그가 소리쳤다.

“너, 뭐야? 진짜로 너도 이런 생각을 했다고?”

“미리 생각을 했다는 게 아니야. 네 말을 듣고 나니까 그것이 꼭 내 생각인 것처럼 여겨졌을 뿐이야.”

알렉세이가 웅얼거렸다.

“그렇지? 오늘 아버지와 형을 보면서 범죄 생각을 했지? 그러니까 내가 잘못 짚은 게 아닌 거지?”

"잠깐!"

알렉세이가 불안한 듯 말을 끊었다.

"넌 무슨 근거로 그렇게 생각하는 거지? 네가 우리 집안 문제에 왜 이렇게 관심을 갖는 거야?"

"근거? 오늘 너의 형 드미트리의 본색을 낱낱이 파악했거든. 한 가지만 보고도 훤히 다 꿰뚫겠던걸. 정직하긴 하지만 색을 밝히는……. 그런 부류의 사람들에게는 도저히 넘을 수 없는 한계선이 있어. 그렇다고 네 큰형이 네 아버지를 칼로 푹 찔러 버릴 거란 뜻은 아니야. 하지만 네 아버지도 술주정뱅이에다 도통 말릴 수 없는 폭군이잖아. 결국엔 둘 다 진흙탕에서 마구 뒹굴게 되겠지."

"겨우 그런 이유로 내린 결론이라면, 너는 오히려 나에게 용기를 준 셈이야. 절대로 거기까지 가진 않아."

"그런데 왜 그렇게 부들부들 떠는 거야? 그가 정직한 사람이라고 치자. 드미트리 말이야. 멍청하긴 해도 정직한 사람이라고 하자고. 하지만 그는 여자를 밝혀. 그의 본성을 한마디로 정리하면 그렇다는 거야. 네 아버지가 그에게 질 낮은 욕정을 고스란히 물려주었거든. 정말이지 너를 보면 놀라울 따름이야. 아니, 어떻게 네가 아직까지 숫총각일 수 있어? 너도 카라마조프 집안 출신이잖아! 너희 집안의 정욕은 너무 지나쳐서 금세라도 터져 버릴 것만 같아."

"그 여자를 두고 하는 말이라면 틀렸어. 드미트리 형은 그녀를 경멸하고 있어."

알렉세이는 또다시 몸을 부르르 떨면서 말했다.

"그루센카 말이야? 천만에, 형제. 경멸은 무슨 경멸! 자기 약혼녀 대신 그녀를 쫓아다녔다는 것은 경멸하지 않는다는 증거야. 여기엔 네가 아직 이해하지 못하는 뭔가가 있어. 남자가 여자한테 빠져 버리면, 그 여자를 위해 자식이나 부모까지도 팔수 있다고. 할 수만 있다면 조국도 팔아먹을걸. 정직한 사람이라도 상황에 따라서 도둑질을 할 수도 있고, 온순하디온순한 사람도 경우에 따라서 살인을 할 수도 있고, 충직한 사람도 입장에 따라서 배반을 할 수도 있지. 설사 그가 그루센카를 경멸한다고 치더라도 아무 소용이 없어. 경멸한다고 해서 포기하는 건 아니니까."

"그건 그래."

알렉세이는 천천히 고개를 끄덕였다.

"오, 그래? 네가 곧바로 수긍하는 걸 보면 정말로 그렇다는 소리군."

라키친은 악의에 찬 목소리로 외쳤다.

"너는 무심코 그런 말을 내뱉었어. 어쩌다가 툭 튀어나온 거지. 그렇기 때문에 그 고백은 더 귀중한 거야. 너한테 익숙한 주제라는 뜻이고, 정욕에 대해 이미 생각해 봤다는 뜻이잖아. 이

숫총각 녀석! 알렉세이, 네가 여느 평범한 성인들과 조금도 다르지 않다는 건 나도 인정해. 무슨 생각인들 안 해 봤겠어? 뭔들 모르겠냐고! 나는 너를 오랫동안 관찰해 왔어. 너도 카라마조프야. 그것도 완전한 카라마조프지. 어쨌든 피는 못 속인다 이 말이야. 왜 자꾸 부들부들 떨어? 내가 정곡을 찌른 건가?

그나저나 그루센카가 나한테 부탁하더라. '알렉세이를 데려와 봐. 걔가 입고 있는 수도복을 단박에 벗겨 버릴 테니까.' 이러면서. 솔직히 궁금했어. 무엇 때문에 그녀가 너한테 그토록 관심을 보이는지……. 이봐, 어쨌든 그녀는 보통내기가 아니야."

"안부나 전해 줘. 그리고 내가 찾아가는 일은 절대로 없을 거라고 말해 주고……."

알렉세이는 억지로 미소를 지어 보였다.

"하던 이야기나 마저 끝내지, 라키친. 네가 생각하는 카라마조프에 대해서 말이야."

"무슨 할 말이 더 있겠어? 뻔한걸. 이렇게 얌전한 네 속에도 호색한 기질이 있을 텐데, 이반인들 뭐가 다르겠어? 모두 카라마조프잖아. 바로 여기에 너희 카라마조프 집안의 핵심이 있는 거야. 호색한과 강탈자, 그리고 유로지브이(겉으로는 바보나 미치광이처럼 행동하면서 실제로는 진리를 내뱉는 러시아 정교회의 고행자—옮긴이)!

너의 형 이반은 무신론자이면서도 심심풀이 삼아 신학 관련

논문을 발표했지. 이게 말도 안 된다는 건 너 스스로도 인정했잖아. 그것뿐인 줄 알아? 드미트리에게서 약혼녀를 가로채고 있어. 아마도 곧 뜻을 이루게 될 거야. 당사자인 드미트리가 동의한 상태니까. 드미트리는 어떻게든 약혼녀와 인연을 끊고 그루셴카를 차지하고 싶은 거야. 그래서 기꺼이 약혼녀를 양보한 거고……. 아니, 겉으론 양보하는 척했지만 실제로는 자기 잇속을 챙긴 거지.

바로 이런 사람들이 가장 위험해! 너희 집 사람들은 도무지 헤아릴 수가 없단 말이야. 지금 드미트리의 앞길을 가로막고 있는 건 네 아버지야. 그 양반은 그루셴카를 쳐다만 봐도 침을 질질 흘리지. 사실 아까 암자에서도 그녀 때문에, 표트르 알렉산드로비치가 그녀를 '요사스런 계집'이라고 불렀다는 이유만으로 그런 소동을 일으킨 거잖아. 발정 난 암고양이보다 더 지독하게 빠져 있다고. 예전에는 그 영감쟁이의 술집에서 일을 거드는 처지였는데, 이제는 그 영감쟁이가 그녀한테 완전히 정신이 나가 버려서 이것저것 닥치는 대로 제안을 하고 있어. 물론 점잖은 제안일 리가 없지. 이런 상황이니, 어떻게 아비와 아들이 부딪치지 않겠어?

그루셴카는 그 누구에게도 이렇다 할 답을 주지 않고 있어. 말을 계속 바꾸면서 두 사람의 약을 살살 올리고 있는 중인데, 어느 쪽이 더 유리할지 따져 보고 있는 것 같아. 아비 쪽이 돈은 더 많이 뜯어낼 수 있겠지. 그렇지만 결혼을 해 주진 않을 테고. 나중엔 완전히 인색해져서 자린고비가 될지도 모르잖아. 그러니까 드미트리 쪽이 더 가치가 있는 셈이야. 돈은 없지만 능력이 있으니까. 드미트리가 무엇 하나 빠질 것 없는 외모에 돈도 많고 귀족 출신이기까지 한 카테리나 이바노브나를 버리고, 늙어 빠진 장사치의 정부(情婦, 아내가 아니면서 정을 두고 깊이 사귀는 여자)였던 여자와 결혼을 하겠다니……. 어떻게 충돌이 일어나지 않을 수 있겠어?

이반은 이걸 기다리고 있을 거야. 그야말로 일거양득이잖아. 자기의 애간장을 녹이고 있는 카테리나도 손에 넣고, 육만 루블이라는 그녀의 지참금도 먹어 치우는 거지. 이반처럼 알거지나 다름없는 인간에겐 아주 구미 당기는 일이지 않겠어? 게다가 드미트리에게 평생 잊지 못할 은혜를 베풀어 주는 셈이잖아.

사실은 말이야, 지난주에 드미트리가 술에 잔뜩 취해서 술집 여자들에게 자기는 카테리나를 신부로 맞을 자격이 없고, 동생 이반이야말로 그럴 자격이 충분하다고 떠들어 댔다더군. 카테리나도 이반처럼 매력적인 남자를 끝내 거절할 순 없겠지. 아닌 게 아니라, 그녀는 이미 두 사람 사이에서 갈팡질팡하고 있어.

그런데 이반은 도대체 어떻게 했기에 너희 가족을 그렇듯 구워삶은 거야? 너희 가족이 그 작자를 바라보는 눈에 존경심이 흘러넘치던걸. 정작 그는 '네놈들은 굿이나 해라. 나는 가만히

앉아서 떡이나 먹으련다.' 하는 식으로 멀찍이 떨어져 비웃고 있
는데……."

"너는 이런 걸 어떻게 다 알았어? 무슨 근거로 그렇게 자신 있
게 말하는 거야?"

알렉세이는 인상을 쓰면서 날카롭게 물었다.

"나한테 질문을 해 놓고는 정작 내 대답을 두려워하는 것 같
은걸. 그렇지? 그건 네가 내 말을 믿는다는 뜻이지."

"이반 형을 제대로 모르고 하는 소리야. 이반 형은 절대로 돈
에 혹할 사람이 아니라고."

"과연 그럴까? 카테리나의 미모는? 비단 육만 루블이라는 지
참금하고만 얽힌 게 아니라니까."

"이반 형은 더 높은 이상을 꿈꾸고 있어. 어쩌면 고뇌를 추구
하고 있는지도 모르고……. 그 형은 억만금에도 흔들리지 않아.
이반 형이 추구하는 것은 돈이나 명예 따위가 아니니까."

"무슨 꿈같은 소리냐? 하여간 너희 귀족 나리들이란!"

"이봐, 라키친! 이반 형의 영혼은 폭풍우와도 같아. 뭔가에 사
로잡혀 있다고. 아직 논란 중인 위대한 사상 같은 것에 말이야.
이반 형은 육만 루블이 아니라 사상을 논할 수 있는 사람을 원
해."

"그건 어디까지나 표절이야! 알렉세이, 그건 조시마 신부님의
말을 슬쩍 바꾼 것뿐이잖아. 이반이 너희 가족을 정말로 잘 구

워삶아 놨군그래!"

라키친은 입술을 실룩이며 노골적으로 불편한 심기를 드러 냈다.

"그 논문이라는 것도 순 엉터리야. 누구든 머리를 조금만 굴리 면 금세 알아차릴걸. 그의 논문은 유치하고 터무니없어. 아까 너 도 그의 어리석은 이론을 똑똑히 들었잖아. 영혼의 불멸이 없다 면 선행도 없다? 그래, 매력적인 이론이긴 해, 야비한 놈들에게 는. 아, 이렇게 욕하는 것조차 멍청한 일이군. 밑도 끝도 없이 그 저 오묘하기만 한 사상은 욕할 가치조차 없는데, 그럴듯하게 허 풍을 늘어놓는 그의 이론 자체가 이미 죄악이야. 야비한 짓거리 라고! 인류는 영혼의 불멸을 믿지 않더라도 선행할 수 있는 힘 을 찾아낼 거야. 자유, 평등, 박애를 향한 사랑 속에서 결국은 찾 아낼 거라고!"

라키친은 열을 올리며 떠들어 대다가 다시 뭔가를 떠올린 듯 흥분을 애써 가라앉혔다.

"뭐, 그 정도로 해 두자."

알렉세이는 말없이 신경질적으로 웃어 젖혔다.

"왜 갑자기 웃어? 혹시 내가 속물이라고 생각돼서 그러는 거 야?"

"네가 속물이라니, 말도 안 돼. 네가 얼마나 똑똑한데……. 난 그냥 무심코 웃었을 뿐이야. 네가 열을 올릴 수 있는 상황이라는 건 이해해, 라키친. 네가 이렇게 흥분하는 걸 보니 내 짐작이 맞을 것 같은데? 너야말로 카테리나 이바노브나에게 마음이 있는 거야. 네가 이반 형을 좋아하지 않는 이유도 바로 그거지. 너, 우리 형을 질투하는 거지?"

"그리고 그녀의 돈도 질투한다. 이렇게 덧붙이지 그래?"

"그러고 싶진 않아. 너를 모욕할 생각은 없으니까."

"네가 그렇게 말하니까 믿겠다만, 어쨌든 너도 네 형 이반도 재수 없어! 카테리나가 아니더라도 그를 좋아할 이유는 없지. 내가 왜 그를 좋아해야 해? 빌어먹을! 그가 먼저 나를 욕했어. 그런데 왜 나에게 그를 욕할 권리가 없다는 거야?"

"나는 이반 형이 네 얘기하는 걸 들은 적이 없어. 좋은 소리든 나쁜 소리든, 이반 형은 너에 대해선 한마디도 하지 않았어."

"그가 그저께 카테리나 집에서 나에 대해 욕을 마구 퍼부었다고 들었어. 별 상관도 없는 나에게 그토록 특별한 관심을 보였다는 거야. 대체 누가 누구를 질투한다는 건지 모르겠군!

네 형의 말에 따르면, 내가 만약 수도원장이 되려는 꿈을 접고 사제의 길을 버린다면 반드시 상트페테르부르크로 가서 꽤 두꺼운 잡지를 발간하는 데 합류할 거래. 그것도 비평 분과에서 한 십 년간 기사를 쓰다가, 나중에는 그 잡지를 내가 고스란히 삼켜 버릴 거라고 했다더군. 그 잡지는 자유주의적이고 무신론적인 성향에 사회주의적인 색채도 띨 것이라고 했대.

그의 말대로라면 내 출셋길은 보장된 셈이지. 잡지는 비록 사회주의 색채를 띠더라도, 나는 잡지의 원고료를 주저 없이 내 통장에 입금할 테니까. 그것뿐만이 아니야. 경우에 따라선 유대인에게까지 자문을 구할 거라지? 그렇게 해서 훗날 상트페테르부르크에 거대한 건물을 세우고 나면 편집국을 거기로 옮기고, 나머지 층은 사람들에게 세를 놓을 거라더군. 친절하게도 그는 건물의 위치까지 정해 주었어. 상트페테르부르크에 설계 중이라는, 네바 강을 가로지르는 노브이 카멘느이 다리 옆 말이야.”

“라키친, 토씨 하나 안 빼고 전부 다 실현될 거야!”

알렉세이는 웃음을 터뜨리며 말했다.

“너도 빈정거릴 줄 아나 보지, 알렉세이?”

“아냐, 농담이야, 미안. 나는 전혀 다른 생각을 하고 있었어. 누가 너한테 그렇게 시시콜콜한 것들까지 다 알려 줬을까? 그런 얘기를 대체 어디서 들은 거지? 이반 형이 그런 말을 하고 있을 때, 너도 카테리나 집에 있었던 거야?”

“아니. 그때 내가 아니라 드미트리가 그 집에 있었어. 나는 드미트리가 전하는 말을 똑똑히 들었지. 물론 그가 나에게 직접 말한 것은 아니야. 어쩌다가 엿듣게 되었어. 그때 난 그루셴카의 침실에 있었는데, 드미트리가 바로 옆방에 죽치고 있어서 밖으로 나갈 수가 없었거든.”

“아참, 그루셴카가 너의 친척이라고 했지?”

"친척이라고? 그루센카와 내가?"

라키친은 얼굴을 붉히면서 소리쳤다.

"너, 미친 거 아냐? 어떻게 그런 생각을 할 수가 있어?"

"그럼 아니야? 난 어디선가 그렇게 들은 것 같은데."

"어디서 그 따위 소리를 들은 거야? 절대 아니야! 너희 카라마 조프 집안사람들은 세상에서 가장 위대하고 유서 깊은 귀족인 양 폼을 잡지만, 사실 네 아버지는 어릿광대에 불과하잖아. 나는 고작 평신부의 아들이라서 너희 같은 귀족의 눈엔 버러지쯤으로 보이겠지만, 그렇다 쳐도 그렇게 아무 생각 없이 나를 모욕하진 말아 줘. 내게도 명예라는 것이 있단 말이야, 알렉세이. 내가 고작 창녀 그루센카의 친척이 될 수는 없잖아? 제발 좀 정신차려!"

라키친은 단단히 골이 났다.

"미안해, 그건 정말 몰랐어. 그런데 창녀라니…… . 정말로 그런 여자야? 나는 그냥 친척이라는 얘기를 들었을 뿐이야. 너도 그녀 집에 자주 가고, 네 입으로 나한테 연인 관계는 아니라고 말했잖아. 그래서 네가 그녀를 그토록 경멸하고 있으리라고는 생각지 못했던 거지. 그런데 그루센카가 정말로 그런 여자야?"

"내가 그녀 집을 찾아간 건 볼일이 있어서야. 친척이란 소문은…… . 허, 네 형이나 아버지 정도라면, 나 아니라 너까지도 그녀와 친척으로 엮어 버릴 수 있을걸. 드디어 다 왔다. 너는 얼른 부엌으로 가 봐. 아니, 저건 뭐지? 우리가 늦은 건가? 저렇게 빨리 식사를 끝마쳤을 리는 없을 텐데? 아니면 카라마조프 집안사람들이 저기서도 난동을 부린 건가? 그런 게 분명해. 저기 네 아버지잖아. 이반도 따라 나오는걸. 이오시프 신부가 현관 층계참에서 저들의 등에 대고 뭐라고 소리친다. 우아, 저기 표트르 알렉산드로비치가 마차를 타고 떠나는걸. 가고 있는 거 보이지? 어라, 막시모프도 뛰어가고……. 뭔가 한바탕 소동이 일어난 게 분명해. 식사는 아예 하지도 않았겠군. 저들이 수도원장을 두들겨 팬 건 아닐까? 아니면 저들이 얻어맞았거나.”

라키친의 추측은 정확했다. 정말로 한바탕 소동이, 여태껏 한 번도 수도원에서 일어난 적 없었던 소동이 벌어졌던 것이다.

수도원에 들어가면서, 표트르 알렉산드로비치는 미묘한 심경의 변화를 겪었다. 사신이 좀 전에 화를 낸 것이 부끄럽게 여겨진 것이었다. 어릿광대나 다름없는 표도르 파블로비치 따위는 깡그리 무시해 버렸어야 하는데……. 자기도 모르게 냉정함을 잃고 말았다는 생각이 들었다.

‘신부들은 아무 잘못이 없어. 워낙에 점잖으니까 누구한테든 친절하고 정중하게 대하는 거지. 나는 어릿광대와 절대로 한통속이 아니란 걸, 어찌어찌하다가 이 무리에 우연히 끼이게 됐을 뿐이라는 것을 증명해 보이겠어. 일단 소송 중인 삼림 벌목권과

하천 어로권을 그들에게 양보하는 게 좋겠군. 수도원을 상대로 한 소송을 이참에 모두 그만두는 거야.'

이런 생각은 수도원장의 거처로 들어섰을 때 더욱더 확고해졌다.

수도원장의 거처는 신부의 암자보다 훨씬 더 넓고 편리한 구조를 띠고 있었다. 하지만 방은 두 개밖에 안 되는 데다 식당도 따로 갖춰져 있지 않았다. 방 안의 가재도구도 매우 옹색해 보였다. 가구는 마호가니 장식이 붙은 가죽 소파가 전부였고, 마룻바닥에는 칠도 되어 있지 않았다. 대신 모든 것이 깨끗했다. 창턱에는 꽃이 핀 화분이 놓여 있었다. 그리고 방 안에 마련된 식탁에는 예상 외로 근사한 음식들이 가득 차려져 있었다.

식탁보는 깨끗했으며 식기에는 윤기가 흘렀다. 식탁 위에는 맛깔스럽게 구워 낸 빵과 포도주, 수도원에서 직접 만든 꿀, 그리고 이 근방에서 명성이 자자한 크바스(러시아의 전통 술)를 담은 유리 주전자 등이 있었다. 그리고 메인 요리로는 철갑상어 수프와 생선 만두, 독특하게 조리한 생선찜, 붉은 생선 커틀릿 등이 마련되어 있었다. 후식으로는 아이스크림과 과실편, 젤리가 눈에 띄었다.

표트르 알렉산드로비치와 칼가노프, 그리고 이반이 음식이 차려진 방으로 들어섰을 때 이오시프 신부와 파이시 신부, 또 낯선 수사 신부 한 명이 미리 와서 기다리고 있었다. 막시모프도 한쪽에 서 있었다. 수도원장은 손님들을 맞이하기 위해 방 한가운데로 나왔다. 그는 비록 여위긴 했지만 키가 몹시 컸으며 나이에 비해 꽤 정정해 보였다. 희끗희끗한 머리카락과 길쭉한 얼굴은 금욕적인 느낌을 흠씬 풍겼다.

"깊은 사과의 말씀을 드리지 않을 수가 없군요, 원장님."

표트르 알렉산드로비치는 이가 다 드러날 정도로 환하게 웃으며 말했다.

"우리가 그만 표도르 파블로비치를 놔두고 왔습니다. 그가 원장님의 오찬 초대를 사양할 수밖에 없었던 이유가 있답니다. 조시마 신부님의 암자에서 소란이 좀 있었습니다. 아들과의 불화에 골몰한 나머지 때와 장소에 걸맞지 않은, 매우 점잖지 못한 말을 내뱉고 말았거든요. 그는 자신의 잘못을 진심으로 뉘우치고는, 깊은 유감과 참회의 뜻을 원장님께 전해 달라고 부탁했습니다."

표트르 알렉산드로비치는 이렇게 말하면서 스스로에게 꽤 큰 만족감을 느꼈다. 하지만 그 만족감은 오래가지 못했다. 절묘하게도 바로 그 순간, 표도르 파블로비치가 들이닥쳐 마무리를 아주 화려하게 장식해 주었기 때문이다.

표도르 파블로비치는 정말이지 이곳을 곧장 떠날 생각이었다. 조시마 신부의 암자에서 그렇듯 치욕적인 짓을 저지르고 아무 일도 없었던 양 수도원장의 오찬에 참석할 수는 없었다. 거

기서 밥까지 얻어먹는다는 것은 참으로 점잖지 못하다는 생각
이 들었다.

그런데 그때 불현듯 자신을 추잡하다는 듯이 바라보던 사람
들의 시선이 떠오르면서 화가 불같이 치밀어 올랐다. 그와 동시
에, 그들에게 복수하고 싶단 생각이 거세게 밀려왔다. 그는 두
눈을 번득이며 입술을 부르르 떨었다. 그러고는 수도원으로 바
삐 뛰어갔다.

그가 음식이 차려진 방에 모습을 드러낸 것은 정확히 기도가
끝나고 식사를 하기 위해 저마다 식탁 쪽으로 몸을 기울이던 순
간이었다. 그리고 표트르 알렉산드로비치가 짐짓 무게를 잡으
며 유감의 뜻을 멋들어지게 전하고 있던 참이었다.

"여러분은 떠난 줄 알았겠지만, 여기 문제의 그놈이 돌아왔습
니다!"

그는 온 방이 떠나가도록 소리쳤다. 사람들은 하나같이 놀란
표정으로 그의 얼굴을 뚫어지게 바라보았다. 한참 동안 침묵이
흘렀다. 그 자리에 모인 사람들은 누구랄 것 없이 머지않아 혐
오스럽고 터무니없는 일이 일어나리라는 것을 온몸으로 직감
했다.

"도저히 참을 수 없군. 참을 수가 없어, 절대로!"

표트르 알렉산드로비치는 피가 거꾸로 솟구치는 것만 같았
다. 그는 자신이 말을 더듬거리고 있다는 걸 눈치챌 겨를도 없

이 모자를 거머쥐었다.

"아니, 저 사람은 뭘 그리 참을 수 없다는 거죠? 원장님, 나도 아까 초대받은 몸이니 오찬에 참석해도 되겠지요?"

표도르 파블로비치가 큰 소리로 물었다.

"진심으로 환영합니다."

수도원장이 대답했다.

"여러분! 우리의 이 소박한 음식을 드시는 동안, 서로간의 불화는 말끔히 잊어버리고 오로지 사랑으로 화합하여 주시기를 주님께 기도드립니다. 그리고 여러분께도 진심으로 부탁드립니다."

"아니, 안 됩니다. 절대 안 됩니다!"

표트르 알렉산드로비치는 이미 제정신이 아닌 듯했다. 그 모습을 보고 표도르 파블로비치가 짐짓 능청스런 목소리로 말했다.

"표트르 알렉산드로비치 미우소프께서 안 된다면 나도 안 됩니다. 내가 온 건 그 때문이니까요. 나는 이제 어딜 가든 표트르 알렉산드로비치와 함께하겠습니다. 당신이 떠난다면 나도 떠나고, 당신이 남는다면 나도 남겠소. 화합이라……. 수도원장님은 저 양반의 아픈 곳을 콕 찌르셨습니다. 저 양반은 나를 친척으로 인정하지 않거든요!"

표트르 알렉산드로비치가 칼가노프를 향해 소리쳤다.

"갑시다!"

"안 됩니다, 잠깐만요!"

표도르 파블로비치가 찢어지는 듯한 목소리로 상대방의 말을 가로채었다.

"마저 끝내게 해 주십시오! 조시마 신부님의 암자에서 내가 점잖지 못하게 굴었다는 소문이 이미 퍼졌겠지만, 나는 그저 꼬치고기에 대해 조금 떠들었던 것뿐입니다. 나의 친척인 표트르 알렉산드로비치 미우소프는 자기 말이 진실하기보다는 고상하길 원합니다. 그러나 나는 내 말이 고상하기보다는 진실하길 원하지요. 수도원장님, 내가 비록 어릿광대인 양 굴고 있지만 명예를 진정으로 소중히 여기는 기사로서 한마디 드리고 싶습니다. 그래서 이곳에 온 겁니다.

신부님들, 수도사님들, 뭐 하러 금욕 수행을 하십니까? 정말 그 대가로 천국의 보상을 기대하시는 겁니까? 그런 보상이 주어진다면 나도 금욕을 하겠어요! 고귀한 신부님들, 살아 있을 때 선한 일로 사회에 헌신해야지요! 기껏 남이 만든 빵이나 축내며 수도원에 처박혀 있는 주제에 하늘의 보상을 기대하다니요. 하긴, 쉬운 일이 아니긴 하지. 그나저나 나도 말이라면 제법 유창하게 할 줄 안단 말씀! 자, 이제 여기에 어떤 음식들이 차려져 있는지 살펴볼거나?"

그는 식탁 쪽으로 성큼 다가갔다.

"잘 숙성된 와인과 향긋한 벌꿀이라……, 기가 막히는군! 꼬치고기와는 생판 다른걸. 어럽쇼, 신부님들이 술병도 차려 놨네. 그런데 도대체 누가 이걸 다 여기로 가져다 줬을거나? 바로 러시아의 농부! 굳은살 박인 손으로 죽도록 일해야 먹고사는 사람들이 한 푼 두 푼 모은 돈을 여기에 바치는 것이 아니냔 말이야. 신부님들, 당신들은 성스러운 척하지만 사실 민초의 피를 빨아먹고 있는 겁니다!"

"말씀이 지나치십니다!"

이오시프 신부가 언성을 높였다. 파이시 신부는 침묵을 지켰다. 그 순간 표트르 알렉산드로비치는 방에서 뛰쳐나갔고, 칼가노프는 그의 뒤를 허겁지겁 따라 나갔다.

"신부님들, 나도 표트르 알렉산드로비치 미우소프의 뒤를 따르겠소! 더 이상은 신부님들을 찾지 않을 거요. 당신들이 무릎 꿇고 사정을 한다 해도 말입니다."

그는 발작을 일으키듯 탁자를 쾅쾅 치며 눈물을 뚝뚝 떨어뜨렸다. 하지만 이마저도 연기라는 것을 누구나 알아차릴 수 있었다.

"이 수도원은 내 인생에서 아주 많은 의미를 지녔어. 아, 그동안 얼마나 많은 눈물을 흘렸던가! 마누라가 나한테 못되게 군 것도 다 당신들 때문이야. 일곱 개의 성당에서 나를 저주한 것도 모자라, 이 근방에 소문을 쫙 퍼뜨렸지. 앞으로 나한테 천 루블, 아니 단 일 루블도 기대하지 마시오!"

사실 수도원은 그에게 어떤 의미도 없었다. 물론 수도원 때문에 눈물을 흘린 적도 없었다. 하지만 그는 억지로 꾸며 낸 자신의 눈물에 취해서, 스스로도 그 말을 믿고 감동할 지경이었다. 하지만 곧바로, 바퀴를 되돌려 놓을 때가 왔음을 직감했다.

수도원장은 그의 악의적인 눈물 연기에 잠시 고개를 숙이고 있었다. 그러다가 엄한 목소리로 훈계를 하기 시작했다.

"말씀 중에 '너희에게 가해지는 모욕을 기쁜 마음으로 참아 내고, 너희를 모욕하는 자를 증오하지 말며, 분노에 사로잡히지 말지어다.'라는 구절이 있습니다. 우리는 말씀대로 행동하겠습니다."

"쳇, 생각하는 것하곤! 허튼 소리, 허튼 생각들이나 실컷 하시오. 신부님들, 나는 갑니다요. 내 아들 알렉세이는 아버지의 권한으로 지금 데려가겠소. 이반! 존경해 마지않는 나의 아들, 너에게도 나를 따르라고 명령하노라!"

그는 소리를 지르고 갖은 수선을 떨며 밖으로 나갔다. 바로 그 순간에 알렉세이와 라키친이 도착한 것이었다.

"알렉세이!"

표도르 파블로비치가 멀리서 소리쳤다.

"오늘 당장 베개와 이불을 몽땅 싸 가지고 집으로 오너라."

알렉세이는 말없이 멈춰 서서 그 장면을 바라보고만 있었다.

그러는 사이, 표도르 파블로비치는 마차에 올랐다. 이반은 알렉세이에게 작별 인사도 하지 않은 채 굳은 얼굴로 아버지를 따라 마차에 탔다.

제 5 장

떠돌이 여자의 아이

표도르 파블로비치 카라마조프의 집은 시내의 중심가도, 그
렇다고 완전히 변두리도 아닌 곳에 있었다. 지은 지 오래된 집
이었지만 외관은 그리 나쁘지 않았다. 다락방이 딸린 단층 건물
의 벽에는 회색 칠이 돼 있었고, 그 위에는 붉은색 양철 지붕을
이고 있었다. 아직은 꽤 튼튼하고 넓은 집이었다.

언뜻 아늑해 뵈는 이 집 안에는 여러 개의 헛간과 비밀 창고,
작은 계단이 있었다. 곳곳에서 쥐가 들끓었지만, 표도르 파블로
비치는 그래야 혼자 있을 때도 심심하지 않다며 개의치 않았다.
그는 밤이 되면 하인들을 행랑채로 내보내고, 날이 새도록 집
밖으로 나오지 않았다. 행랑채는 마당 한켠에 있었는데, 꽤 널찍

하고 견고했다.

표도르 파블로비치는 집 안에 부엌이 있는데도 꼭 행랑채에서 음식을 만들게 했다. 집 안에서 음식 냄새가 나는 걸 싫어해서, 먹을 것은 무조건 겨울이건 여름이건 행랑채에서 요리한 후 날라 왔다. 지금 이 집 몸채에는 표도르 파블로비치와 이반이 살고 있었고, 행랑채에는 그리고리와 그의 아내 마르파, 젊은 하인 스메르쟈코프가 살고 있었다.

그리고리는 완고한 노인이었다. 자신이 한번 믿기 시작한 진리가 있으면 그것이 말이 되건 안 되건 끝까지 집착했다. 하지만 돈에는 조금도 연연해 하지 않았다. 그의 아내 마르파는 남편의 뜻이라면 언제나 군말 없이 따랐다. 농노 해방 직후, 마르파는 모스크바로 가서 장사를 해 보자고 남편을 졸랐다. 하지만 정직하고 충직한 그리고리는 주인을 버리는 짓은 옳지 않을뿐더러 이곳에서 영원히 사는 것이 자신들의 의무라고 강하게 못박았다. 결국 그들은 이곳에 남았고, 적은 금액이긴 하지만 표도르 파블로비치가 주는 월급으로 먹고살았다.

그리고리는 자신이 주인에게 어느 정도 영향력을 갖고 있다고 믿었다. 그것은 사실이었다. 표도르 파블로비치는 재산을 불리는 과정에서 숱하게 얻어맞거나 얻어맞을 뻔했다. 그때마다 그를 구해 준 사람이 그리고리였다.

표도르 파블로비치는 얻어맞는 것은 겁나지 않았지만, 믿을 만한 사람이 곁에 한 명도 남지 않게 될까 봐 몹시 두려워하였다. 술에 취했을 땐 더욱더 그랬다. 심지어 공포와 두려움을 느끼기까지 하였다. 그럴 때 충직하고 반듯한 사람이 자신 곁에 있어 준다는 사실은 큰 위로가 되었다. 그래서 그리고리의 고지식한 훈계를 마냥 싫어하진 않았다.

그리고리는 내색은 안 했지만 아내를 각별히 사랑했다. 마르파는 남편보다 분별력이 좋은 편이었지만 불평이나 대꾸를 하는 법이 없었다. 그녀는 남편이 자신보다 정신적으로 우월하다고 여겼기 때문에 뜻을 거스르는 일은 아예 하지 않으려 했다. 그런데 이 두 사람은 꼭 필요한 일이 아니면 거의 말을 주고받지 않았다.

그리고리는 아이를 좋아했다. 아젤라이다가 젊은 남자와 도망쳤을 때, 그는 드미트리를 자기 손으로 거두어 일 년가량 돌봐 주었다. 직접 아이를 목욕시키고 머리카락을 빗겼다. 나중에는 이반과 알렉세이까지 돌보았다. 그러나 어떤 보상을 바라고 한 일은 절대로 아니었다.

그리고리와 마르파에게는 아이가 없었다. 사실 아이가 하나 있긴 했다. 그러나 태어난 지 이 주일 만에 죽어 버렸고, 이후에는 한 번도 생기지 않았다. 아이를 땅에 묻은 날 밤, 마르파는 한밤중에 갓난애의 울음소리를 듣고 잠에서 깼다. 그녀는 깜짝 놀라 남편을 흔들어 깨웠다. 아내의 채근을 못 이겨 밖으로 나간 그리고리는, 정원 한켠에 있는 목욕탕에서 넋이 나갈 만한 광경을 목격했다. 온 거리를 떠돌아다니며 살기 때문에 리자베타 스메르쟈쉬야(악취를 풍기는 리자베타—옮긴이)라는 별명을 가진 여인이 그곳에서 막 아기를 낳던 것이다. 갓난아기는 리자베타 곁에 누워 있었고, 그녀는 숨이 넘어가고 있었다.

그 해 스무 살이었던 리자베타는 키가 아주 작았다. 넓적한 얼굴은 발그스름했고, 움직임 없는 두 눈은 어쩐지 불쾌감을 주었다. 그녀는 거의 백치에 가까웠다. 사시사철 삼베로 지은 윗도리 하나만 걸친 채 맨발로 돌아다녔다. 몇 년 전 고아가 된 뒤로는 신앙심 깊은 사람들의 세심한 보살핌으로 겨우겨우 살아가고 있었다. 심술궂은 사내아이들도 그녀를 골리거나 해코지하는 짓은 하지 않았다. 어쩌다 그녀가 남의 집에 불쑥 들어가도 내쫓기는커녕 도리어 안으로 들여 먹을 것을 챙겨 주는 경우가 많았다.

그런데 언제부턴가 리자베타의 배가 불러오기 시작했다. 그녀가 임신을 한 것이었다. 사람들은 도대체 누가 이런 몹쓸 짓을 저지른 것인지를 두고 여기저기서 수군거렸다. 그러다 그 몹쓸 놈이 바로 표도르 파블로비치라는 소문이 돌았다. 어찌 된 일인지 당사자는 이에 대해 한마디 변명도 하지 않았다.

그 후 가엾은 리자베타에 대한 동정은 식을 줄을 몰랐고, 사람들은 그녀를 보호하기 위해 그 전보다 더 애를 썼다. 어느 부유한 상인의 미망인은 리자베타가 출산할 때까지 돌보겠다며 자기 집에 데려다 놓기까지 하였다. 그런데 리자베타가 출산을 앞두고 느닷없이 표도르 파블로비치의 집에 나타난 것이었다.

그리고리는 마르파에게 달려가 리자베타를 보살피라고 하고는 곧장 산파를 부르러 갔다. 그렇게 해서 아기의 목숨은 건졌지만, 동이 틀 무렵 리자베타는 끝내 숨을 거두었다. 그리고리는 갓난아기를 집으로 데려와 마르파의 가슴에 안겨 주었다.

"고아는 하느님의 아이라서 누구에게나 자식이 될 수 있는 법이야. 먼저 떠난 아들 녀석이 당신과 나한테 이 아기를 보낸 게지. 잘 키워 보도록 해. 앞으로는 울지도 말고······."

아기는 세례를 받고 파벨이라는 이름을 얻었다. 아기의 부칭은 약속이나 한 듯이 다들 표도로비치라고 불렀다. 표도르 파블로비치도 싫은 내색을 하지 않았다. 이 일과 자신은 전혀 상관이 없다고 뒤늦게 발뺌을 하면서도 은근히 즐기는 듯한 눈치였다. 훗날 표도르 파블로비치는 그 아이를 어머니의 별명을 따 스메르쟈코프라고 불렀다.

스메르쟈코프는 자라서 표도르 파블로비치의 요리를 담당하게 되었다. 우리 이야기가 시작될 무렵엔 그리고리 부부와 함께 행랑채에 살고 있었다. 스메르쟈코프에 대해서는 앞으로 좀 더 얘기할 기회가 있을 것이다.

제 6 장

드미트리의 고백

알렉세이는 아버지가 수도원을 떠나면서 외친 명령 때문에 몹시 곤혹스러웠다. 그는 일단 수도원장의 방으로 가서 아버지가 무슨 짓을 저질렀는지 알아보았다. 그러고는 자신을 괴롭혀 온 문제가 어떻게든 풀리길 바라면서 서둘러 시내로 향했다.

알렉세이는 베개와 이불까지 챙겨서 집으로 들어오라는 아버지의 명령이 조금도 무섭지는 않았다. 아버지가 큰 소리로 집으로 들어오라고 명령한 것은 순간적인 연기에 불과하다는 것을 너무나 잘 알고 있었기 때문이다. 아버지는 내일이라도 다시 그를 수도원으로 돌려보낼 것이었다. 어쩌면 오늘 밤에라도 다시 되돌려 보낼지 몰랐다. 정작 그가 염려하는 것은 다른 일이었다.

그의 내부에서 또 다른 고통이 밀려오고 있었다.

조시마 신부를 찾아온 호흘라코바 부인이 건네준 쪽지 때문이었다. 카테리나가 무슨 말을 할지 몰라서 두려운 것이 아니었다. 상대가 여자라서 꺼림칙한 것도 아니었다. 그냥 왠지 카테리나가 무서웠다. 처음 본 순간부터 그녀가 두려웠다. 그녀는 아름답고 오만하고 강인했다. 알렉세이를 괴롭히는 것은 그녀의 아름다움이 아니었다. 이 괴로움의 원인을 제대로 설명할 수 없다는 것이 그의 마음속에서 더 큰 불안함을 불러일으켰다.

카테리나가 알렉세이에게 방문을 요청한 것은 지극히 고매한 이유에서였다. 그도 이 점을 잘 알고 있었다. 그녀는 자신에게 잘못을 저지른 드미트리를 구하기 위해 백방으로 노력하고 있었다. 알렉세이는 카테리나의 관대함이 진심이라고 생각하면서도, 그녀의 집이 가까워질수록 자꾸만 등골이 오싹해지는 느낌이 들었다.

이반이 그녀와 친하긴 해도 그곳에 있진 않을 터였다. 지금쯤 아버지와 함께 있겠지. 드미트리가 그곳에 있을 가능성은 더더욱 희박했다. 그렇다면 그녀와의 대화는 단둘이 있는 상황에서 이루어질 확률이 높았다. 그는 이 숙명적인 대화를 나누기 전에 드미트리를 꼭 한 번 보았으면 좋겠다는 생각이 들었다. 쪽지를 보여 주진 못하더라도 몇 마디 말이라도 주고받았으면 좋으련만! 하지만 드미트리가 사는 곳은 너무나 멀었다. 집에 있으리라는 확신도 없었다.

알렉세이는 잠시 동안 서성이다가 마침내 결심을 굳혔다. 천천히 성호를 긋고는 미소 띤 얼굴로 그녀를 만나기 위해 당당하게 걸음을 옮겼다. 그는 그녀가 살고 있는 곳을 잘 알고 있었다. 마을이 그리 큰 편은 아니었지만 집들이 드문드문 흩어져 있어서 상당히 먼 거리를 걸어가야 했다. 게다가 아버지가 그를 기다리고 있었기 때문에 서두르지 않으면 안 되었다. 그는 잠깐 고민을 한 끝에 뒷길로 가로질러 가야겠다고 마음먹었다. 그는 마을의 지름길들을 손바닥 들여다보듯 훤히 꿰고 있었다.

알렉세이는 그렇게 걸어가다가 아버지 집과 정원이 맞붙어 있는, 낡고 작은 집을 지나게 되었다. 그는 불현듯 이 집의 주인에 대해 들었던 얘기가 떠올랐다. 도시의 소시민 출신인 노파가 딸과 함께 살고 있다고 했다. 노파는 다리를 쓰지 못했다. 딸은 한때 모스크바에서 남의집살이를 하며 떠돌다가 일 년 전쯤에 병든 어머니를 돌보러 고향으로 돌아왔다.

그녀는 표도르 파블로비치한테서 빵과 수프를 얻어 갈 정도로 가난했지만 옷차림은 잔뜩 멋을 부려 더할 나위 없이 화려했다. 마르파는 그들에게 기꺼이 먹을 것을 나눠 주었다. 노파의 딸은 자신의 원피스를 팔아서 음식을 구할 생각은 절대로 하지 않았다. 이 마을의 일이라면 모르는 것이 없는 라키친은 그녀의 원피스 중에는 치맛자락이 꼬리처럼 치렁치렁 늘어진 것도 있다고 말했다. 그때는 그냥 흘려들었는데, 막상 그 집 옆을 지나노라니 치맛자락 얘기가 떠올랐다. 그러다가 이런 데서 만날 거라곤 꿈에도 생각지 못했던 사람과 맞닥뜨렸다.

울타리 너머 정원에서 가슴팍을 앞으로 쑥 내민 채 온갖 손짓을 다 해 가면서 알렉세이를 부르는 사람이 있었다. 드미트리였다. 누가 들을까 봐서 소리를 지르기는커녕 말을 거는 것조차 두려워하는 눈치였다. 알렉세이는 곧장 울타리 쪽으로 달려갔다.

"네가 마침 둘러보았기에 망정이지, 하마터면 소리를 지를 뻔했지 뭐냐?"

드미트리는 반가움을 감추지 못하며 속삭였다.

"이리로 넘어와, 어서! 아, 네가 오다니 얼마나 멋진 일인지 모르겠어. 그렇지 않아도 네 생각을 하던 참이야."

알렉세이도 기쁘기는 마찬가지였지만, 울타리를 어떻게 넘어야 할지 몰라서 잠시 망설였다. 그러자 드미트리가 다가와 손으로 그의 팔꿈치를 받쳐 주며 뛰어넘는 것을 도왔다. 알렉세이는 수도복을 걷어 올리고 울타리를 훌쩍 넘었다.

"그래, 그렇게 날렵해야지. 자, 가자!"

드미트리는 기분 좋은 목소리로 속삭였다.

"어디로?"

알렉세이가 주위를 둘러보며 물었다.

"그리고 아무도 없는데 왜 자꾸 속닥대는 거야?"

"왜 속닥대느냐고? 아, 젠장!"

드미트리는 갑자기 목청을 높였다.

"그러게. 내가 왜 속닥대는 거지? 사람이란 본래 이렇게 가끔씩 어처구니없는 짓을 할 때가 있단다. 나는 여기에 앉아서 비밀을 파헤치고 있었어. 자세한 이야기는 좀 있다가 할게. 거기에 정신이 팔린 나머지 바보처럼 계속 속닥댄 거지 뭐냐? 저기로 가자!"

드미트리는 알렉세이를 정원의 모퉁이로 데려갔다. 그곳 덤불숲 한가운데에 아주 오래된 오두막이 있었다. 벽에 칠한 초록색은 시커멓게 변해 버린 데다, 벽이라고 해 봐야 앙상하게 골조만 남아 있었다. 그래도 지붕이 있어서 빗줄기 정도는 피할 수 있을 것 같았다. 한쪽으로 기울어진 오두막 안으로 들어가자, 초록색 나무 식탁이 한가운데에 못 박여 있었다. 그 주위에는 초록색 의자가 빙 둘러 있었다. 탁자 위에는 코냑 반 병과 술잔이 놓여 있었다.

"코냑이야!"

드미트리가 껄껄 웃기 시작했다.

"뭘 그리 쳐다봐? 그저 조금 음미하는 것뿐이야. 앉아 봐, 알렉세이. 내가 너를 가슴이 으스러질 때까지 꽉 껴안아 주고 싶구나. 이 세상을 통틀어 오직 너 하나만을 사랑하기 때문이야!"

드미트리는 몹시 흥분해 있었다.

"너 하나밖에, 아니 하나 더 있군. 난 저 야비한 계집한테 반하는 바람에 쫄딱 망해 버렸거든. 하지만 그게 사랑이라 말하고 싶진 않아. 증오하면서도 반할 수는 있는 거잖아. 여기, 식탁 앞에 앉아 봐. 너한테 모든 걸 털어놓을게. 드디어 때가 됐거든. 아주 작은 소리로 말할 수밖에 없어. 낮말을 새가 듣고 밤말은 쥐가 듣는다고 하지 않니? 이곳 어딘가에 전혀 예상치 못한 귀가 숨어 있을지도 모르잖아.

다 얘기할게. 그런데 왜 나는 너를 붙들고 싶어 이렇게 안달이 난 걸까? 요 며칠 내내 너를 목 빼고 기다렸어. 여기에 벌써 닷새째 묵고 있는데, 하루도 빼놓지 않고 정원에 나가서 널 기다렸어. 너한테는 모든 것을 이야기하고 싶었거든. 그래야만 하니까. 난 네가 필요해. 내일이면 삶이 끝나고 또 다른 게 시작될 테지. 알렉세이, 산꼭대기에서 천 길 낭떠러지 아래로 떨어져 본 적 있니? 꿈에서라도 그런 적이 있냐고. 그런데 나는 지금 꿈속에서 추락하는 게 아니야. 그래도 무섭지는 않아. 그러니 너도 무서워할 것 없어. 전혀 무섭지 않다고 할 순 없지만 그래도 달콤한 기분이 있어. 황홀하다고 해야 할까? 젠장, 뭐든 마찬가지야. 그런데 참, 넌 어딜 가던 길이었니?"

"아버지한테. 그 전에 카테리나에게 잠깐 들렀다가……."

"카테리나와 아버지? 세상에! 일이 척척 들어맞는군. 내가 무엇 때문에 너를 그토록 간절히 기다렸는지 아니? 바로 내 이름으로 너를 아버지한테, 그다음엔 카테리나한테 보내기 위해서였어. 모두와 결판을 짓기 위해서 천사를 보내고 싶었던 거지. 누구든 보낼 수 있겠지만, 나로선 진짜 천사를 보내야만 했거든. 그런데 마침 네가 카테리나와 아버지를 만나러 가는 길이었다니!"

"정말 나를 보내고 싶었던 거야?"

알렉세이는 어두운 표정으로 물었다.

"너도 그걸 알고 있었구나. 바로 알아차리는군. 하지만 아무 말도 하지 마. 지금은 아무 말도 하면 안 돼. 속상해 하지도 말고 울지도 마!"

드미트리는 손가락을 이마에 대고 자리에서 일어나 생각에 잠겼다.

"그녀가 편지라도 써서 너를 부른 거니? 아니면 네가 그녀한테 갈 만한 다른 이유가 있는 거니?"

"쪽지를 받았어."

알렉세이는 종이쪽지를 주머니에서 꺼냈다. 드미트리는 종이쪽지를 휙 훑어보았다.

"오, 하느님! 고맙습니다. 이 녀석을 뒷길로 가게 해 주시어 저와 마주치게 하셨군요. 마치 늙은 어부의 그물에 황금 물고기가 걸려들었다는 옛날이야기가 내 눈앞에서 현실로 펼쳐지는 것 같구나. 알렉세이, 모두 다 말할게. 하늘의 천사에게는 이미 말을 했으니 이젠 지상의 천사에게 말해야지. 지상의 천사 알렉세이, 내 말을 잘 듣고 부디 나를 용서해 주렴. 나는 어떻게든 드높은 존재에게 용서를 받아야 하거든.

만약 어떤 사람이 갑자기 세상과의 인연을 모두 끊고 평범하지 않은 길을 걸으려 한다면, 그리고 그 직전에 누군가가 찾아와 준다면……. 죽기 직전에나 할 만큼 부담스러운 부탁을 할 수가 있잖아. 친구라면, 형제라면 그것이 아무리 고통스러운 부탁이라도 들어주지 않을까?"

"나라면 꼭 들어줄 거야. 그게 뭔지 어서 말해 봐, 어서."

알렉세이가 말했다.

"재촉하지 마, 알렉세이. 재촉하는 걸 보니 불안한 모양이구나. 서두를 필요 없어."

알렉세이는 일단 잠자코 기다리기로 했다. 지금 자기가 처리해야 할 모든 문제에 대한 해답이 이곳에 있을지도 모른다는 것을 깨달았기 때문이다. 드미트리는 팔꿈치를 세워 탁자 위에 올려놓고는 손바닥으로 머리를 받친 채 깊은 생각에 잠겼다. 둘 다 한참 동안 아무 말이 없었다.

"알렉세이! 너만은 비웃지 않을 거야. 내가 어떤 말을 하든 술주정이라고 생각하진 않겠지. 나는 조금도 취하지 않았어. 내가 실없이 말장난을 늘어놓아도 용서해 주렴. 넌 오늘 나의 말장난 말고도 많은 것을 용서해야 할 거야. 헛소리는 그만하고 이제 본론으로 들어가자. 그러니까 그게……."

드미트리는 갑자기 흐느끼기 시작했다. 그는 알렉세이의 손을 움켜쥐었다.

"벗이여, 벗이여! 인간은 이 지상에서 너무도 많은 불행을 참아야 해. 내가 고작 코냑이나 마시고 방탕을 일삼는 불한당에 불과하다고 생각지는 말아 주렴. 동생아, 나는 늘 굴욕당하는 사람들을 생각해. 그런 사람들을 생각하는 건 나 자신이 그런 부류이기 때문이야.

내가 더러운 치욕에 빠진 건지, 아니면 환한 기쁨에 빠진 건지 모르겠어. 바로 이게 불행이라니까! 치욕스러움에 빠져들 때면, 나는 언제나 인간을 노래한 시를 읊곤 했어. 그렇다고 내가 개과천선했다는 건 아니야! 왜냐하면 나는 카라마조프니까. 어차피 심연 속으로 떨어진다면, 차라리 머리를 아래로 처박고 곤두박질치는 편이 나아. 굴욕적인 자세로 추락하는 것이야말로 가장 아름다운 일이지. 이런 치욕 속에서 허덕이며 나는 찬송가를 부르는 거야. 내가 비록 천하고 야비한 놈이긴 하지만 나의 하느님, 아니 그분의 옷자락에 언제든 입을 맞추겠어. 설사 악마의 뒤를 따라간다고 해도 나는 하느님의 아들이잖니? 주여, 당신을 사랑하며 당신이 주신 기쁨이 이 세상을 존재하게 하는 것을 아옵니다. 나는 많은 눈물을 흘렸어. 지금도 울고 싶다. 이게 모든 사람의 웃음거리가 될 바보짓이라고 해도 너만은 비웃지 않으리라 믿어.

이제 너에게 '벌레들'에 대해 얘기하마. 하느님에게서 정욕을 선사받은 그놈들에 대해서. 동생아, 나야말로 벌레란다. 그리고 우리 카라마조프 집안은 전부 그런 놈들 투성이지. 천사인 네 안에도 벌레가 살고 있을걸. 네 핏속에서 시시때때로 폭풍우치고 있을 거야. 정욕이 바로 폭풍우거든. 아니, 폭풍우 이상이지! 아름다우면서도 섬뜩하고 끔찍한 거란다. 뭐라고 딱히 정의 내릴 수 없기 때문에 더 섬뜩하다는 거다.

하느님은 늘 수수께끼만을 주시니까 간단히 정의 내릴 수가 없어. 바로 여기에 모든 모순이 모여 있는 거야. 동생아, 나는 교양이라곤 눈곱만치도 없는 놈이지만, 이것 하나만큼은 잘 알고 있어. 비밀이 너무도 많아. 너무 많은 수수께끼들이 사람을 짓누르고 있어. 이 수수께끼를 풀어내라는 것은, 몸을 적시지 않고 물에 들어갔다 나오라는 것처럼 억지스러운 일이야. 이제 정말 본론으로 들어가자."

드미트리는 잠시 숨을 고른 후 이야기를 계속했다.

"내가 좀 놀긴 놀았지. 아버지는 내가 여자들과 놀아나느라 몇천 루블을 썼다고 하지만 다 허풍이야. 그런 일은 절대로 없었어. 나한테 돈이란 그저 노리개이고 소품일 뿐이었거든. 하루는 나의 여자가 귀부인이었다면, 또 하루는 거리의 여자였지. 뭐, 가끔은 여자들에게 돈 몇 푼을 쥐어 주기도 했어. 그런 여자들은 진심으로 고마워하며 돈을 받거든. 다 그런 건 아니지만 귀족 아가씨 중에도 나를 좋아한 사람이 있었단다.

나는 뒷골목이, 드넓은 광장 뒤의 어둡고 인적 드문 골목길이 참 좋더라. 그곳엔 모험이 있거든. 진흙탕에서 진주를 찾는 것처럼 전혀 상상하지 못한 사건들이 일어나곤 하지. 그러니까 정신적인 의미에서의 뒷골목이 있다는 소리야. 네가 나 같은 놈이라면 무슨 소리인지 이해할 텐데…….

나는 방탕을 사랑했고 방탕의 치욕마저도 사랑했어. 잔혹한 짓도 사랑했지. 그러니 나를 어떻게 더러운 벌레가 아니라 할 수 있겠니? 어차피 카라마조프인데! 나는 천한 걸 좋아하지만 영 못돼 먹은 놈은 아니야. 알렉세이, 얼굴을 붉히는구나. 이런 얘기는 그만할게. 설마 내가 이러려고 너를 불렀다고 생각하진 마. 천만에, 이번엔 좀 더 흥미진진한 이야기를 해 주마.”

“내가 얼굴을 붉혔기 때문에 형이 그런 말을 하는 거구나. 얼굴을 붉힌 건 형의 말이나 형이 겪은 일 때문이 아니야. 그저 나도 형과 똑같은 사람이기 때문이야.”

알렉세이는 짐짓 힘주어 말했다. 그는 이미 오래전부터 그렇게 생각하고 있었다.

“우린 같은 계단에 서 있는 거야. 나는 가장 낮은 곳에, 형은 그 위쪽 열세 번째쯤에 있을 뿐이지. 그래, 모든 것이 똑같아. 아래쪽 계단에 일단 발을 내디딘 사람은 어떻게든 위쪽 계단으로 올라가게 될 테니까."

"그렇다면 아예 발을 내딛질 말아야겠군."

"그럴 수 있다면 당연히 내딛지 말아야지."

"너는 내딛지 않을 수 있어?"

"아니, 그럴 수 없을 것 같아."

"알렉세이, 네 손에 입을 맞추고 싶어. 너무나 감동해서 말이야. 이제 본격적으로 나의 비극으로 넘어가자. 우리 영감쟁이가 말한 것처럼 내가 순진한 여자들을 꼬드긴 것은 별로 중요한 게 아니야. 물론 그런 일이 있긴 했어. 딱 한 번……. 그나마도 제대로 되진 않았지만. 이건 아무한테도 이야기한 적이 없어. 아니, 이반은 모든 걸 알고 있어. 오래전부터 알고 있었지. 하지만 이반은 무덤이잖니?"

"이반 형이 무덤이라고?"

"그래."

알렉세이는 귀를 기울였다.

"내가 군대에서 소위로 근무하고 있을 때, 그곳 사람들은 나한테 무척 잘해 줬어. 돈을 뿌려 대니까 내가 부자라고 믿었고, 결국엔 나 자신조차도 그렇게 믿어 버렸지. 그것 말고도 내가 그들 마음에 든 이유가 또 있었을지도 모르지. 혀를 끌끌 차면서도 나를 좋아한 건 분명하니까.

그런데 어느 날부턴가 중령이 나를 못마땅히 여기기 시작한 거야. 걸핏하면 트집을 잡더군. 하긴 내가 워낙 오만하게 굴었으니 눈엣가시 같은 면도 있었을 테지. 이 늙은 고집쟁이는 집에 사람들을 불러서 식사 대접하는 걸 좋아했어. 그래도 썩 괜찮은 사람이었는데, 안타깝게도 두 번이나 상처를 했단다.

첫 번째 부인에게서 얻은 큰딸은 활달하면서도 소박했어. 이 아가씨보다 더 매력적인 성격의 여자는 한 번도 본 적이 없을 정도야. 그녀의 이름은 아가피야 이바노브나였어. 스물네 살이었는데 얼굴도 꽤 예쁜 편이었지. 큰 키에 풍만한 몸매, 그리고 아름다운 눈……. 전형적인 러시아 미인이랄까? 두 번이나 중매가 들어왔지만 거절하고서 결혼을 하지 않았어. 그러고도 늘 명랑했고.

나는 그녀와 순수하게 우정을 나누는 사이였어. 나도 여자와 순전히 친구로 어울린 적이 있단 말이다. 그녀는 조금도 귀족의 딸 같지 않았어. 늘 스스로를 낮추었거든. 사교계의 다른 여자들과 달리 매우 겸손했지. 중령은 발이 넓어서 날마다 사람들을 집에 끌어들여 만찬이다 무도회다 하면서 쉴 새 없이 판을 벌였어.

내가 그 부대에 막 배속됐을 때, 곧 중령의 작은딸이 올 거라는 소문이 돌고 있었지. 모스크바의 귀족 학교를 다니고 있었는데, 엄청난 미인이라더군. 그 작은딸이 바로 카테리나 이바노브나야. 이미 고인이 된 둘째 부인에게서 태어난 아가씨지. 카테리나가 도착하자 온 마을이 통째로 새로 태어난 듯했어. 명망 있는 부인들은 물론이고, 모든 사람들이 그녀를 여왕처럼 떠받들었거든.

카테리나가 집에 오던 날, 난 일부러 접근하지 않았어. 너 같은 여자한테 군이 잘 보이려 애쓸 필요 없다, 뭐 이런 마음이었지. 내가 그녀에게 말을 건 것은 훨씬 나중에 열린 만찬 자리에서였어. 하지만 그녀는 내 말을 듣는 둥 마는 둥 무시해 버리고 입을 꼭 다물더군. 그래서 생각했지. 두고 봐라, 복수하고야 말테다!

그 당시 나는 아주 위험한 폭탄과도 같았어. 카테리나는 마냥 순결하기만 한 여대생은 아니었지. 드센 성격에다가 몹시 오만했어. 그러면서도 지적이었고 교양이 흘러넘쳤지만. 그녀에 비하면 나는 참으로 하찮은 놈이라는 걸 뼈저리게 느꼈단다. 넌 내가 정말 카테리나와 결혼하고 싶어 했다고 생각하니? 절대로 아니야. 그저 나를 우습게 여기는 그녀에게 복수하고 싶었던 것뿐이야.

그 무렵 아버지에게 육천 루블을 받았어. 내가 아버지에게 더 이상 아무것도 요구하지 않을 테니 그 정도로 청산하자며 재산 포기 각서를 써 보냈거든. 그때만 해도 난 아무것도 몰랐어. 여기 오기 직전까지, 요 며칠 전까지, 아니 오늘까지도, 나는 아버지와 관련된 문제에 대해 아무것도 모르고 있었어. 젠장, 이건 나중에 얘기하자.

그때 나는 친구가 보내온 편지를 통해 우연히 중령이 사단장의 미움을 사서 공금 횡령 혐의로 퇴출될 위기에 처했다는 걸 알게 됐어. 며칠 후 사단장이 와서 중령을 호되게 질책했고, 얼마 지나지 않아 퇴역서를 제출하라는 명령이 떨어졌지. 그 일이 있고 난 후, 중령과 그의 가족을 대하는 사람들의 태도가 싹 달라졌어. 바로 그때, 내가 첫 번째 장난질을 친 거야. 순수하게 친구 사이로 지내 온 아가피야를 만나서 이렇게 말했지.

'당신 아버지는 지금 공금 사천오백 루블을 갚을 능력이 없습니다.'

'무슨 소리예요? 왜 그런 말씀을 하시는 거죠? 얼마 전까지만 해도 그만한 돈은 충분히 있었는걸요.'

'그때는 있었지만 지금은 없습니다.'

그녀는 예상대로 깜짝 놀라더군.

'누구한테 무슨 말을 들었나요?'

'염려하지 마십시오. 아무한테도 말하지 않을 테니까요. 나는 이런 쪽으론 무덤이거든요. 그저 만일의 경우에 대비해 한마디 덧붙이고 싶을 뿐입니다. 아버지께 사천오백 루블을 내놓으라는 명령이 떨어졌을 때, 그만한 돈이 수중에 없는 게 탄로나면 바로 재판에 회부될 겁니다. 그렇게 되는 날엔 그 연세에 사병 노릇을 해야 하지요. 내가 제안을 하나 하겠습니다. 동생 분을 나한테 몰래 보내 주세요. 마침 나에게 그만한 돈이 있습니

다. 동생 분을 통해 사천오백 루블을 보낼게요. 무슨 일이 있어
도 비밀은 지키겠습니다.'

'무슨 소리를 하는 거예요? 정말 사악하고 야비한 사람이군
요! 어떻게 그런 소리를!'

그녀는 불같이 화를 내며 나가 버렸고, 나는 맹세코 비밀을 지
키겠다고 다시 한 번 외쳤어. 나는 아가피야가 이 얘기를 동생
에게 전하리라는 것을 알고 있었지. 그런데 갑자기 신임 소령이
부대를 인수하러 온 거야. 인수인계가 진행됐다. 늙은 중령은 병
이 났고, 이틀이 지나도록 집 안에만 틀어박혀 있기만 할 뿐 공
금을 내놓지는 못했어. 의사는 그가 정말 병에 걸렸다고 진단을
내렸지. 하지만 나는 이미 모든 비밀을 알고 있었어.

오래전부터 상부에서 공금을 점검하고 나면, 매번 그 돈이 얼
마 동안 사라지곤 했어. 중령이 상인에게 공금을 빌려 주었기
때문이지. 상인은 얼마 동안 돈을 굴리다가 중령에게 선물과 함
께 이자를 얹어 고스란히 돌려주었어. 그런데 상인의 망나니 아
들이 제 아비가 공금을 꿀꺽했다고 동네방네 떠들고 다닌 거야.
중령은 곧장 상인한테 쫓아갔지만, 그는 아무것도 받은 게 없다
며 딱 잡아뗐지. 그래서 중령은 집에서 끙끙대기만 했던 거야.

때마침 전령이 두 시간 내로 장부와 공금을 반납하라는 명령
서를 들고 나타났어. 중령은 그 서류에 서명하기 전에 제복을
갖춰 입겠다며 침실로 달려갔지. 그리고 남몰래 사냥총에 총알

을 장전한 뒤 가슴에 조준하고 오른발로 방아쇠를 당기려고 한 거야. 불길한 마음에 중령을 쫓아갔던 아가피야가 그 장면을 보고 말았지. 그녀가 부리나케 달려들어 중령을 덮치지 않았다면……

그때 난 집에 있었어. 한창 외출 준비를 하고 있었는데, 갑자기 문이 벌컥 열리더니 카테리나가 들이닥쳤어. 참 이상한 것은 그녀가 나한테 오는 길에 마주친 사람이 아무도 없었다는 거야. 내가 세 들어 살던 집의 여주인에게는 그녀가 온 사실을 비밀로 해 달라고 신신당부했어. 그녀는 방 안으로 들어와 나를 똑바로 쳐다보았지. 짙은 눈매가 단호하다 못해 대범해 보였지만, 입가에는 주저하는 기색이 역력하더군.

'언니가, 당신이 나에게 사천오백 루블을 줄 거라고 했어요. 내가 직접 당신을 찾아가면요. 이렇게 왔으니 돈을 주세요!'

그러곤 겁을 집어먹었는지, 목소리가 탁 끊기면서 입술이 파르르 떨리더군. 알렉세이, 듣고 있는 거니, 아니면 자는 거니?"

"계속해, 형."

알렉세이는 약간 흥분한 듯했다.

"그래, 전부 얘기하마. 처음엔 정말이지 카라마조프적인 생각이 들었어. 일단 그녀를 싹 훑어보았지. 너도 그녀를 본 적이 있지? 정말로 미인이잖니? 하지만 그때 그녀의 아름다움은 또 다른 것을 의미했지. 그녀는 아버지를 위해 기꺼이 희생하겠노라고 나타난 것이었으니까. 그에 반해 나는 빈대에 불과했기에 그녀가 훨씬 더 아름답게 느껴졌던 거야. 그녀는 고결하고 난 추잡했던 거지. 그래, 그 순간 그녀의 모든 것은 나한테 달려 있었어! 그녀는 그야말로 독 안에 든 쥐였으니까.

내게 전해지는 그녀의 괴로움 때문에 심장이 녹아 버릴 것 같더구나. 나는 다음 날 그녀에게 청혼하는 것으로 이 일을 마무리 지으려 했어. 그 누구도 내가 돈을 준 일을 알지 못하게 할 참이었거든. 비록 저열한 욕망에 사로잡혀 있었지만 나는 명예라는 걸 아는 놈이었으니까. 그런데 바로 그때, 또 다른 내가 귀에다 대고 나지막이 속삭이더군.

'만약 내일 네가 청혼하러 찾아가면, 이 여자는 널 집 안으로 한 발짝도 들어오지 못하게 하고선 곧바로 내쫓아 버릴걸.'

그녀의 얼굴을 바라보고 있노라니 정말로 그럴 것만 같았어. 그러자 내 안에서 악의가 끓어올랐지. 천박한 장난질이 치고 싶어진 거야.

'이것 봐요, 사천오백 루블이 뉘 집 애 이름인 줄 아시오? 농담 한마디 한 걸 가지고 진짜로 여기까지 찾아오다니……. 계산 한번 속 편하게 하네. 이백 루블 정도라면 몰라도, 사천오백 루블이 그렇게 함부로 쓸 수 있는 돈인 줄 아십니까? 공연히 헛걸음을 하셨군요.'

이렇게 말하고 싶었어. 그랬다면 나는 순식간에 모든 걸 잃어 버렸을 테지. 그 말은 목구멍 너머로 꿀꺽 삼키고 대신 악랄하게 복수를 하기로 했지. 그 순간 그녀가 너무나 증오스럽게 느껴져서 몇 초 동안 뚫어지게 바라보았어. 증오에서 사랑까지는 고작 한 끗 차이도 안 나더구나! 더구나 미칠 것처럼 격정적인 사랑까지는…….

나는 창가로 천천히 걸어갔어. 유리창에 얼어붙은 성에가 불덩어리처럼 뜨거운 내 이마를 식혀 줄 때까지 말없이 대고 있던 기억이 난다. 나는 곧 몸을 돌려서 책상 서랍을 열고 오천 루블짜리 무기명 수표를 꺼냈지. 그다음 아무 말도 없이 그녀에게 건네주었어. 그리고 내 손으로 직접 현관으로 통하는 문을 열어 준 후, 한 걸음 뒤로 물러서서 아주 정중하게 감동 어린 인사를 했지. 그녀는 온몸을 떨면서 나를 한참 쳐다보다가 백지장처럼 새하얘져선 우아하게 온몸을 숙여 인사를 했어. 그것도 여대생들이 하는 방식이 아니라 순수하게 러시아식으로 이마가 땅에 닿도록 말이야! 그러더니 정신없이 뛰어나가더라. 나는 그 고약한 바보짓이 꽤 멋지다고 생각했지. 이게 나와 카테리나 사이에 있었던 사건의 전부야. 이 일을 아는 사람은 이반과 너, 단둘뿐이야."

드미트리는 안절부절못하는 얼굴로 이마의 땀을 손수건으로 훔쳐낸 뒤 알렉세이의 맞은편에 앉았다.

"이제야 이 일의 전반부를 알게 됐네."

"전반부? 그래, 맞아. 후반부는 끔찍한 비극이 분명할 테지. 머지않아 이곳에서 일어날 거다."

"후반부에 대해서 나는 아는 게 없어."

알렉세이가 말했다.

"그럼 나는? 나라고 뭘 알겠냐?"

"잠깐, 짚고 넘어갈 게 있어. 형은 약혼했잖아? 지금도 약혼 상태인 거 맞지?"

"약혼은 그 일이 있고 나서 석 달 후에 했어. 수표를 건넨 다음 날, 나는 연극은 완전히 끝났다고 생각했어. 속편 따윈 기대하지 않았지. 그걸 구실로 청혼하는 일이 너무나 파렴치하게 느껴졌거든. 그녀도 한 달이 넘도록 아무 소식이 없더라. 뭐, 한 가지 사건이 있긴 했어. 내게 찾아왔던 다음 날, 그녀가 하녀를 몰래 보내서 꾸러미 하나를 전해 줬거든. 열어 보니 오천 루블짜리 수표의 거스름돈이 들어 있었어. 필요한 금액은 사천오백 루블이었으니까. 오천 루블짜리 수표를 바꾸느라 이백 루블 남짓 손해가 났던 모양이야. 정확히 기억은 안 나지만 이백오십 루블 정도가 들어 있었던 것 같아. 오직 돈뿐이었어. 쪽지도, 한마디 말도, 그 어떤 해명도 없었지.

돈을 내놓긴 했지만 중령은 지병이 있었기 때문에 삼 주쯤 앓다가 세상을 떠났어. 카테리나와 아가피야, 그리고 그녀의 이모는 장례를 치르고 열흘쯤 뒤에 모스크바로 떠났지. 나는 그들이 떠나는 모습을 보지도 못했는데, 그들은 내게 아주 조그맣고 푸르스름한 봉투 하나를 남겼단다. 레이스처럼 얇은 종이에 단 한 줄, '편지를 보낼 테니 기다려 주세요. K.'라는 글이 적혀 있었어.

이게 다야. 그런데 모스크바에서 그들의 사정은 완전히 달라졌더군. 그녀의 친척 중 한 명이 상속녀를 잃게 되자 유산을 모두 카테리나에게 남긴 거야. 그건 더 나중의 일이지만. 아무튼 그때 카테리나의 손에 육만 루블을 쥐어 주면서, 지참금이니까 뭐든 하고 싶은 걸 하라고 했다나. 그렇게 해서 나는 바로 사천 오백 루블을 돌려받았어. 그땐 당연히 무슨 수로 이토록 빨리 돈을 갚은 건지 의아스러웠지. 사흘 후에 편지가 도착했어. 지금도 가지고 있는데, 네가 원한다면 보여 줄게. 그 편지에서 그녀가 먼저 약혼을 하자고 제안한 거야.

미칠 듯이 당신을 사랑해요. 설령 당신이 나를 사랑하지 않는다고 해도 상관없어요. 부디 내 남편이 되어 주세요. 어떤 일이 있어도 당신의 편안한 가구가 될 것이며, 당신이 밟고 다니는 양탄자가 되겠어요. 영원토록 당신을 사랑하며, 당신을 구원하고 싶어요.

이 편지가 오늘까지도 내 가슴을 아프게 찌르고 있으니, 내 마음이 한시라도 편할 수가 있겠니? 나는 즉시 답장을 썼어. 직접 모스크바로 가는 건 도저히 못 하겠어서……. 눈물을 흘리면서 쓴 내용 중 딱 한 가지가 지금도 생각하면 부끄러워 죽고 싶을 지경이야. 그녀는 이제 지참금을 가진 부자지만, 나는 그저 가난 뱅이 난봉꾼에 지나지 않는다고 썼어. 나도 모르게 그만 돈 얘 기를 언급하고 만 거지! 절대 쓰지 말았어야 했는데…….

그 무렵 모스크바에 있던 이반에게도 편지를 썼어. 그간에 있었던 일을 모두 설명하느라 편지지를 여섯 장이나 썼지. 이반에게 그녀를 찾아가 달라고 부탁했어. 그래서 두 사람이 만나게 됐는데, 이반은 카테리나를 보는 순간 한눈에 반해 버렸단다. 지금도 사랑에 빠져 있고……. 나도 잘 알고 있어. 남들은 내가 바보짓을 한 거라고 하지만, 어쩌면 그 바보짓이 우리 모두를 구할지도 몰라! 너도 그녀가 이반을 얼마나 높이 평가하고 존경하는지 알지? 이반을 보고도 그녀가 나를 계속 사랑할 수 있겠니? 더욱이 여기서 그런 일까지 일어났는데."

"나는 그녀가 이반 형이 아니라 드미트리 형을 사랑한다고 확신해."

"카테리나는 자신의 너그러움을 사랑하는 거야. 나를 사랑하는 것이 아니라……."

드미트리는 자기도 모르게 볼멘소리로 말하고선 웃음을 터뜨렸다.

"형, 잠깐만."

알렉세이가 갑자기 흥분하면서 말을 가로막았다.

"형은 어쨌든 약혼한 거잖아. 약혼녀가 원하지 않는데도 형이 일방적으로 파혼을 할 수 있는 거야?"

"그래, 나는 축복을 받으며 약혼했어. 내가 모스크바에 도착한 뒤 더할 나위 없이 행복한 기분으로 말이야. 나는 카테리나와 많은 얘기를 나누면서, 가능한 한 그녀에게 내 모습을 있는 그대로 솔직하게 보여 주려고 애썼어. 그녀는 나의 품행을 고치겠다는, 말도 안 되는 다짐을 하도록 강요했는데 나는 기꺼이 그러겠다고 약속했지. 비록 지금은……."

"지금은 어떤데?"

"오늘 날짜를 기억해 두렴! 나는 너를 이리로 데려왔어. 바로 오늘, 너를 카테리나에게 보내려고. 그리고……."

"뭐?"

"앞으로는 절대 그녀에게 가지 않을 테니까 머리 숙여 인사를 전하더라고 전해 주렴."

"어떻게 그럴 수 있어?"

"그래, 그럴 수 없기 때문에 너를 대신 보내는 거야. 내가 어떻게 내 입으로 그런 말을 할 수 있겠니?"

"형은 어디로 갈 건데?"

"뒷골목이지."

"그루셴카에게 가려는 거구나!"

알렉세이는 실망스럽다는 듯 소리를 질렀다.

"그럼, 라키친의 말이 사실이잖아. 나는 형이 그녀의 집을 그냥 좀 드나들다가 끝난 건 줄 알았어."

"약혼한 몸으로 그냥 좀 드나든다고? 그럴 수는 없지. 약혼녀가 버젓이 버티고 있는 데다 사람들 눈까지 있는데? 나도 그 정도 염치는 있는 놈이야. 그러나 그루셴카를 찾아간 순간부터 약혼자도 염치도 모두 버린 놈이 되어 버렸지. 알아봤더니, 그루셴카라는 여자가 아버지 대리인인 퇴역 대위에게 내 명의로 된 어음을 전해 받았대. 그걸로 소송을 걸어서 나를 끝장낼 작정이었다더군. 그래서 처음엔 그루셴카를 두들겨 패려고 달려갔던 거야.

전에도 그녀를 언뜻 본 적은 있었어. 그다지 기억에 남아 있는 건 없지만. 그녀의 뒤를 봐주는 늙은 상인이 몸져누워 있었는데, 어쨌거나 그녀에게 한몫 남겨 줄 거라는 건 알고 있었거든. 또 그 여자가 돈이라면 사족을 못 써서 아주 악랄할 수법으로 이자를 붙여 돈을 긁어모은다는 것도 알고 있었어. 그래서 그루셴카를 혼내 주러 갔던 건데, 그만 그녀 집에 눌러앉은 꼴이 됐지. 이제 모든 게 끝났어. 다른 길은 더 이상 없으니까.

하필이면 그때 왜 내 주머니에 삼천 루블이 있었던 걸까? 아무리 생각해도 야속한 일이야. 나는 그 돈으로 그녀와 함께 모크로예에 가서 사람들에게 샴페인을 퍼 먹이며 모조리 탕진했거든. 사흘 뒤에는 빈털터리가 되고 말았지. 그루셴카는 '내가 당신과 결혼해 주길 바라겠지, 빈털터리 주제에……. 나에게 원하는 건 뭐든 다 해 주겠다고 말해 봐. 그러면 결혼해 줄지도 모르니까.'라고 말하더니 깔깔대며 웃더군. 지금까지도 그래!"

드미트리는 생각만 해도 화가 치미는지 자리에서 벌떡 일어났다. 그의 눈엔 핏발이 서 있었다.

"정말 그녀와 결혼하고 싶어?"

"그녀가 원한다면 당장 하는 거고, 원하지 않는다면 어쩔 수 없는 거지. 그녀 집에서 문지기 노릇이나 할까 봐."

그는 알렉세이의 어깨를 잡고 힘껏 흔들었다.

"너는 아직 순진한 청년이라 조금도 이해가 되지 않겠지만 이 모든 것이 결국은 미망이야. 그 어떤 생각도 할 수가 없는 미망이라고. 비극이다, 알렉세이! 그러나 이것만은 알아 둬라. 나는 더러운 욕망 때문에 괴로워하는 놈일지언정 잡스러운 도둑놈은 절대로 아니라는 걸……. 이것이 드미트리 표도로비치 카라마조프란다.

아, 그러고 보니 도둑놈이기도 하구나! 그루셴카를 두들겨 패러 가기 직전에 카테리나가 나를 불렀어. 삼천 루블을 주면서 모스크바에 있는 아가피야에게 송금해 달라고 부탁했지. 이곳 사람들이 아는 게 싫었던지 꼭 현청 소재지로 가라고 했는데……. 바로 그 삼천 루블을 가지고 그루셴카와 함께 모크로예로 갔던 거야. 나는 아가피야에게 송금한 척하고는 영수증은 나중에 주겠다며 둘러대었어.

네가 그녀에게 가서 드미트리가 '머리 숙여 인사를 전하라고 했습니다.'라고 말하면 그녀는 '돈은요?' 하고 물을 거야. 그럼 이렇게 말해. '형은 저열한 호색한에다가 감정을 다스릴 줄 모르는 야만인입니다. 당신 돈을 몽땅 써 버렸답니다.' 그리고 이렇게 덧붙여도 돼. '그렇지만 형이 작정하고 도둑질을 한 건 아니기 때문에, 당신의 삼천 루블을 언젠가는 꼭 돌려 드릴 겁니다. 아가피야 이바노브나에게는 다시 부치시지요. 다만 형은 머리 숙여 인사를 전하라고 했습니다.'라고 말이다. 그러면 그녀가 대뜸 '그럼, 돈은 어디 있나요?'라고 물을 테지."

"형은 곤경에 빠졌어, 그것도 아주 심각하게! 하지만 모든 게 절망적이진 않으니까 너무 자학하지는 마, 응?"

"너는 내가 삼천 루블을 구하지 못하면 자살이라도 할 줄 아니? 자살 따윈 하지 않아. 지금은 방아쇠를 당길 힘도 없거든. 혹시 나중이라면 모르겠지만. 일단 그루센카에게 가련다. 뭐, 어떻게든 되겠지!"

"그녀 집에서 뭘 하려고?"

"그녀와 결혼하고 말 거야. 남편이 돼서 온갖 심부름을 다해 줄 참이야. 정부(情夫, 남편이 아니면서 정을 두고 깊이 사귀는 남자)가 오면 다른 방으로 비켜 주고, 친구들이 오면 구두를 닦아 주고……. 까짓 거, 사모바르(러시아에서 물을 끓일 때 사용하는 주전자―옮긴이)에 차도 끓여 주지, 뭐."

"카테리나는 모든 것을 이해할 거야."

알렉세이가 확신에 차서 말했다.

"이 모든 것을 속속들이 이해하고 받아들일 거라고. 그녀는 현명하니까 형이 지금 얼마나 불행한지 잘 알 거야."

드미트리가 히죽거리며 대꾸했다.

"그녀라고 모든 걸 다 용서해 줄 순 없어. 동생아, 어떤 여자라도 용납할 수 없는 일이 있는 법이란다. 가장 좋은 방법이 뭔지 아니?"

"뭔데?"

"내가 삼천 루블을 돌려주는 거야."

"하지만 그렇게 많은 돈을 당장 어디서 구해? 참, 나한테 이천 루블이 있어. 이반 형도 천 루블 정도는 줄 수 있지 않을까? 일단 그걸 갖다 주면 어떨까?"

"네가 어떻게 이천 루블을 줄 수 있다는 거니? 돈이 있든 없든 반드시 오늘 카테리나에게 머리 숙여 작별 인사를 전해야 해. 더 이상 질질 끌 수 없어서 그래. 내일이면 이미 늦어, 늦는다고! 그래서 너를 아버지한테 보내려고 했던 거야."

"아버지한테?"

"그래, 그녀에게 가기 전에 아버지한테 들러서 삼천 루블을 부탁해 봐."

"형, 아버지가 그 돈을 주실 리가 없잖아."

"그래, 순순히 내줄 리가 없지. 그건 나도 알아. 알렉세이, 너는 절망이라는 게 뭔지 아니?"

"알지."

"들어 봐. 법적으로 아버지는 나한테 빚진 게 전혀 없어. 내 손으로 그 모든 것을 쓴 게 사실이니까. 하지만 도덕적으로 따지면 사정이 다르지. 아버지는 나에게 빚이 꽤 있어. 아버지는 내 어머니의 지참금이었던 이만 팔천 루블을 종자돈으로 삼아서 십만 루블로 불린 거잖아. 아버지에게 양심이 있다면 나한테 삼천 루블, 그러니까 이만 팔천 루블 중에서 삼천 루블 정도는 떼어 줄 수 있잖니? 그래서 나를 지옥에서 구원해 주는 게 맞지 않냐고……. 그걸로 아버지 죗값도 치르면 좋잖아. 삼천 루블로 한 방에 정리하는 셈이지. 그러니까 그 양반에게 마지막으로 아버지 노릇을 할 수 있는 기회를 주자는 거야. 네가 가서 아버지를 위해 하느님께서 그런 기회를 주신 거라고 말해 보렴."

"형, 아버지는 어떤 일이 있어도 그 돈을 안 내놓으실 거야."

"물론 알고 있어. 지금은 특히 더 그렇지. 그루센카가 나하고 결혼할 것처럼 굴고 있으니까. 이런 상황에서 누구 좋으라고 아버지가 순순히 돈을 주겠니?

아버지는 닷새 전부터 삼천 루블을 백 루블짜리 지폐로 바꿔

서 봉투에 넣은 다음 봉인을 다섯 개나 찍어 두었대. 그것도 불안했는지 붉은색 끈으로 꽁꽁 묶어 놓았다지. 돈 봉투에는 아버지가 직접 '나의 천사 그루센카에게, 나를 찾아올 마음이 생긴다면'이라고 써 두었다더군. 그 봉투에 대해서는 스메르쟈코프만이 알고 있어. 아버지는 이제나저제나 그루센카가 돈 봉투를 받으러 오기만을 기다리고 있단다. 그녀가 아버지의 돈 봉투 얘기를 듣고 '어쩌면 갈지도 몰라요.'라고 했거든. 그녀가 정말로 아버지한테 가기라도 하면 나는 어쩌지? 이제 알겠니? 내가 왜 여기에 숨어 있는지……. 정확히 말하면 감시를 하고 있는 거야."

"그녀를?"

"그래, 그녀가 지나가는지 어쩌는지 감시하고 있는 거야. 내가 여기서 감시하고 있다는 건 아무도 몰라."

"스메르쟈코프는 알고 있잖아."

"그래, 하지만 그 녀석뿐인걸. 그루센카가 아버지를 찾아오면 그 녀석이 나한테 바로 알리기로 했어."

"형에게 돈 봉투 얘기를 해 준 것도 스메르쟈코프야?"

"응, 엄청난 비밀이지. 이반도 돈 봉투에 대해선 모르고 있어. 그런데 아버지는 이삼 일 예정으로 이반을 체르마쉬냐에 보내려고 해. 팔천 루블에 벌목권을 사겠다는 사람이 나타났거든. 그것 때문에 아비를 돕는 셈치고 이삼 일 좀 다녀오라고 이반을 설득하고 있어. 아, 이반이 없을 때 그루센카가 찾아오면 좋을 텐데 말이야."

"아버지는 오늘도 그루센카를 기다리고 있겠네?"

"아니, 오늘은 오지 않는다는 걸 알 거야. 그럴 만한 일이 있거든. 분명히 오지 않을 거야!"

드리트리가 확신에 찬 목소리로 말했다.

"아버지는 지금 이반과 함께 앉아 술을 마시고 있어. 어서 가서 아버지에게 삼천 루블을 부탁해 봐."

알렉세이는 극도로 흥분한 채 혼자서 떠들어 대는 드미트리를 한참 동안 물끄러미 바라보았다. 한순간 그는 형의 정신이 완전히 나가 버렸다고 생각했다.

"왜 그래? 걱정하지 마. 난 말짱해."

드미트리는 의기양양하게 말했다.

"난 기적을 믿어, 알렉세이."

"기적?"

"그래, 하느님의 기적! 하느님께선 내 마음을 알고 계셔. 하느님께서는 나의 절망을, 이 광경을 모두 보고 계셔. 그러니까 그분께서 끔찍한 일이 일어나도록 내버려 두지 않으실 거야. 알렉세이, 나는 기적을 믿고 있단다."

"일단 한번 가 볼게. 여기서 기다릴 거야?"

"응, 그럴 거야. 시간이 좀 걸리겠지? 가서 대뜸 그 말을 꺼낼 순 없으니까. 나는 몇 시간이고 기다릴 수 있어. 너는 한밤중이라도 좋으니까 반드시 오늘 안에 카테리나에게 가야 해. 돈이 있든 없든 무조건 가서 '형님이 고개 숙여 인사를 전하라고 했습니다.'라고 말해야 돼. 내가 원하는 건 바로 '고개 숙여 인사를 전하라고 했습니다.'라고 전하는 거야."

"형, 그런데 그루센카가 오늘 아버지를 찾아오면? 아니, 내일이나 모레라도……."

"그 여자가 오면 내가 망을 보다가 확 덮쳐서 막을 거야."

"그런데 만약……."

"만약 무슨 일이 있으면 그땐 죽여 버릴 테야. 그걸 가만히 보고만 있을 순 없잖니?"

"누굴 죽인단 말이야?"

"누구긴, 영감쟁이지. 그렇다고 그루센카를 죽이겠니, 내가?"

"형, 대체 무슨 말을 하는 거야?"

"모르겠어, 진짜 모르겠어! 안 숙일지도 모르고, 죽일지도 몰라. 아버지 얼굴이 그 순간 너무 미워질 것 같아서 무서워. 아버지의 목살, 코, 눈, 파렴치한 비웃음이 증오스러워. 인간적으로 너무 혐오스러워서 무서운 거야. 나 스스로 감정을 억누르지 못하고……."

"지금 가 볼게, 형. 하느님께서 끔찍한 일이 일어나지 않도록 보살펴 주실 거야."

"그래, 나는 기적을 믿고 있을게. 하지만 기적이 일어나지 않는다면 그땐……."

알렉세이는 수심에 잠긴 채 아버지 집으로 걸음을 옮겼다.

제 7 장
독 사

표도르 파블로비치는 식탁 앞에 앉아 있었다. 그는 식사를 마친 후 코냑에 단것을 곁들여 먹는 걸 좋아했다. 그래서 식탁에는 코냑과 함께 잼과 커피가 나란히 놓여 있었다. 이반은 식탁 앞에 앉아 커피를 마시고 있었고, 그리고리와 스메르쟈코프가 그 곁에 서 있었다. 모두 눈에 띄게 즐거워 보였다. 표도르 파블로비치는 아예 큰 소리로 껄껄거리고 있었다. 알렉세이는 웃음소리를 듣고, 아버지가 술에 취하려면 아직 멀었다는 걸 알아차렸다. 지금은 그저 기분이 들떠 있는 것뿐이었다.

"이런, 우리 막내아들 왔구나!"

표도르 파블로비치가 알렉세이를 보고 반갑게 외쳤다.

"이리 앉아서 커피를 마시렴. 아주 향기로운 커피란다. 코냑은 권하지 않으마. 그나저나 식사는 했느냐?"

"했어요. 따뜻한 커피나 한잔 마실게요."

알렉세이는 사실 수도원장의 부엌에서 빵 한 조각을 먹고 크바스 한 잔을 마신 게 전부였다.

"참, 아까 너한테 오늘 당장 이불과 베개를 싸 가지고 집으로 오라고 했었지. 그래, 이불은 가져왔느냐? 헤헤헤!"

"아니요."

알렉세이도 아버지를 따라 웃었다.

"깜짝 놀라지 않았니? 아이고, 요 귀염둥이. 내가 어떻게 네 기분을 상하게 할 수 있겠니? 다시 돌아가도 괜찮단다. 들어 봐라, 이반. 나는 얘가 이렇게 내 눈을 바라보며 웃는 것을 보면 행복해서 미칠 것 같구나. 얘를 보면 배 속에서부터 웃음이 나온다니까. 요 녀석이 하도 귀여워서 말이다! 알렉세이, 아비로서 너를 축복하게 해 주렴."

알렉세이가 자리에서 일어서는 사이에, 표도르 파블로비치는 마음이 바뀌었는지 손을 내저었다.

"아니다. 그냥 성호를 그어 줄 테니 그대로 앉아 있어라. 막 너의 단골 주제에 대해 논하려던 참이었어. 우리의 스메르쟈코프가 드디어 입을 열었는데 어찌나 말을 잘 하는지, 원!"

이참에 스메르쟈코프에 대해 한두 마디 하고 넘어가는 게 좋겠다. 스물네 살의 스메르쟈코프는 말이 거의 없는 데다 극도로 사람을 싫어했다. 마르파와 그리고리가 그를 키워 주었지만, 야생의 짐승처럼 누구에게든 거칠게 굴었다. 한쪽 구석에 잔뜩 움츠리고 앉아 세상을 노려보던 그를 그리고리는 '은혜라곤 도통 모르는 놈'이라며 자주 욕하곤 했다.

그는 어린 시절에 장례식 놀이를 즐겨 했다. 고양이를 목매달아 죽인 뒤 제법 의식을 갖추어 아무도 몰래 장례식을 치르곤 했다. 한번은 그리고리에게 장례식 놀이를 들켜 호되게 매질을 당했는데, 그 후 일주일가량이나 꼼짝도 않고 눈만 흘겼다.

스메르쟈코프는 그리고리에게서 글을 배웠고, 열두 살 무렵부터 성경 공부를 시작했다. 하지만 그는 공부에 전혀 소질이 없는 듯했다. 성경 공부를 시작하고 일주일 뒤, 난생처음으로 간질 발작을 일으켰다. 이 병은 평생 동안 그를 괴롭혔다.

평소에 스메르쟈코프에게 무관심하기 짝이 없었던 표도르 파블로비치는 그가 아프다는 말을 듣고 나서야 조금씩 신경을 쓰기 시작했다. 표도르 파블로비치가 의사까지 불러서 치료를 하게 했지만 병세는 조금도 나아지지 않았다. 발작은 한 달에 한번 꼴로 종잡을 수 없이 일어났다. 표도르 파블로비치는 그리고리에게 스메르쟈코프에 대한 체벌을 금지시켰다. 게다가 몸채에 있는 자기 방에 드나드는 것까지 허락해 주었다.

그 외에도 스메르쟈코프에게는 끔찍한 결벽증이 있었다. 수프를 먹을 때면 뚫어질 듯 자세히 들여다보다가 한 술 떠서 빛 쪽으로 먼저 가져갔다. 어렸을 적부터 빵이든 고기든 일단 포크로 찍어서 빛 쪽으로 가져가, 현미경으로 관찰하듯 오랫동안 살펴본 다음 겨우 입안에 밀어 넣었다. 표도르 파블로비치는 스메르쟈코프의 증상을 듣고는 요리사를 시켜 보자며 모스크바로 유학을 보냈다.

몇 년 동안 공부를 하고 돌아왔을 때, 그는 몰라보게 달라져 있었다. 이상할 정도로 폭삭 늙어 버렸다. 나이에 맞지 않게 얼굴은 노르스름한 데다 온통 주름투성이였다. 성격은 여전히 괴팍했다. 그는 모스크바에서도 사람들과 어울리지 못했을뿐더러 돌아온 후에도 여전히 사람을 싫어했다.

그는 말끔한 와이셔츠에 프록코트를 차려입고 돌아왔는데, 하루에 두 번씩 아주 꼼꼼하게 솔로 옷들을 손질했다. 송아지 가죽으로 만든 구두는 영국제 왁스로 눈이 부시도록 닦아 대었다. 어쨌거나 그는 훌륭한 요리사가 되어 돌아왔다.

어느 날 표도르 파블로비치가 술에 취해서 지폐 석 장을 마당에 떨어뜨린 적이 있었다. 그는 다음 날이 되어서야 그것을 기억해 냈는데, 뜻밖에도 침실 탁자 위에 그 지폐가 고스란히 놓여 있었다. 스메르쟈코프가 주워서 얌전히 갖다 놓은 것이었다. 그날 이후 표도르 파블로비치는 스메르쟈코프를 굳게 믿었고, 어느 정도는 좋아하게 되었다. 그러나 스메르쟈코프는 표도르 파블로비치를 언제나 흘겨보기만 할 뿐 말 한마디 섞지 않았다.

그렇게 말이 없던 스메르쟈코프가 그날은 이상하게도 남의 얘기에 반응을 보인 것이었다. 그날 아침 그리고리가 물건을 사러 상점에 갔다가 전해 들은 것으로, 러시아 병사에 대한 이야기였다.

먼 외국에서 아시아 인에게 포로로 잡힌 러시아 병사가 있었다. 그는 기독교를 버리고 이슬람교로 개종하지 않으면 죽여 버리겠다는 협박을 받다가, 결국엔 살가죽이 벗겨지는 고통 속에서 그리스도를 찬양하며 죽어 갔다. 바로 그날 신문에 이 위대한 병사의 순교에 대한 기사가 실려 있었다.

표도르 파블로비치는 병사를 당장 성인의 반열에 올리고 그의 살가죽은 수도원에 보내야 한다고 말했다. 그래야 사람들이 몰려들어 수도원이 돈을 벌 수 있을 거라나. 그리고리는 표도르 파블로비치가 그 이야기에 감동을 하기는거녕 신성 모독적인 발언을 하자 곧바로 인상을 찌푸렸다.

그때 곁에 서 있던 스메르쟈코프가 피식 웃었다. 스메르쟈코프는 전에도 자주 식탁 옆에 서 있긴 했는데, 이반이 온 뒤에는 거의 매번 식사 때마다 그 자리를 지켰다.

"아니, 왜 그러느냐?"

스메르쟈코프가 피식 웃는 것을 보고 표도르 파블로비치가 물었다. 그러자 그가 큰 소리로 대답했다.

"그 상황에서 그 병사가 그리스도의 이름과 자신의 세례를 부정했다 해도 죄가 될 수는 없을 듯합니다. 일단 목숨을 지켜 낸 후 살아가면서 좋은 일을 많이 하면 되잖아요. 그렇게 자신의 비겁함을 보상하면 되는 거죠."

"저렇게 말도 안 되는 소리를 하다니! 네놈은 곧장 지옥 불로 떨어져 양고기처럼 구워져야 정신을 차릴 거다."

표도르 파블로비치가 소리치던 바로 그 순간, 알렉세이가 집 안으로 들어왔다.

"네 주제로다, 너의 단골 주제!"

그는 알렉세이가 대화에 끼게끔 자리에 앉히면서 키득거렸다.

"양고기라뇨? 그런 말을 한다고 무슨 일이 생기는 것도 아니고, 솔직히 상식적으로 생각해 봐도 전혀 문제 될 건 없습니다."

스메르쟈코프가 당당하게 지적했다.

"야비한 놈! 저놈이 원래 저렇다니까요."

그리고리는 이렇게 톡 쏘아붙이고 나서도 분이 안 풀리는지 스메르쟈코프를 무섭게 노려보았다.

"야비한 놈 소리는 이제 그만 좀 하시죠, 그리고리 바실리예비치."

스메르쟈코프가 날카롭게 받아쳤다.

"생각을 해 보십시오. 제가 만약 기독교 박해자들에게 포로로 붙잡혀서 하느님과 세례를 거부하라고 강요받는다면, 그 상황에서 이성적인 판단의 권리를 갖고 있는 것은 오로지 저 자신입니다. 그러니까 저의 선택은 무조건 무죄인 거죠."

"부엌데기 주제에!"

그리고리가 경멸스럽다는 툭 내뱉었다.

"부엌데기란 소리도 잠깐 미뤄 두시죠. 욕은 그만하고 생각을 좀 해 보세요, 그리고리 바실리예비치. 제가 박해자들에게 '나는 기독교인이 아니다. 나는 하느님을 저주한다.'라고 말하면, 그 즉시 저는 하느님의 가혹한 심판에 의해 파문을 받게 됨과 동시에 이교도가 됩니다. 더 정확하게는 말을 내뱉은 순간이 아니고 하느님을 부정하겠다고 생각하는 순간 파문을 당하는 것이죠. 그렇지 않습니까, 그리고리 바실리예비치?"

그는 자신의 논리에 매우 흡족해 하면서 그리고리를 바라보았다. 표도르 파블로비치의 질문에 대답하는 것이면서도, 마치 이 모든 질문을 그리고리가 던지기라도 한 듯이 굴었다.

"이반!"

표도르 파블로비치가 소리쳤다.

"이놈은 너 때문에 저러는 거야. 네 칭찬을 받고 싶어서 말이다. 그러니 칭찬 좀 해 주거라."

이반은 호기심 어린 눈으로 스메르쟈코프를 관찰하고 있었다.

"하느님의 저주를 받을 놈!"

드디어 그리고리가 폭발해 버렸다.

"그리고리 바실리예비치, 제 말을 마저 들어 보시죠. 제가 하느님에게 저주를 받게 되는 순간, 저는 이미 이교도나 다름없습니다. 그러므로 제가 세례를 받은 것도 아무런 의미를 갖지 않게 되는 거죠. 제가 이미 기독교인이 아닌데, '네놈은 기독교인이냐?'라는 질문을 받았을 때 '아니다.'라고 하는 것이 대체 무슨 죄란 말인가요? 제가 이미 하느님에 의해 기독교인으로서의 자격을 박탈당했는데, 천국이 저를 기독교인 대하듯 문책할 수는 없다는 겁니다."

표도르 파블로비치는 술잔을 마저 비우고는 자지러지게 웃어젖혔다.

"알렉세이, 네 생각은 어떠냐? 스메르쟈코프, 이 궤변가 녀석! 누가 네놈을 그딴 식으로 가르쳤느냐? 울지 마라, 그리고리. 지금 당장 이놈을 싹 갈아 버릴 테니까. 다시 한 번 얘기해 봐라. 네가 박해자들 앞에서는 정당하다고 해도, 네놈 안의 믿음을 이미 부정하지 않았느냐? 바로 그 순간에 저주스럽게 파문을 당했다는 거 아니냐? 하느님의 파문을 당했다고 해서 지옥에서 기특하다며 네 머리를 쓰다듬어 주는 일은 없을 텐데?"

"제가 마음 깊숙이 부정한 건 틀림없지만, 어쨌든 그게 죄는 아니라는 말씀입니다. 설령 죄가 있다고 해도 그건 가장 하찮은 수준에 불과한 것이고요."

논쟁은 그렇게 끝났다. 잠시 즐거워하던 표도르 파블로비치는 결론 부분에서 얼굴을 잔뜩 찡그렸다. 그러고는 코냑을 홀짝거렸는데 어느새 많이 취해 있었다.

"썩 꺼져 버려."

표도르 파블로비치가 소리쳤다. 명령이 떨어지기 무섭게 하인들은 잽싸게 자리에서 물러났다. 그는 짜증스럽다는 듯 표정이 굳어지며 말했다.

"스메르쟈코프가 요즘 식사 때마다 이곳을 지키는 건 바로 너를 보기 위해서야. 너는 대체 뭘로 저놈을 사로잡은 거냐?"

표도르 파블로비치가 이반에게 은근한 말투로 물었다.

"아무것도 한 게 없습니다. 그저 제가 존경스러운가 보죠. 지금은 스메르쟈코프가 우리 집 하인이지만, 언젠가는 한 분야에서 선두 주자가 될 수도 있겠죠. 날 때부터 훌륭한 사람도 있지만 뒤늦게 자리를 잡는 사람도 있게 마련이니까요. 나중에 정말 훌륭한 사람이 될 수도 있고요."

"이반, 저놈은 다른 사람들처럼 나에 대해서도 도저히 참을 수 없는 모양이야. 네가 보기엔 저놈이 너를 존경하는 것처럼 느껴지겠지? 절대로 그렇지 않단다. 저놈은 오래전부터 알렉세이마저도 경멸하고 있었어. 그래도 도둑놈은 아닌 데다 입도 무거운 편이어서 두고 보는 중이지. 하긴 저놈을 두고 이러쿵저러쿵 말하는 게 우리한테 무슨 의미가 있겠니?"

"물론 없죠. 그만해요, 아버지."

"딱 한 잔만 더 하고 끝내마. 알렉세이, 아까 내가 너의 수도원장을 골나게 했다고 화내지 말거라. 난 말이다, 얘야, 악이 받쳐서 그런 거란다. 하느님이 있다면 내 죗값을 치르면 되지만, 만약 하느님이 없다면 신부 놈들의 목을 치는 것으로도 부족해. 그놈들이 이 나라의 발전을 저해하고 있으니 말이다. 이반, 이것 때문에 내가 심적으로 얼마나 괴로운지 아니? 넌 믿고 있지 않구나. 네 눈을 보면 알 수 있지. 이반, 너는 오만한 녀석이야. 알렉세이, 무슨 수를 써서라도 너의 그 수도원을 아주 끝장냈으면 싶다. 신비주의자들을 통째로 잡아다가 러시아 땅에서 아예 없애 버리고 싶어."

"아니, 무엇 때문에 없앱니까?"

이반이 말했다.

"진리가 빛을 발하도록 하기 위해서."

"진리가 빛을 발하게 되면, 아버지는 누구보다 먼저 알거지가 될 텐데요."

"듣고 보니 그렇구나. 알렉세이, 너의 수도원은 그냥 내버려 두고, 우리 현명한 사람들은 따뜻한 곳에 앉아 코냑이나 즐기자꾸나. 그런데 이반, 말해 보렴. 신은 있느냐, 없느냐? 제대로 말해 봐, 진지하게!"

"신은 없습니다."

"알렉세이, 신은 있느냐?"

"신은 있습니다."

"이반, 불멸은 어떠냐?"

"불멸도 없어요."

"아예?"

"아예 없어요."

"그렇다면 완전히 무(無)인 게냐? 그래도 뭔가는 있겠지?"

"완전히 없어요."

"알렉세이, 불멸은 있느냐?"

"신도, 불멸도 있어요. 신 속에 불멸이 있습니다."

"음, 아무래도 이반 말이 맞는 것 같아. 맙소사! 인간이 얼마나 많은 믿음을 바쳐 왔고, 또 얼마나 많은 힘을 쏟아 왔는데, 결국 엔 쓸데없는 몽상에 쏟아부은 셈이라는 거지? 도대체 누가 감히 인간을 이렇게 놀려 대는 거냐? 이반, 마지막으로 확실히 말해 다오. 신은 있는 거냐, 없는 거냐?"

"진짜 없다니까요."

"그럼 도대체 누가 인간을 갖고 노는 게냐, 이반?"

"악마겠지요."

이반이 씩 웃었다.

"악마는 있다는 거냐?"

"악마도 없어요."

"그것참 섭섭하네. 신을 처음으로 고안해 낸 놈을 어떻게 해야

할까? 젠장! 그놈을 당장 사시나무에 목매달아 죽여도 시원치
않겠어."

"신을 고안해 내지 않았다면 문명도 없었을 거예요."

"문명이 없었을 거라고?"

"예, 코냑도 없었을 거고요. 그나저나 아버지, 코냑은 이만 치
워야겠네요."

"잠깐, 한 잔만 더 하자. 내가 알렉세이를 모욕했어. 화가 난 건
아니지, 알렉세이? 내 귀여운 알렉세이!"

"화 안 났어요. 아버지 마음 저도 다 알아요. 아버지는 좋은 분
이세요."

"내가 좋은 사람이라고? 네가 아니면 누가 이런 말을 해 주겠
니? 이반, 너도 알렉세이가 좋지?"

"네, 좋아요."

"그래, 좋아해야지. 알렉세이, 내가 아까 네 신부에게 좀 무례
했지? 흥분해서 그랬던 거야. 그나저나 그 신부에겐 기막힌 면
이 있더구나. 이반, 네 눈에는 그렇지 않더냐?"

"있을 수도 있겠죠."

"있다니까! 그는 고상한 운명을 타고난 바람에 연기를 하면서
살고 있더구나. 억지로 성자 노릇을 해야 하는 탓에 남모를 분
노를 속으로 꾹꾹 눌러 삭이고 있어."

"그런 말씀하지 마세요. 조시마 신부님의 신앙심이 얼마나 깊

은데요.”

“그에게 신앙심은 손톱만큼도 없어. 여태 그것을 몰랐단 말이냐? 그 작자는 입으로만 사람에게 떠들어 대고 있어. 자신을 찾아온 현명한 사람들한테 ‘하느님을 믿긴 하지만, 그게 뭔지는 나도 정확히 모른다.’라고 딱 잘라 말했다더구나.”

“정말로요?”

“그렇다니까. 하지만 나는 그를 존경해. 그에겐 뭐랄까? 우리 시대의 영웅 같은 면모가 있어. 그는……, 호색한이야. 진짜 한 잔만 더 하고 끝낼 테니, 이제 그만 술병을 치우렴. 이반, 내가 계속 허풍을 떨고 있는데도 왜 말리지 않는 거냐? 내 말이 죄다 거짓이라고도 하지 않고…….”

“아버지가 알아서 그만두실 테니까요.”

“저, 저, 말하는 것 좀 봐라. 네놈은 나 때문에 열 받아서 그러는 거잖아. 네놈은 나를 경멸하고 있어. 지금 내 집에 얹혀살고 있으면서도 나를 경멸하고 있다고.”

“안 그래도 떠날 생각입니다. 아버지는 코냑에 완전히 절었어요. 이제 그만 드세요.”

“그리스도의 이름으로 너한테 체르마쉬냐에 좀 다녀오라고 했는데도 왜 가지 않는 거냐?”

“정 원하신다면, 내일 가도록 할게요.”

“가긴 뭘 가! 네놈은 여기서 나를 감시하고 싶은 게야. 바로 그게 네놈이 원하는 거지. 고약한 놈 같으니!"

표도르 파블로비치는 흥분을 가라앉히지 못했다. 그는 술에 너무 취한 나머지 막무가내로 성질을 부렸다. 그러면서도 자기를 과시하고 싶어서 못 견뎌 했다.

"왜 그렇게 쳐다보는 거냐? 네놈의 눈이 나에게 '술에 절어 빠진 노인네 같으니.'라고 말하고 있어. 네놈의 눈엔 의심과 경멸이 가득해. 알렉세이의 눈은 이렇게 초롱초롱한데 말이야. 알렉세이는 나를 경멸하지 않거든. 알렉세이, 이반을 믿지 마라."

"형한테 화내지 마세요! 형을 모욕하지 마세요."

알렉세이가 단호하게 말했다.

"그래, 알았다. 아이고, 머리야. 어서 코냑을 눈앞에서 치워라. 이반, 세 번째로 말하는 거다. 이 쭈그렁바가지한테 화를 내는 거냐? 네가 나를 싫어하는 건 알고 있다만, 그래도 화는 내지 말아 다오. 하긴 나란 인간이 뭐 좋아할 건더기가 어디 있겠냐마는. 체르마쉬냐에나 좀 가 주렴."

바로 그 순간, 현관에서 엄청난 고함 소리가 들리며 문이 활짝 열렸다. 그리고 곧바로 드미트리가 뛰어 들어왔다. 표도르 파블로비치는 겁이 난 나머지 이반에게 찰싹 달라붙었다.

"날 죽일 거다! 날 내주지 마라. 절대 내주지 마!"

이반의 프록코트 자락에 매달린 채 표도르 파블로비치가 소리쳤다.

드미트리를 따라 그리고리와 스메르쟈코프가 뛰어 들어왔다. 그들은 며칠 전에 내려진 표도르 파블로비치의 명령대로 드미트리를 집 안에 들이지 않으려고 현관에서 몸싸움까지 벌였지만 역부족이었다. 응접실 안으로 들어온 드미트리가 주위를 둘러보느라 잠시 멈추어 서자, 그리고리가 식탁을 한 바퀴 돌아 안쪽 방으로 통하는 문을 걸어 잠그고는 두 팔을 옆으로 쭉 벌리고 가로막았다. 그러자 드미트리가 울부짖으면서 그리고리에게 달려들었다.

"그러니까 그 여자가 저기에 있다는 거지? 그 여자를 저기다가 숨겨 놓은 거야. 썩 꺼져!"

격분한 나머지 제정신이 아니었던 드미트리는 온 힘을 다해 그리고리를 내리쳤다. 그리고리가 맥없이 쓰러지자, 그를 뛰어넘고 문을 부수다시피 해서 안쪽으로 들어갔다. 스메르쟈코프는 하얗게 질려서 벌벌 떨면서도 표도르 파블로비치의 곁을 지키고 있었다.

"그 여자가 여기 있어! 그 여자가 이쪽으로 돌아서는 걸 내 눈으로 직접 봤다고. 그 여자를 어디에 숨겼어? 어디에 숨겨 놨냐고?"

드미트리가 소리쳤다.

'그 여자가 여기 있어!'라는 외침을 듣자마자, 표도르 파블로비치의 뇌리는 두려움을 완전히 잊어버리고 말았다.

"잡아라, 저놈을 잡아라!"

표도르 파블로비치는 드미트리에게 돌진했다. 그사이에 그리고리는 마룻바닥에서 일어났지만, 아직 정신을 제대로 차리지 못하고 있었다.

세 번째 방에서 쨍그랑 소리가 들려왔다. 대리석 받침대 위에 있던 꽃병을 드미트리가 지나가면서 건드린 것이었다.

"저놈 잡아라! 누구 없느냐?"

표도르 파블로비치가 울부짖었다. 이반과 알렉세이는 드미트리를 쫓아가는 표도르 파블로비치를 간신히 잡아서 다시 식당으로 끌고 왔다.

"어쩌자고 형을 쫓아가는 거예요? 형이 아버지를 죽여 버릴지도 모르는데."

이반이 화를 내며 소리쳤다.

"그루센카가 여기에 있대. 이리로 들어오는 걸 저놈이 똑똑히 봤다고 하잖니?"

표도르 파블로비치는 숨을 헐떡이느라 말도 제대로 하지 못했다. 오늘 그루센카가 오리라곤 기대하지 않았기 때문에, 그녀가 여기 있다는 소식을 듣자마자 정신이 나갔던 것이다.

"그녀가 오지 않았다는 건 아버지가 더 잘 알잖아요!"

이반이 소리쳤다.

"저쪽 입구로 왔을 수도 있잖느냐?"

"저쪽 입구는 내내 잠겨 있었고, 열쇠는 아버지의 주머니에 있잖아요."

그쪽은 실제로 잠겨 있었고, 열쇠는 정말로 표도르 파블로비치의 주머니 안에 있었다. 모든 방들의 창문도 잠겨 있었다. 당연히 그루센카는 들어올 수 없는 상황이었다. 드미트리가 다시 식당에 나타났다.

"저놈 잡아라!"

드미트리를 보자마자 표도르 파블로비치가 다시 소리를 질러 댔다.

"저놈이 내 돈을 훔쳤어!"

표도르 파블로비치는 이반을 뿌리치고 드미트리에게 달려들었다. 그러자 드미트리가 두 손으로 아버지의 양쪽 관자놀이에 힘없이 붙어 있는 머리카락을 움켜잡았다가 있는 힘껏 내동댕이쳤다. 그리고 나서 마룻바닥에 쓰러진 아버지의 얼굴을 구둣발로 두세 번 정도 짓밟았다. 표도르 파블로비치는 날카롭게 울부짖기 시작했다. 이반은 드미트리만큼 힘이 세지는 않았지만, 용케 그를 쓰러진 아버지에게서 떼어 놓았다. 알렉세이도 있는 힘껏 큰형을 끌어당겨 작은형을 도왔다.

"미쳤어, 형? 진짜 아버지를 죽일 참이야?"

이반이 소리치자, 드미트리가 숨을 헐떡이며 소리쳤다.

"아버지는 맞아도 싸! 지금 죽이지 못했으니, 언젠가 다시 죽이러 오겠어. 이젠 말려 봤자 소용없어!"

"드미트리 형, 당장 여기서 나가!"

알렉세이가 명령하듯 소리쳤다.

"알렉세이! 나에게 말해 줘. 네 말은 믿을 테니까. 그 여자가 여기에 왔었니? 내 눈으로 봤단 말이야. 그녀가 골목길에서 울타리를 지나 이쪽으로 빠져나가는걸. 내가 소리쳤더니 순식간에 달아나 버렸어."

"맹세코 오지 않았어. 그녀가 오길 기다린 사람도 없었고."

"그녀를 똑똑히 봤어. 그녀가 어디에 있는지 당장 알아야겠다. 잘 있어라, 알렉세이! 일단 영감쟁이에게 돈 얘기는 꺼내지 마라. 하지만 카테리나에게는 반드시 가서 전해야 한다. '머리 숙여 인사를 전하라고 했습니다.'라고 말이야. 머리 숙여 인사를, 머리 숙여 인사를! 경건히 머리를 숙여 진심으로 작별 인사를 전하라고. 그녀에게 이 소동도 알려 줘."

이반과 그리고리는 표도르 파블로비치를 일으켜 안락의자에 앉혔다. 그는 얼굴이 피투성이가 됐는데도 정신을 잃지 않고 드미트리가 하는 말을 모두 듣고 있었다. 표도르 파블로비치는 여전히 그루센카가 정말로 집 안 어딘가에 있는 것처럼 느껴졌다. 드미트리는 방을 나가면서 증오스럽다는 듯 그를 돌아보았다.

"이 고약한 영감쟁이! 피를 좀 흘리게 했다고 내가 겁먹을 줄 알아? 몸조심하셔. 당신의 알량한 꿈도 잘 간수하고. 그리고 꿈은 나한테도 있다는 걸 알아 둬. 난 당신을 저주해. 부자의 연도 완전히 끊어 버리겠어."

드미트리는 이렇게 말하고서 다급히 뛰어나갔다.

"그루센카가 우리 집에 있는 게 분명해! 스메르쟈코프, 스메르쟈코프."

표도르 파블로비치는 식식거리며 스메르쟈코프를 불렀다. 이반이 표독스럽게 소리쳤다.

"여기 없다니까요. 제발 정신 좀 차리세요. 오, 이런, 기절하셨군! 물하고 수건 좀 가져와!"

스메르쟈코프는 물을 가지러 달려갔다. 다른 사람들은 표도르 파블로비치를 침실로 옮기고 옷을 벗긴 다음 침대에 눕혔다. 표도르 파블로비치는 술에 잔뜩 취한 데다 얻어맞기까지 한 터라 침대에 눕자마자 정신을 잃었다.

이반과 알렉세이는 식당으로 돌아왔다. 스메르쟈코프는 깨진 꽃병 조각들을 치웠고, 그리고리는 침울한 표정으로 시선을 내리깐 채 식탁 옆에 서 있었다.

"자네도 머리에 물수건을 얹어야 하지 않겠나? 침대에 눕지 그래? 아버지는 우리가 돌볼 테니."

알렉세이가 그리고리에게 말했다.

"도련님이 나한테 이런 짓을 하다니!"

그리고리는 낮은 목소리였지만 한 마디씩 또렷하게 말했다.

"형은 아버지한테도 이런 짓을 하는 위인인걸. 자네라고 별수 있겠나?"

이반이 입을 일그러뜨리며 한마디 던졌다.

"내 손으로 목욕까지 시키며 키웠는데…… 어떻게 나한테 이런 짓을!"

그리고리가 되풀이해서 중얼거렸다.

"내가 형을 떼어 놓지 않았더라면 진짜 죽여 버렸을 거야. 노인네 하나 해치우는 게 뭐 그리 힘들겠어?"

이반이 낮은 목소리로 중얼거렸다.

"한 마리의 독사가 다른 한 마리의 독사를 잡아먹을 거야. 결국 그 길밖에 없어!"

알렉세이는 흠칫하며 몸을 떨었다.

"나는 살인이 일어나도록 가만있진 않겠어. 넌 여기 있어, 알렉세이. 나가서 좀 걸어야겠다. 머리가 지끈거려서 말이야."

이반은 이렇게 말한 뒤 밖으로 나갔다. 알렉세이는 아버지의 침실로 가서 머리맡에 한 시간 정도 앉아 있었다. 얼마 뒤, 표도르 파블로비치는 눈을 뜨더니 알렉세이를 말없이 바라보았다. 좀 전의 기억을 찬찬히 되짚는 모양이었다. 그는 걱정스럽게 입을 열었다.

"알렉세이, 이반은 어디 있느냐?"

"머리가 지끈거린다고 밖에 나갔어요. 아무 걱정 마세요. 형이 우리를 지켜 줄 거예요."

"거울을 가져오렴."

알렉세이가 작고 둥근 거울을 갖다 주자, 표도르 파블로비치는 자신의 모습을 비추어 보았다. 코가 꽤 부어올랐고, 왼쪽 이마는 시퍼렇게 멍이 들어 있었다.

"이반이 뭐라고 하든? 알렉세이, 나의 유일한 아들! 나는 이반이 무섭다. 그놈보다 이반이 더 무서워. 오직 너만 무섭지 않아."

"이반 형도 무서워하지 마세요. 이반 형이 가끔 화를 내긴 하지만 결국엔 아버지를 보호해 줄 테니까요."

"그놈은 그루센카한테 달려갔겠지! 귀여운 천사, 알렉세이. 진실을 말해 다오. 그루센카가 왔다 간 거냐?"

"정말 안 왔다니까요!"

"드미트리는 그녀와 결혼할 생각이야, 결혼!"

"그녀는 형과 결혼하지 않을 거예요."

"그래, 안 할 거야. 안 할 거야. 절대 안 할 거야!"

이보다 더 행복한 말은 없다는 듯, 표도르 파블로비치는 몹시 기쁜 표정을 지으며 온몸을 떨었다. 그는 알렉세이의 손을 잡아 자기 가슴으로 가져갔다. 어느새 그의 눈에 눈물이 고였다.

"알렉세이, 네가 어떻게든 그루센카를 만나서 물어보려무나. 누구를 원하는지, 나인지 드미트리인지…… 할 수 있겠느냐?"

"그녀를 만나게 된다면 물어볼게요."

알렉세이는 나지막이 웅얼거렸다.

"아니다, 그녀는 너한테 진심을 말하지 않을 거야."

표도르 파블로비치가 말을 가로막았다.

"그녀는 변덕쟁이야. 아마 너한테 입을 맞추면서 너를 원한다고 말할걸. 그녀는 거짓말쟁이에 부끄러움이라곤 도통 모르지. 안 돼, 네가 그녀한테 가선 안 돼!"

"제 생각에도 좋지 않은 것 같아요, 아버지."

"그나저나 아까 그놈이 나가면서 어딜 가 보라고 하던데, 도대체 너한테 어디를 가라는 거냐?"

"카테리나한테요."

"돈 때문에? 돈을 부탁하는 것이냐?"

"돈 때문은 아니에요."

"저놈에겐 돈이 한 푼도 없어. 알렉세이, 나는 누워서 곰곰이 생각을 해 볼 테니, 너는 일단 수도원으로 가 보거라. 대신 내일 아침엔 꼭 들러야 한다. 너한테 할 말이 있어. 들러 줄 거냐?"

"그럴게요."

"올 때는 병문안을 온 것처럼 굴도록 해. 내가 불렀다는 건 모두에게 비밀이다. 이반에게도 말하지 말고."

"알았어요."

"잘 가라, 나의 천사야. 아까 내 편을 들어 준 건 영원히 잊지 않으마."

"괜찮으시겠어요?"

"내일이면 제대로 걸을 수 있을 거다. 완전히 건강해질 거야!"

알렉세이는 마당으로 나오다가, 대문 옆 벤치에 앉아 있는 이반을 보았다. 그는 연필로 뭔가를 공책에 부지런히 적고 있었다. 알렉세이는 형에게 다가가 아버지가 깨어났음을 알렸다. 정신도 말짱해졌고, 수도원으로 돌아가는 것까지 허락해 주었다고 덧붙였다.

"알렉세이, 내일 아침에 널 다시 볼 수 있으면 좋겠구나."

이반은 상냥하게 말하면서 자리에서 일어났다. 이런 친근함이 알렉세이에겐 너무도 뜻밖이었다.

"내일은 호흘라코바 부인 댁에 갈 건데……."

알렉세이가 대답했다.

"카테리나도 지금 만나러 가지 못하면 아마 내일 만나야 할 것 같고."

"지금 카테리나한테 가는 거로구나! 머리 숙여 작별 인사를 전하기 위해서냐?"

이반이 미소 지으며 말하자, 알렉세이는 당혹감을 감추지 못했다.

"아까 형이 다짜고짜 달려 들어와서 고함친 이유를 이제야 알겠어. 예전에 일어났던 어떤 사건하고 관련돼 있는 거야. 그러니까 형은 너를 대신 그녀한테 보내서 작별 인사를 전하겠다는 거지?"

"형! 아버지와 드미트리 형 사이의 이 끔찍한 관계는 앞으로 어떻게 될까?"

알렉세이가 걱정스런 빛으로 물었다.

"나도 모르지, 뭐. 어쩌면 그냥 흐지부지돼서 아무 일도 없었던 것처럼 될지도 모르고. 아무튼 그루셴카는 짐승이나 다름없어. 어떻게든 아버지를 집에 붙들어 둬야 하고, 드미트리 형은 집 안에 들이지 말아야 해."

"형, 하나만 물어볼게. 어떤 사람이 다른 사람에 대해, 누구는 살 가치가 있고 또 누구는 그럴 가치가 없다고 결정할 권리가 있을까?"

"아까 내가, 한 마리의 독사가 다른 한 마리의 독사를 잡아먹을 거라고 말했기 때문이니? 그렇다면 내가 너한테 하나 묻자. 너는 나도 드미트리 형과 마찬가지로 아버지를 피 흘리게 할, 그러니까 결국 죽일 만한 사람으로 생각하고 있는 거니?"

"무슨 소리야? 그런 생각은 꿈에도 해 본 적 없어. 게다가 드미트리 형도 진짜로 그럴 거라곤 생각 안 해."

"그것만으로도 고맙다."

이반이 씩 웃었다.

"나는 아버지를 보호할 거야. 하지만 내 희망은 완벽한 공간으로 남겨 둘 거야. 내일 보자꾸나. 나를 나쁜 놈이라고 욕하지 마라."

이반이 미소 띤 얼굴로 말을 마치자, 두 사람은 서로의 손을
꽉 쥐었다. 이전에는 결코 없었던 일이었다. 알렉세이는 이반이
먼저 그에게로 성큼 다가선 목적이 따로 있을 거라고 생각했다.
어떤 의도가 있는 게 틀림없었다.

제 8 장
천사와 악마

　알렉세이는 들어갈 때보다 훨씬 더 참담해진 기분으로 아버지 집을 나섰다. 도무지 해결책이 없을 것만 같은 문제, 즉 이 무서운 여자를 둘러싼 아버지와 드미트리 형의 문제는 어떻게 끝이 날까? 불행의 덫이 큰형 드미트리를 노리고 있었고, 자신이 생각했던 것보다 훨씬 더 많은 사람들이 이 일과 얽혀 있었다. 작은형 이반과는 알렉세이의 바람대로 조금 가까워진 듯했지만, 왠지 그것이 더 불안하게 느껴졌다.

　처음 카테리나의 집에 가려던 때와는 달리, 지금은 마음이 차분하게 가라앉았다. 그녀에게서 이 문제를 해결할 만한 실마리라도 구할 수 있을지 모른다는 희망이 생겼기 때문이다. 그러나 형에게 부탁받은 말을 그녀에게 전하는 일은 힘들 것 같았다. 삼천 루블 건이 완전히 틀어졌기 때문에 드미트리는 이제 온갖 타락을 자초할 게 뻔했다.

저녁 일곱 시쯤, 알렉세이는 카테리나 이바노브나 집에 도착했다. 이미 날이 저물어 사방은 어둑어둑했다. 알렉세이가 현관으로 들어서면서 하녀에게 자신이 온 것을 알려 달라고 부탁했을 때, 응접실 안이 한바탕 소란스러워졌다. 여자들이 갑자기 뛰어다니는 발소리와 원피스 자락이 부스럭거리는 소리가 한데 섞여 들려왔다. 여자 두셋은 방에서 뛰어나가고 있는 듯했다. 알렉세이는 자신의 등장으로 생긴 동요가 낯설기만 했다.

그는 곧 응접실로 안내되었다. 그곳은 우아한 가구들로 화려하게 꾸며져 있었다. 조금 전까지 사람들이 앉아 있었을 소파 위에는 실크 망토가 내던져져 있었고, 탁자 위에는 마시다 만 코코아 잔과 비스킷, 건포도, 사탕이 담긴 접시가 놓여 있었다. 분명히 누군가를 접대하고 있었던 듯했다. 알렉세이는 하필 손님이 있을 때 찾아왔구나, 싶어서 자기도 모르게 눈살을 찌푸렸다.

그 순간 방문이 열리고 카테리나가 빠른 걸음걸이로 들어왔다. 그녀는 환하게 미소를 지으며 알렉세이에게 두 손을 내밀었다. 동시에 하녀가 불을 밝힌 양초 두 개를 들고 와서 탁자 위에 올려놓았다.

"드디어 와 주셨군요! 하루 종일 기다렸어요. 어서 앉으세요."

삼 주 전, 카테리나는 드미트리에게 알렉세이를 소개시켜 달라고 요청했다. 그들은 별다른 대화를 나누지 않았다. 당시 카테리나는 알렉세이가 몹시 당황하고 있다고 생각해서 짐짓 드미트리하고만 이야기를 나누었다. 알렉세이가 대화에 끼지 않고 그녀를 찬찬히 살펴보기만 했기 때문이다.

그때 그는 그녀의 아름다운 자태와 고압적인 태도, 오만한 눈빛 때문에 얼마간 충격을 받았다. 드미트리가 그녀에게서 받은 인상을 숨기지 말고 얘기해 달라고 했을 때, 알렉세이는 자신의 생각을 있는 그대로 들려주었다.

"형이 그녀와 함께라면 행복할 테지만, 어쩌면 그건 불완전한 행복일지도 몰라."

"바로 그거란다! 저 여자는 언제나 저 모습일 테니까. 운명 앞에 절대로 순응하려 들지 않거든. 그러니까 너는 지금 내가 그녀를 영원히 사랑하지 않을 거라고 생각하는 거지?"

"아니, 형은 그녀를 영원히 사랑할 거지만 그녀와 있는 게 늘 행복하지만은 않을 거라는 뜻이야."

알렉세이는 그렇게 말하면서 얼굴을 붉혔고, 자신의 멍청한 생각을 괜스레 입에 올렸다는 생각에 스스로에게 짜증이 났다. 여자에 대해 주제넘게 떠들어 대다니……. 부끄러운 생각이 들었다.

그런데 지금 카테리나를 다시 보고는 놀라움을 감출 수가 없었다. 어쩌면 지난번에 대단히 잘못 판단했을 수도 있겠다는 생각이 들어서였다. 그녀의 얼굴은 꾸밈없이 선량했고, 진실함으로 빛나고 있었다. 처음 봤을 때 알렉세이에게 충격을 안겨 주었던 고압적인 태도와 오만한 눈빛은 온데간데없었다. 그녀의 강인한 에너지와 자신감만이 느껴질 뿐이었다.

알렉세이는 카테리나의 첫마디를 듣자마자, 그녀가 자신의 비참한 처지를 알고 있음을 알아차렸다. 어쩌면 사랑하는 드미트리와 관련된 일을 모두 알고 있는지도 몰랐다. 그런데도 그녀의 얼굴은 희망으로 빛나고 있어서, 알렉세이는 자기도 모르게 그녀에게 큰 죄를 지은 것만 같았다. 그는 순식간에 그녀에게 매혹되어 버렸다.

"내가 당신을 이토록 기다린 건, 당신이라면 모든 진실을 말해 줄 거라 믿었기 때문이에요. 정말로 당신밖에 없어요!"

"내가 온 건……."

알렉세이가 곤혹스러워하면서 중얼거렸다.

"형이 보내서……."

"아, 그이가 당신을 보냈군요. 그럴 거라고 짐작했어요. 이젠 전부 알겠어요, 전부 다!"

카테리나는 두 눈을 반짝이며 외쳤다.

"잠깐만요, 알렉세이. 무례하다 싶을 만큼 직설적으로 꾸밈없이 이야기해 주었으면 해요. 지금 그이의 모습과 처지가 어떻던

가요? 내가 억지로 그이에게서 해명을 듣는 것보다 이게 나을
거 같아서요. 자, 이제 그이가 무슨 일로 당신을 보냈는지 토씨
하나 빠뜨리지 말고 다 말씀해 주세요."

"형은 그러니까, 당신에게 머리 숙여 인사를 전하라고 했어요.
그리고 앞으로 다시는 찾아오지 않을 거라고도 했습니다."

"머리 숙여 인사를 전하라고요? 그이가 정확히 그렇게 말했나
요? 꼭 그런 표현을 쓴 거예요?"

"네."

"혹시 말실수를 한 건 아닐까요? 적절한 표현을 찾지 못해서
말이에요."

"아니요, 형은 틀림없이 '머리 숙여 인사를 전한다.'라고 반복
해서 말했어요. 잊지 말고 꼭 그대로 전하라고 세 번이나 부탁
한걸요."

그러자 카테리나는 발끈했다.

"이제 나를 도와주세요, 알렉세이. 당신에게 내 생각을 말할
테니 그게 맞는지 아닌지만 대답해 줘요. 그이가 그저 지나가는
말처럼 나에게 인사를 전하라고 했다면, 그것이야말로 전부 다
끝장이었을 거예요. 하지만 그이가 특별히 그 표현을 고집했다
니 분명 제정신으로 한 소리는 아닐 것 같네요. 자신이 내린 결
단이 너무 충격적이었던 거죠. 아니면 괜히 허세를 부리는 것일
테고요."

"그래요, 바로 그거예요! 나도 그렇게 생각됩니다."

알렉세이가 맞장구를 쳤다.

"그렇다면 그이는 아직 끝장나지 않은 거예요. 그저 절망에 빠져 있을 따름이죠. 내가 그이를 구할 수 있어요. 혹시 그이가 당신에게 삼천 루블에 대해 얘기하던가요?"

"그것 때문에 형이 죽도록 괴로워하고 있어요. 형은 이제 체면도 뭣도 없다, 이젠 더 이상 아무래도 상관없다고 말했거든요."

알렉세이는 그녀와 대화를 나누는 동안 마음속에서 희망이 샘솟는 것을 느꼈다. 이제 곧 형을 구할 수 있는 방법을 찾을 수 있을 듯한 기분이었다.

"그러니까 그 돈에 대해서 알고 계신 거죠?"

알렉세이는 이렇게 덧붙인 뒤 잠시 입을 다물었다.

"아주 잘 알고 있지요. 모스크바에 전보를 쳐서 물어봤거든요. 그이가 돈을 부치지 않은 걸 알았지만 일부러 모른 척했어요. 그리고 지난 한 주 동안, 그이에게 돈이 얼마나 필요했는지 알게 됐지요. 나에게 좋은 생각이 있어요. 누구에게로 돌아가는 것이 옳은지, 자신의 가장 충실한 벗이 누구인지를 이번에 그이가 깨닫도록 해 주는 거예요. 하지만 그이는 내가 가장 충실한 벗이라는 사실을 믿지 않아요. 나를 제대로 알지도 못하는걸요. 나를 그저 평범한 여자로만 보고 있어요.

한 주 내내 그이가 삼천 루블을 다 써 버린 것 때문에 내 앞에서 수치심을 느끼지 않도록 하려고 많은 고민을 했어요. 자기 자신은 물론, 이 세상 모든 사람에게 수치심을 느끼더라도 나한테만은 수치심을 느끼지 않도록 하는 방법이 없을까, 생각하고 또 생각했지요. 그이는 내가 다 이해하고 받아들일 수 있다는 걸 정말 모를까요? 이런 상황에서 왜 그이는 나를 제대로 알려고 노력하지 않는 거죠? 나는 그이를 구원해 주고 싶어요. 그런데도 내 앞에서 자기 체면만 걱정하고 있군요. 알렉세이, 그이는 당신에게라면 뭐든 털어놓잖아요. 도대체 나한테는 왜 그러지 못하는 걸까요?"

카테리나는 마지막 말을 하면서 눈물을 보였다. 알렉세이는 떨리는 목소리로 말을 꺼냈다.

"꼭 전해 드려야 할 것이 있어요. 조금 전, 형과 아버지 사이에 있었던 일이에요."

그는 좀 전에 있었던 소동에 대해 소상히 들려주었다. 형이 돈 문제로 자기를 아버지한테 보냈다, 그런데 형이 갑자기 쳐들어오더니 그루센카를 찾으며 아버지를 때렸다, 그러고 나선 한동안 고집을 부리다가 머리 숙여 인사를 전하러 가 달라고 부탁했다, 등등이었다.

"형은 그 여자한테 갔어요."

알렉세이가 조용히 덧붙였다.

"당신은 내가 그 여자를 참지 못할 거라고 생각하세요? 그이가 그렇게 말하던가요? 어쨌든 그이는 그 여자와 결혼할 수 없어요."

그녀가 신경질적으로 웃음을 터뜨렸다.

"카라마조프 집안사람이라고 해서 그런 열정을 영원히 불태울 순 없지요. 이건 사랑이 아니라 그저 열정이에요. 그이는 결혼하지 않아요. 왜냐면 그 여자가 그이하고 결혼하지 않을 테니까요."

카테리나는 묘한 웃음을 지었다.

"형은 진짜 결혼할지도 몰라요."

알렉세이는 눈을 내리깔고 슬픈 목소리로 말했다.

"그이는 결혼하지 않을 거예요, 분명히! 그 여자는 천사예요. 당신도 그건 모르셨죠?"

카테리나가 열의에 차서 소리쳤다.

"그 여자는 환상적인 창조물이에요! 나는 그 여자가 얼마나 매력적인지, 얼마나 선량한지, 얼마나 고결한지 잘 알고 있어요. 왜 나를 그렇게 보는 거죠? 알렉세이, 내 말이 놀라운가요? 그루셴카, 나의 천사 아가씨!"

그녀가 갑자기 방을 향해 소리쳤다.

"응접실로 나오세요. 알렉세이는 정말 사랑스러운 분이에요. 이분은 모든 걸 알고 있으니 이리로 나오셔도 돼요!"

"당신이 불러 주기만을 기다렸어요."

그러자 부드럽다 못해 감미롭기까지 한 여성의 목소리가 들렸다. 문이 열리면서 응접실로 들어온 사람은 다름 아닌 그루셴카였다.

알렉세이는 뭔가 일이 꼬이고 있다는 느낌이 들었다. 여기에 이반이 '짐승'이라고 말했던 그 끔찍한 여자가 와 있지 않은가. 하지만 정작 그 앞에 서 있는 여자는 지극히 평범하고 순진해 보였다. 알렉세이는 그녀에게서 눈을 뗄 수가 없었다. 선량하고 사랑스럽고 아름답고 평범한 다른 여자들과 조금도 다른 구석이 없었다.

그녀는 몹시 예뻤다. 그녀의 아름다움은 많은 이들에게 충분히 열정을 불러일으킬 만했다. 카테리나보다는 작았지만 상당히 키가 큰 편이면서도 몸은 풍만했다. 게다가 몸놀림은 나긋나긋했다. 소리 없이 사뿐사뿐 다가오는 모습이 마치 몰랑몰랑한 젤리 같았다. 그녀는 화려한 실크 원피스를 사락거리면서 쓰러지듯 안락의자에 앉았다. 검은색 옷과 숄 때문에 풍만한 목과 어깨가 더욱더 하얗게 보였다.

그녀는 이제 스물두 살이었다. 유난히 하얀 얼굴에 발그스레한 홍조가 감돌았다. 얼굴 모양은 조금 넓적했는데, 아래턱이 살짝 앞으로 튀어나와 있었다. 또한 아랫입술이 윗입술보다 두 배는 더 두꺼워서 살짝 부은 듯한 느낌을 주었다. 짙은 황갈색 머리카락은 풍성하면서도 매끈했다. 담비 털처럼 짙은 눈썹, 푸른

빛이 도는 매력적인 회색 눈동자, 그리고 기다란 속눈썹을 보고 있노라면 아름다움에 둔한 사람이라도 오랫동안 잊지 못할 외모였다.

무엇보다 알렉세이에게 깊은 인상을 준 것은 어린애처럼 티 없이 맑은 표정이었다. 그녀는 꼭 어린아이처럼 천진하게 세상을 바라보았다. 뭐든지 쉽게 믿어 버리는 어린아이들이 그러하듯, 모든 일에 호기심과 기대감을 내보였다. 그녀의 시선은 보는 사람을 사뭇 즐겁게 해 주었다.

카테리나는 그녀를 알렉세이의 맞은편 의자에 앉혔다. 그녀는 웃음기 가득한 그루센카에게 반하기라도 했는지 몇 번이나 입맞춤을 퍼부었다.

"우리는 오늘 처음 만났답니다, 알렉세이."

그녀가 기쁨을 참지 못하겠다는 듯 흥분해서 말했다.

"나는 이분이 어떤 사람인지 알고 싶어서 직접 집에 찾아가 보려고 했어요. 그런데 내 뜻을 알고 이분이 먼저 와 주신 거예요. 나는 우리 둘이서 모든 걸 해결할 줄 알았어요. 모든 걸 말이죠! 그런 예감이 들었거든요. 주위에서는 말렸지만, 나는 끝까지 좋은 결과가 있을 거라 믿었지요. 결국 내 생각이 옳았어요. 그루센카가 나에게 앞으로의 계획을 밝혔어요. 이분은 천사처럼 이리로 날아와서 나에게 평안과 기쁨을 가져다준 거예요."

"나 같은 계집을 더럽게 여기지 않으시다니, 참으로 사랑스럽고 훌륭한 아가씨예요."

그루센카는 환하게 미소를 지으면서 천천히 말했다.

"별말씀을요. 요정처럼 매혹적인 당신을 어떻게 더럽게 여길 수 있겠어요? 이분이 웃는 걸 보세요, 알렉세이. 천사를 보고 있으니 마음이 즐거워지지 않나요?"

알렉세이는 얼굴을 붉힌 채 파르르 몸을 떨었다.

"사랑스러운 아가씨, 나는 아가씨의 귀여움을 받을 자격이 없습니다."

"자격이 없다니요!"

카테리나가 목소리를 높였다.

"알렉세이 표도로비치, 이분은 천재적인 두뇌를 가졌어요. 게다가 자긍심이 대단히 높으시지요. 이분은 고결하고 너그러우세요. 이분은 그저 불행했을 뿐이에요. 이분은 보잘것없는 사람을 위해서 너무도 빨리 희생할 각오를 했던 거예요.

이분은 어느 장교를 사랑했어요. 그래서 모든 것을 바쳤는데, 그 장교가 다른 여자와 결혼해 버린 거예요. 이건 벌써 오 년 전의 일이랍니다. 그런데 그가 상처를 했다면서 이분께 편지를 보낸 거죠. 이리로 온다고 말이에요. 이분은 그 사람만, 평생 동안 오로지 그 장교만 사랑했답니다. 지금도 사랑하고 있고요. 오 년내내 불행했지만, 그 사람이 오면 다시 행복해질 거예요. 그런데 누가 감히 이분을 나무랄 수 있겠어요?"

"나를 끔찍이도 두둔해 주시네요, 사랑스러운 아가씨."

그루센카가 특유의 느릿한 말투로 말했다.

"두둔이라니요? 내가 무슨 두둔할 자격이 있다고요."

'이건 도가 지나친 것 같은데.'

순간, 이런 생각이 알렉세이의 머릿속을 스쳐 지나갔다. 그러자 자기도 모르게 얼굴이 붉게 달아올랐다.

"사랑스러운 아가씨, 나는 당신이 생각하는 것보다 훨씬 더 고약한 계집이에요. 성미가 못된 데다 늘 멋대로거든요. 드미트리 표도로비치, 그 불쌍한 양반만 해도 그때 그냥 심술이 나서 꼬였던 거예요."

"하지만 지금 그이를 구할 거잖아요. 그이의 정신을 차리게 해준다면서요? 당신이 사랑하고 있는 사람은 따로 있다고 털어놓겠다면서요?"

"천만의 말씀! 나는 내 입으로 그런 말을 한 적이 없어요. 그건 아가씨의 바람일 뿐 내가 한 말이 아니에요."

"그러면 지금 내가 잘못 이해했다는 건가요?"

그동안 침착했던 카테리나의 얼굴이 금세 창백해졌다.

"이봐요, 천사 같은 아가씨. 다시 한 번 말하지만, 나는 아가씨한테 아무것도 약속한 게 없어요."

그루센카는 명랑하고 순진한 표정으로 나직이 말했지만, 조금도 거침이 없는 태도였다.

"이제는 보이나요? 내가 얼마나 추잡스럽고 제멋대로인 여자인지……. 나는 내키는 대로 행동해요. 어쩌면 아까 아가씨한테 무언가 약속을 했을 수도 있겠죠. 그런데 지금은 드미트리가 다시 좋아졌어요. 지금 당장이라도 그에게 달려가 같이 살자고 말할지도 몰라요. 나는 원래 이렇게 변덕이 심해요."

"아까 했던 말과는 완전히……."

카테리나는 말을 잇지도 못했다. 반면에 그루셴카는 여전히 부드럽고 감미로운 목소리로 말을 이었다.

"천사 같은 아가씨, 나는 당신의 손을 잡긴 하겠지만 입을 맞추지는 않겠어요."

그루셴카는 즐거워 죽겠다는 듯 키득거렸다.

"좋으실 대로 하시죠."

카테리나 몸을 떨며 힘겹게 말했다.

"당신은 내 손에 입을 맞추었지만, 나는 그러지 않았다는 걸 똑똑히 기억해 두세요!"

그루셴카의 눈빛이 번득였다. 그녀는 카테리나의 얼굴을 뚫어져라 노려보았다.

"이 뻔뻔한 년!"

갑자기 카테리나가 소리쳤다. 그녀는 이제서야 뭔가를 깨달은 듯 온몸을 심하게 떨면서 자리에서 벌떡 일어났다. 그루셴카도 따라 일어섰지만 느긋한 태도는 여전했다.

"드미트리한테도 전하겠어요. 당신은 내 손에 입을 맞추었지만 나는 그러지 않았다고 말이에요. 그러면 그이가 얼마나 웃어댈까!"

"이 더러운 년, 당장 내 집에서 꺼져!"

"이따가 얼마나 부끄러우실까? 당신 같은 아가씨가 어울리지 않게 상스러운 말을 다 뱉으시고."

"썩 꺼지라니까, 갈보 같으니!"

카테리나가 울부짖었다. 그녀의 얼굴은 일그러질 대로 일그러져서 파랗게 질렸다.

"갈보 년이라고 치죠. 그러는 당신은? 처녀의 몸으로 새파랗게 젊은 남자한테 돈을 구걸하러 가지 않았나요? 그 예쁜 얼굴을 팔러 갔잖아요, 사랑스러운 아가씨? 나도 다 알고 있어요."

카테리나가 고함을 지르면서 그루센카에게 달려들었다. 알렉세이는 온 힘을 다해 뜯어말렸다.

"한 발짝도 움직이지 마세요! 아무 말도 마시고요. 저 여자는 지금 갈 거예요."

그 순간 고함 소리를 들은 카테리나의 이모들과 하녀들이 응접실로 뛰어 들어왔다.

"이제 그만 가겠어요. 이봐요, 알렉세이, 나를 좀 바래다주겠어요?"

그루센카가 망토를 챙기면서 말했다.

"얼른 가세요, 제발 좀!"

알렉세이는 그녀 앞에 두 손을 모아 간청했다. 그러자 그녀가 콧소리를 내면서 칭얼거렸다.

"사랑스러운 알렉세이, 바래다 달라니까! 가는 길에 당신한테 재미나는 이야기를 들려줄게요. 그러려고 일부러 이런 소란을 연출한 거예요. 바래다줘요, 네?"

알렉세이는 난감한 나머지 그루센카를 그대로 외면해 버렸다. 그녀는 명랑하게 웃으면서 밖으로 걸어 나갔다.

그리고 곧 카테리나는 발작을 일으켰다. 그녀는 하염없이 흐느껴 울었는데, 경련 때문인지 숨을 가쁘게 헐떡거렸다. 모두들 그녀 주위에서 부산을 떨었다.

카테리나가 다시 울부짖었다.

"왜 나를 말렸어요, 알렉세이? 그 여자를 때려 줬어야 했는데……. 때려 줬어야 했다고요!"

알렉세이는 문 쪽으로 뒷걸음질을 쳤다.

"아니, 맙소사! 그이는 어쩜 그리도 경솔하고 비정할 수가 있어? 그날 있었던 일을 그 여자한테 모두 이야기했다는 거잖아. '그 예쁜 얼굴을 팔러 갔잖아요, 사랑스러운 아가씨!'라잖아요. 당신 형은 야비해요, 알렉세이!"

알렉세이는 어떻게든 그녀를 위로하고 싶었지만, 한마디도 할 수가 없었다. 그의 가슴이 고통으로 죄어들었다.

"얼른 가 주세요, 알렉세이! 부끄러워서 미칠 것 같아요! 부탁이니 내일 다시 와 주세요."

알렉세이는 비틀거리며 거리로 나왔다. 그도 그녀처럼 울고 싶었다. 그때 뒤에서 하녀가 뒤쫓아 왔다.

"카테리나 아가씨가 도련님께 호흘라코바 부인의 편지를 전하는 걸 깜박하셨어요. 식사 시간 전부터 탁자 위에 놓여 있었는데."

알렉세이는 장밋빛 봉투 하나를 받아서 주머니에게 쑤셔 넣었다. 그리고 인적이 없는 길을 따라 수도원 쪽으로 걸음을 재촉했다. 이미 날이 저물어서 몇 걸음 앞도 분간하기가 힘들었다. 조금 더 걷자 교차로가 나왔다. 교차로의 버드나무 밑에서 인기척이 느껴졌다. 알렉세이가 다가가자, 누군가 그에게로 달려들면서 거칠게 소리쳤다.

"목숨이 아깝거든 지갑을 내놔!"

"아니, 드미트리 형!"

알렉세이는 형인 것을 확인하고도 쉽게 진정하지 못했다.

"하하하! 놀랐지? 어디서 너를 기다리면 좋을까 생각했어. 카테리나의 집 앞에서 길이 세 갈래로 갈라지잖아. 여기가 좋을 것 같아서 줄곧 기다렸지. 수도원으로 통하는 길은 이곳뿐이니까. 그런데 너, 왜 그래?"

"아니야, 너무 놀라서 그래. 아까 아버지가 그렇게 피를……."

알렉세이는 울기 시작했다. 오래전부터 참고 있었던 울음이 그제야 울컥하고 터져 나온 것이었다.

"형은 아버지를 죽일 뻔했잖아. 아버지를 저주했고……. 그런데 지금 이런 장난이나 치고 있다니!"

"그래서 점잖지 못하다는 거냐? 이런 상황에서 헛소리를 지껄이고 있어서?"

"그게 아니라 나는 그냥……."

"바보짓을 해서 미안하지만 일단 왜 그러는지 말해 봐. 그녀가 뭐라고 하든? 그녀가 나를 파멸시킨대도 좋아. 그녀가 미친 듯 흥분했어?"

"아니, 전혀 그렇지 않았어, 드미트리 형. 나는 그녀의 집에서 두 사람을 다 만났어."

"두 사람이라니?"

"카테리나 집에서 그루센카를 봤다고."

드미트리는 어안이 벙벙해졌다.

"그럴 리가? 그게 무슨 잠꼬대 같은 소리야? 그루센카가 왜 그 집에 있어?"

알렉세이는 카테리나 집에서 일어난 일을 모두 이야기했다. 드미트리는 꼼짝도 하지 않은 채 알렉세이를 뚫어져라 응시했다. 이야기가 진행되면 될수록 드미트리의 얼굴이 딱딱하게 굳어 갔다. 그는 미간을 찌푸리며 이를 갈았다. 시선은 점점 더 집요해지고 매서워졌다. 그러다 일순간 얼굴이 싹 펴지면서 자지러지게 웃었다.

"당장 그루센카한테 가 봐야겠어! 알렉세이, 나를 욕하지 마라. 어쨌든 그녀의 목을 졸라 버려도 시원치 않다는 데는 백 배 동감이다."

"카테리나는?"

알렉세이가 슬픈 목소리로 말했다.

"그녀 속도 아주 훤히 들여다보이는구나. 역시 카테리나다워. 아버지를 구하겠다는 일념으로 치욕을 무릅쓰고서 겁도 없이 짐승 같은 장교를 찾아왔던 여대생이야, 여전히! 그건 그 여자의 오만함, 모험에 대한 욕구, 운명에 대한 도전 때문이었어. 그녀는 '나는 모든 걸 정복할 수 있다. 모든 건 내 발밑에 복종하게 마련이니까 그루센카쯤이야 충분히 꼼짝 못 하게 할 수 있다.'라고 오만한 주문을 스스로에게 걸었던 거야. 그러니 누구를 탓하겠니? 그녀가 먼저 그루센카의 손에 입을 맞추었다고 했지? 실제로는 그루센카가 아니라 자기 자신의 헛된 바람에, 자신의 미망에 반해서 그런 거야."

"그녀가 카테리나의 눈을 똑바로 보며 '처녀의 몸으로 새파랗게 젊은 남자한테 그 예쁜 얼굴을 팔러 갔잖아요!'라고 쏘아붙였어. 형 때문에 카테리나가 얼마나 심한 모욕감을 느꼈는지 알아? 얼마나 상처가 컸겠어?"

"그래, 내가 그루센카한테 그날 얘기를 했는지도 몰라. 맞아, 기억난다! 모크로예에서 말했어. 나는 취해 있었고, 집시들은 노래를 부르고 있었지. 나는 흐느끼면서 카테리나를 위해 기도했고, 그루센카는 내 마음을 위로해 주었어. 그녀도 따라 울었는데, 빌어먹을! 그러고선 이제 와서 이런 일을 저지르다니. 여자들이란 다 똑같다니까."

드미트리는 눈을 내리깔고 잠시 생각에 잠겼다.

"에잇, 무슨 말을 더 하겠니? 그만 가라. 너는 네 갈 길로, 나는 내 갈 길로 가는 거야. 마지막 순간이 닥쳐오기 전까지는 너를 보지 않았으면 좋겠구나. 잘 가라, 알렉세이!"

그는 여전히 눈을 내리깔고 고개를 숙인 채 시내 쪽으로 다급히 걸어갔다.

"잠깐, 알렉세이. 한 가지 더 고백할 게 있다. 너에게만 말하는 거야."

드미트리가 가던 길을 되돌아왔다.

"나를 잘 보렴. 바로 여기('바로 여기'라고 말할 때 드미트리가 주먹으로 자신의 가슴을 치면서 너무도 이상한 표정을 지었기 때문에 꼭 치욕이 바로 그 가슴속에, 그러니까 주머니 같은 데 들어 있거나 목에 매달려 있기라도 한 듯싶었다.)에 아주 무서운 치욕이 도사리고 있단다. 난 야비한 놈이야. 누구나 인정하는 야비한 놈이지!

내가 이전에 무슨 짓을 했고, 또 앞으로 무슨 짓을 하건, 바로 이 순간 여기에 담고 있는 치욕과는 비교될 수 없을 거야. 바로 여기서 치욕이 진행되고 완성되었어. 오직 나만이 그걸 중단시키거나 끝까지 가 버리게 할 수 있지! 결국 나를 그것을 중단시키지 않고 완성시키고 말 거라는 걸 기억해 둬. 조금 전에 너한테 모든 것을 털어놓으면서도 이것만은 남겨 둔 건, 내가 아무리 뻔뻔한 철면피라도 이건 너무나 엄청난 치욕이기 때문이었어. 나는 지금이라도 멈출 수 있어. 당장 내일이라도 훼손된 명예의 절반을 되찾을 수도 있단 말이야.

하지만 나는 결국 야비한 계획을 완성하게 되겠지. 앞으로 네가 증인이 되어 주어야 해. 그래서 미리 당부하는 거야. 파멸 앞에 암흑이 보이는구나! 굳이 해명하지는 않겠어. 때가 되면 모든 걸 알게 될 테니까. 나를 위해서 기도할 필요 없어. 그럴 자격도 없는 놈이니까. 잘 가거라."

드미트리는 그대로 자취를 감추었다. 알렉세이는 수도원을 향해 천천히 걸어갔다.

'형은 도대체 무슨 소리를 하는 거야?'

그는 이상한 생각이 들었다.

'내일 다시 형을 만나 봐야겠어. 도대체 그게 무슨 뜻일까?'

제 9 장
사 랑

알렉세이는 수도원을 빙 둘러 솔밭을 지나 조시마 신부의 암
자로 갔다. 이 시각에는 아무도 그곳으로 들어갈 수 없었지만,
문지기가 그에게는 특별히 문을 열어 주었다. 신부의 방에 들어
서는 순간, 가슴이 몹시 떨렸다.

'여기서 괜히 나갔던 거야. 왜 신부님은 나를 속세로 내보내려
하신 걸까? 고요하고 성스러운 이곳을 떠나면, 칠흑처럼 캄캄한
저곳에서 길을 잃을 게 뻔한데.'

방에는 매 시각 조시마 신부의 상태를 살피러 드나들던 견습
수사 포르피리와 이오시프 신부, 그리고 파이시 신부 등이 와
있었다. 알렉세이는 조시마 신부의 상태가 더 나빠진 것을 알고

서 가슴이 철렁 내려앉았다.

"급기야 혼수상태에 빠지셨다."

파이시 신부가 알렉세이를 축복한 뒤 나직이 말했다.

"오 분 정도 깨어나셔서 형제들에게 당신의 축복을 전해 달라고, 당신을 위해 철야 기도를 해 달라고 부탁하셨어. 네 말씀도 하셨단다. 네가 나갔냐고 물으시기에, 시내로 갔다고 대답했어. '내 알렉세이를 축복했노라. 당분간은 여기가 아니라 그곳이 알렉세이의 자리야.'라고 하시더구나. 몇 번이고 네 이름을 되뇌이셨지. 네가 얼마나 큰 영광을 누리고 있는지 알겠지? 신부님께서는 너의 운명에서 뭔가를 예견하고 계신 거야. 알렉세이, 속세로 돌아가더라도 쾌락에 빠져서는 안 된다. 신부님께서 너에게 맡기신 의무를 다해야 해."

신부님이 곧 세상을 떠날 거라는 사실은 의심할 여지가 없었다. 다음 날 알렉세이는 여러 사람들과 만나기로 약속했지만, 조시마 신부가 영면할 때까지 수도원에 남아 있기로 마음먹었다. 그는 무릎을 꿇은 채 잠들어 있는 신부를 향해 머리가 땅에 닿도록 절을 했다. 신부는 고른 숨을 내쉬며 미동도 없이 잠을 잤다. 그의 얼굴은 매우 평온해 보였다.

알렉세이는 옆방으로 가서 장화만 벗은 뒤 좁고 딱딱한 가죽 소파에 드러누웠다. 그는 담요 대신 수도복으로 몸을 감쌌다. 그런데 주머니에서 뭔가가 느껴졌다. 카테리나의 하녀가 전해 준 봉투였다. 그는 망설이다가 봉투를 열어 보았다. 거기에는 리즈의 서명이 담긴 편지가 들어 있었다.

알렉세이 표도로비치! 아무도 모르게, 엄마도 모르게 당신께 이 편지를 씁니다. 이게 얼마나 나쁜 일인지는 나 역시 잘 알고 있어요. 하지만 내 감정을 당신에게 말하지 않으면 더 이상 못 살 것 같아서요. 이건 우리 둘만 아는 비밀이에요. 아, 무슨 말을 어떻게 꺼내야 할까요?

종이는 새빨개지지 않는다는 말이 있는데, 아무래도 그 말은 거짓인 것 같아요. 종이도 이 순간의 나처럼 새빨개지고 있거든요. 알렉세이, 나는 당신을 사랑해요. 어릴 때부터, 모스크바에 있을 때부터, 당신이 지금과는 전혀 달랐던 그때부터 줄곧 사랑해 왔어요. 나는 당신과 함께하기 위해서 어려운 결정을 했어요. 그러려면 먼저 당신이 수도원에서 나와야 하고, 법이 허락하는 나이가 될 때까지 기다려야겠지요. 그때가 되면 나는 꼭 건강해져서 걸어 다닐 수도 있고 춤을 출 수도 있을 거예요. 두말하면 잔소리죠.

다른 건 다 괜찮은데, 아무래도 한 가지만은 조금 걸리네요. 이 편지를 읽을 때 당신은 나를 어떻게 생각할까요? 아까 내가 계속 장난을 쳐서 화가 난 건 아닌가요? 펜을 들기 직전에 성모 마리아 상 앞에서 기도했어요. 지금도 기도를 하면서 울먹이고 있고요.

나의 비밀은 당신 손에 달려 있어요. 내일 당신을 어떻게 봐야 할지 모르겠어요. 알렉세이 표도로비치, 내가 내일도 바보처럼 당신을 보면서 웃어 대면 어쩌죠? 그러면 당신은 내가 아무나 비웃는 천박한 여자라고 생각할 테죠.

그렇기 때문에 부탁드려요. 사랑하는 이여, 당신이 나를 안쓰럽게 여긴다면 내일 내 눈을 똑바로 바라보지 말아 주세요. 당신 눈과 마주치면 난 또 웃음을 터뜨릴 테니까요. 지금도 이 생각을 하면 온몸에 소름이 돋아요. 그러니까 방에 들어온 뒤, 얼마간은 나 대신 엄마나 창문을 봐 주세요. 이렇게 당신에게 연애편지를 쓰고야 말다니!

알렉세이, 나를 경멸하지 말아 주세요. 내가 뭔가 아주 고약한 짓을 해서 당신을 슬프게 했더라도 부디 용서해 주고요. 이미 나의 명예는 훼손되었을지도 몰라요. 오직 당신만이 그것을 감싸 줄 수 있답니다. 다시 만날 때까지, 그 끔찍한 만남의 순간까지 안녕히……

—리즈

P. S. 알렉세이, 꼭 와야 해요, 꼭, 꼭.

알렉세이는 편지를 읽고 깜짝 놀랐다. 두 번을 더 읽고 난 뒤, 잠시 생각에 잠겼다가 달콤한 미소를 지었다. 그러다가 그 미소가 죄스럽게 여겨져 흠칫 몸을 떨었다. 하지만 그 순간이 지나자 다시 행복한 웃음이 비어져 나왔다. 그는 편지를 장밋빛 봉투에 천천히 접어 넣고 성호를 그은 뒤 잠을 청했다.

알렉세이는 날이 밝기도 전에 눈을 떴다. 조시마 신부도 깨어 있었다. 신부는 몸을 제대로 가누지 못하면서도 굳이 안락의자에 앉겠다고 했다. 얼굴은 몹시 초췌했지만 의식은 또렷해 보였다. 그는 기쁨에 찬 눈길로 상냥하게 입을 열었다.

"오늘을 못 넘길 것 같구나."

신부는 알렉세이에게 이렇게 말한 뒤, 고해 성사를 하고 성찬을 받고 싶어 했다. 신부의 고해 신부는 언제나 파이시 신부였다. 수사 신부들이 모여들면서, 방 안은 곧 사람들로 가득 찼다. 그러는 사이 날이 밝았다.

미사가 끝나자 조시마 신부는 작별 인사를 하겠다며 모두에게 입을 맞추었다. 방이 비좁았기 때문에 먼저 들어온 사람이 밖으로 나가면서 다른 사람에게 자리를 양보했다. 알렉세이는 안락의자에 앉아 있는 신부 곁에 서 있었다. 신부는 비록 힘없는 목소리이긴 했지만 설교를 이어갔다.

"얼마나 오랜 세월 동안 여러분을 가르쳐 왔는지, 얼마나 오랜 세월 동안 큰 소리로 말을 했는지, 여러분을 가르치는 것이 이젠 습관이 되어 말하는 것보다 침묵하는 것이 더 힘들 지경입니다. 내 몸이 이렇게까지 약해졌는데도 말입니다."

그는 많은 얘기를 했다. 죽음을 앞두고 생전에 못다 한 말들을 모두 쏟아 내고 싶은 모양이었다.

"서로를 사랑하십시오, 신부님들. 하느님의 자식인 민중을 사랑하십시오. 우리가 여기 이 벽 안에 틀어박혀 있다고 해서 속세 사람들보다 더 성스러운 것은 아닙니다. 여기에 있는 자는 오히려 여기에 있다는 것만으로 이미 속세 사람들보다 못하다는 사실을 깨달아야 합니다. 이 벽 안에 머무는 시간이 길어질수록 이 점을 더 깊이 깨닫게 될 것입니다. 만약 그리 되지 못한다면 굳이 여기 있을 까닭이 없는 것이지요.

우리가 모든 이들의 죄를 책임질 때 비로소 하나가 될 것입니다. 친애하는 이들이여, 우리는 지상의 모든 사람들과 사물에 대해 틀림없이 유죄입니다. 이것이 수사 신부의 깨달음이 되어야 하고 사람이라면 누구나 도달해야 할 진리입니다. 수사 신부는 특별한 존재가 아니라, 속세 사람들과 똑같이 평범한 사람에 불과합니다.

오만하게 굴지 마십시오. 약한 자 앞에서, 그리고 위대한 자들 앞에서 오만하게 굴지 마십시오. 여러분을 배척하는 자들, 여러분을 욕되게 하는 자들, 여러분을 비방하는 자들도 용서하십시오. 무신론자들, 유물론자들, 그리고 지독히 악한 자들도 증오하지 마십시오. 그들 중에도 선량한 자들은 존재하기 때문입니다. 하느님의 자식인 민중을 사랑하고, 침입자들로부터 양 떼를 보호하십시오. 여러분이 게으름을 부리고 사리사욕에 빠져 버리면 악한 자들이 우리의 양 떼를 빼앗아 갈 것입니다. 민중에게 끊임없이 복음을 전파하십시오. 금은보화를 탐하여 민중을 착취하지 마십시오. 믿음을 키우면서 깃발을 쥐십시오. 그것을 높이 들어 올리십시오."

그는 설교 중에 이따금씩 말을 중단하고 가쁘게 숨을 몰아쉬곤 했다. 그래도 줄곧 환희에 젖어 있었다. 다들 그의 말에 깊은 감동을 받았다. 하지만 동시에 그의 말 속에 깃든 어두운 기운을 가슴으로 느꼈다.

조시마 신부는 피로를 호소하며 다시 자리에 누웠다가 알렉세이를 불렀다. 신부의 곁은 파이시 신부와 이오시프 신부, 그리고 견습 수사인 포르피리가 지키고 있었다. 신부는 알렉세이를 가만히 바라보며 나지막하게 말했다.

"가족이 너를 기다리고 있지 않으냐? 다들 네가 필요한 것 아니더냐?"

"아버지와 형들, 그리고 몇몇 사람들에게 오늘 찾아가겠다고 약속했습니다."

"그럼 얼른 가 봐라. 슬퍼할 거 없다. 내, 네가 없는 자리에서 지상에서의 마지막 말을 남기고 떠나진 않으마. 사랑하는 아들아, 그러니 어서 약속한 사람들에게로 가거라."

알렉세이는 조시마 신부의 곁을 떠나는 것이 몹시 괴로웠다. 그래도 자신이 곁에 있을 때 눈을 감겠다는 신부의 약속에 감동

이 밀려와 영혼이 젖어 들었다. 그는 빨리 돌아오기 위해 나갈
채비를 서둘렀다.

제 1 0 장
수세미와 돌멩이

알렉세이는 먼저 아버지의 집으로 갔다. 집 근처까지 왔을 때, 아버지가 전날 저녁에 이반 몰래 들어오라고 신신당부한 것이 생각났다.

'왜 그러셨을까?'

집에 도착하니 마르파가 문을 열어 주었다. 이반은 두 시간 전에 나갔고, 아버지는 일어나서 커피를 들고 있다고 알려 주었다.

알렉세이는 안으로 들어갔다. 아버지는 슬리퍼를 신고 낡은 외투를 걸친 채 식탁 앞에 앉아서 장부를 들여다보고 있었다. 집 안에는 아버지뿐이었다. 그는 아직 피곤한 기색이 역력한 데다, 간밤에 생긴 시퍼런 멍 때문에 이마를 붉은 수건으로 싸매고 있었다. 코도 하룻밤 사이에 더 심하게 부어올랐는데, 피멍 몇 개는 아예 점처럼 박혀 버렸다. 그 덕분에 얼굴이 더 표독스러워 보였다. 그는 짜증이 났는지 알렉세이를 떨떠름한 눈길로 쳐다보았다.

"커피가 식었으니 권하지 않으마. 무슨 일로 왔니?"

"몸이 괜찮으신가 해서 문안 왔어요."

알렉세이가 말했다.

"그래, 어제 내가 너한테 좀 와 달라고 말했지. 사실 헛소리였지만, 네가 이렇게 찾아올 줄 알았다."

아버지는 이렇게 말하면서 자리에서 일어나 거울을 들고 자신의 코를 근심스럽게 바라보았다. 이마에 두른 수건도 좀 더 반듯하게 고쳤다.

"그래도 붉은색이 낫군. 흰색은 병원 냄새가 나서 말이야. 그래, 조시마 신부는 몸이 좀 어떻더냐?"

"아주 안 좋으세요. 아마 오늘을 못 넘기실 거래요."

알렉세이는 이렇게 대답했지만, 아버지는 자기가 던진 질문마저 잊어버린 듯 끝까지 듣지도 않았다.

"이반은 나갔다. 드미트리의 신붓감을 빼앗으려고 혈안이 돼 있어. 여기에서 사는 것도 다 그 때문이지."

그는 입을 씰룩거리면서 알렉세이를 쳐다보았다.

"형이 직접 그렇게 말했어요?"

"그래, 삼 주 전쯤에 제 입으로 그렇게 말하더구나. 그놈은 돈을 달라고 하진 않아. 나한테서 땡전 한 푼도 못 받을 걸 아는 거지. 알렉세이, 너도 이 점을 기억해 두렴. 나는 가능한 한 오래 살 작정이야. 그렇기 때문에 동전 한 푼이라도 아껴야 하지. 오래 살려면 돈이 꼭 필요하잖니?"

그는 삼베로 헐렁하게 지은 여름용 저고리의 주머니에 두 손을 넣은 채 서성이며 말했다. 알렉세이는 잠자코 듣기만 했다.

"왜 그 녀석은 나하곤 말을 하지 않는 거지? 무슨 말을 해도 비꼬기만 한다니까. 이반은 야비한 놈이야! 나는 마음만 내키면 당장 그루센카와 결혼할 수 있다. 돈만 있으면 원하는 건 다 되는 법이니까. 이반은 이걸 두려워하지. 그래서 내가 결혼하지 못하도록 감시하고, 드미트리가 그루센카와 결혼하도록 부추기는 거야. 그루센카가 나한테 오는 것을 막으면서……. 드미트리가 그루센카와 결혼하면 이반은 제 형의 돈 많은 신붓감을 손쉽게 차지할 수 있으니까. 이게 이반의 속셈이야! 그러니 얼마나 야비한 놈이냐?"

"어제부터 너무 예민하세요. 방에 들어가셔서 좀 더 쉬시는 게 좋겠어요."

"아니, 괜찮다. 난 그 날강도 같은 드미트리를 지금 당장 감옥에 처넣고 싶다만 어떻게 하는 것이 좋을지 모르겠구나. 제아무리 시대가 변했어도 늙은 아비의 머리채를 잡아 흔들고, 그것도 모자라 구둣발로 얼굴을 짓밟은 아들놈을 가만두어야겠니? 게다가 나를 죽여 버리겠다고 만천하에 떠들어 대고 있으니, 당장이라도 감옥에 처넣고도 남을 일이지."

"정말 고소하실 생각은 아니시죠?"

"이반이 말리더구나. 그리고 나한테도 따로 계획이 있어."

그는 알렉세이에게 비밀이라도 털어놓듯 귓속말을 하기 시작했다.

"내가 그놈을 감옥에 처넣으면, 그루센카가 그 소식을 듣자마자 당장 그리로 달려갈 거야. 반대로 그놈이 나를 죽도록 때렸다는 소리를 들으면 어떨까? 당연히 그놈을 버리고 내게 병문안을 오지 않겠니? 성격이 그렇게 돼먹은 계집이라서 말이다. 내가 그 계집을 훤히 알고 있지! 그나저나 코냑 좀 마시겠니? 아니면 식은 커피라도 좀 마시려무나."

"괜찮아요. 대신 이 빵을 가져갈게요."

알렉세이는 이렇게 말하고 식탁 위의 빵을 집어 주머니에 넣었다.

"참, 이반은 체르마쉬냐에 안 가겠다고 하더구나. 행여 그루센카가 찾아오면 내가 그 계집한테 돈을 잔뜩 집어 주진 않을까 감시를 하려고 말이다. 온통 야비한 놈들투성이 아니냐! 나는 이반이라는 놈을 조금도 믿지 않아. 어디서 저런 놈이 나온 걸까? 우리와는 영혼 자체가 다른 놈이야. 유산이라면 땡전 한 푼도 줄 생각이 없다. 드미트리 녀석 역시 바퀴벌레처럼 콱 눌러 버릴 거고. 넌 그놈을 좋아하지? 그래도 난 무섭지 않아. 이반이 그놈을 좋아했다면 무서웠을 테지만. 다행히 이반은 아무도 좋아하지 않거든.

사실 어제 너한테 오늘 다시 오라고 했을 땐 멍청한 생각을 하고 있었다. 너한테서 드미트리 얘기를 좀 듣고 싶었지. 내가 그놈한테 지금 천 루블, 아니 이천 루블 정도 던져 주면, 거지 같은 그놈이 냉큼 챙기고서 완전히 꺼져 줄까? 물론 그루센카는 완전히 포기하고서 말이야."

"제가 형한테 물어볼게요. 혹시 삼천 루블이라면……."

알렉세이는 귀가 솔깃했다.

"집어치워라! 이제 물어보고 자시고 할 것도 없어. 생각이 바뀌었으니까. 어제는 잠깐 돌대가리가 되는 바람에 그런 멍청한 생각을 했던 것뿐이야. 아무것도 안 줘. 국물도 없지. 내 돈은 어디까지나 내 거니까."

표도르 파블로비치는 손을 내저었다.

"나는 그놈을 바퀴벌레처럼 납작하게 눌러 버릴 거다. 그놈한테는 아무 말도 하지 마라. 섣불리 말했다간 괜히 일이 꼬일 테니까. 이젠 너한테도 할 말이 없다. 어서 가 봐. 그나저나 카테리나라는 여자는 그놈한테 시집을 간다는 거냐, 안 간다는 거냐? 네가 어제 그 여자 집에 갔다 온 것 같던데?"

"그녀는 어떤 일이 있어도 형을 포기하지 않을 거예요."

"원래 얌전한 귀족 아가씨가 방탕하고 야비한 놈을 좋아하는 법이지! 내가 드미트리만큼 젊었다면 그놈 못지않게 계집을 후리고 다녔을 텐데. 망할 자식! 그래 봤자 그루센카는 손에 넣지 못할 거야. 그놈을 진흙탕에다 처넣어 주겠어!"

그는 펄쩍 뛰면서 덧붙였다.

"어서 가 봐. 오늘 네가 여기서 할 일은 아무것도 없어."

알렉세이는 매몰차게 구는 아버지의 어깨에 입을 맞추며 작별 인사를 했다.

알렉세이가 나가자마자 표도르 파블로비치는 코냑 반 잔을 더 홀짝거렸다. 그리고 트림을 한 뒤 침실로 가서 맥없이 침대에 누웠다.

알렉세이는 호흘라코바 부인의 집으로 향했다. 다리 앞을 지나는데, 아홉 살에서 열두 살가량 돼 보이는 아이들이 모여서 놀고 있었다. 학교 수업을 마치고 집으로 돌아가는 길인 듯했다. 책가방을 멘 아이들, 가죽 보따리를 끈으로 싸서 어깨에 둘러멘 아이들, 점퍼를 입은 아이들, 코트를 입은 아이들……. 모습도 가지가지였다. 주름진 롱부츠를 신고 멋을 부린 아이도 보였다.

그 아이들은 둘러서서 뭔가를 의논하고 있었다. 알렉세이는 아이들을 워낙 좋아해서 그냥 지나치지를 못했다. 태산 같은 걱정거리는 잠시 접어 두고 짐짓 그들의 대화에 끼어들었다. 그런데 가까이 다가가 봤더니, 아이들의 손에 돌멩이가 한두 개씩 들려 있었다.

그러고 보니 개천 건너편에 또래로 보이는 아이가 한 명 서 있었다. 책 보따리를 비스듬히 둘러메고 있었는데, 키로 보아 열 살이 될까 말까 싶었다. 얼굴이 파리한 것이, 병약한 기색이 완연한 얼굴에 검은 눈을 번득이고 있었다. 그 아이는 무언가 논의 중인 아이들을 주의 깊게 관찰하고 있었다. 아무래도 서로 사이가 좋지 않은 모양이었다. 알렉세이는 검은색 점퍼를 입은, 볼이 발그스레한 곱슬머리 소년에게 다가가 말을 걸었다.

"나는 학교 다닐 때, 오른손으로 책을 쉽게 꺼낼 수 있도록 책 보따리를 왼쪽으로 멨단다. 그런데 너는 오른쪽으로 메고 있구나. 책 꺼내기가 여간 불편하지 않겠는걸."

알렉세이는 다짜고짜 아이들의 사소한 습관에 관심이 있다는 듯이 운을 뗐다.

"얘는 왼손잡이예요."

덩치가 좋고 건강해 보이는 아이가 대답했다. 나머지 아이들은 알렉세이를 뚫어져라 바라보았다.

"얘는 돌멩이도 왼손으로 던져요."

또 다른 아이가 끼어들었다. 바로 그때 이쪽으로 돌멩이가 날아왔다. 개천 건너편에 있는 아이가 요령껏 던진 것이었지만, 왼손잡이 아이를 살짝 스치며 빗나갔다.

"저놈을 아예 혼쭐을 내 주자. 한 대 맞혀!"

다들 소리쳤다. 왼손잡이 아이가 곧장 건너편에 있는 아이를 향해 돌멩이를 던졌다. 하지만 헛방이었다. 개천 건너편의 소년도 다시 이쪽을 향해 돌멩이를 던졌다. 이번에는 알렉세이의 어깨를 꽤 정확하게 맞췄다. 개천 건너편에 있는 아이의 주머니에는 미리 준비해 둔 돌멩이가 가득 차 있는 듯했다. 외투 주머니가 불룩 튀어나온 게 이쪽에서도 뚜렷하게 보였다.

"아저씨를 겨눈 거예요. 아저씨, 카라마조프 집안사람 맞죠?"

아이들이 깔깔 웃으면서 소리쳤다.

"모두 사격이다. 던져!"

여섯 개의 돌멩이가 한꺼번에 날아갔다. 그중 한 개가 아이의 머리에 명중했다. 아이는 넘어졌다가 벌떡 일어나서 다시 맹렬하게 돌멩이를 던지기 시작했다. 양쪽에서 쉴 새 없이 돌멩이가 날아올랐다.

"이게 무슨 짓들이니? 부끄럽지도 않아? 여섯 명이 한 명을 공격하다니……. 쟤를 죽일 작정이야?"

알렉세이가 고함을 쳤다. 그는 앞으로 뛰어나가 날아가는 돌멩이들을 막아섰다. 이렇게 개천 건너편의 아이를 보호하고 나서자, 이쪽의 아이들이 잠시 주춤했다.

"쟤가 먼저 시작했어요!"

빨간 셔츠를 입은 아이가 짜증스런 목소리로 외쳤다.

"쟤는 아주 못된 놈이에요. 아까 교실에서 콜랴를 연필 깎는 칼로 찔렀어요. 콜랴가 참고 그냥 넘어갔지만……. 쟤는 좀 맞아도 싸다고요."

"대체 무슨 일로 그런 건데? 혹시 너희가 먼저 놀린 건 아니고?"

"쟤는 아저씨에게 일부러 돌멩이를 던진 거예요. 아저씨를 아니까요."

아이들이 소리쳤다.

"자, 다시 한 번 저놈을 맞추자. 이번엔 헛방 날리지 마!"

다시 돌팔매질이 시작됐다. 이번에는 개천 건너편의 아이의 가슴팍에 돌이 맞았다. 그 아이는 소리를 지르더니 엉엉 울면서 미하일로프스키 거리를 향해 내달렸다.

"어럽쇼, 겁먹은 모양이야. 수세미 같은 놈!"

아이들이 웅성거리기 시작했다.

"카라마조프 아저씨, 아저씨는 저놈이 얼마나 비겁한지 몰라요. 저놈은 죽여 버려도 시원치 않다니까요."

점퍼를 걸친 아이가 눈을 치켜뜨면서 말했다.

"저 애가 고자질이라도 했니?"

알렉세이가 묻자, 아이들은 서로 눈짓을 주고받았다.

"엇, 저놈이 걸음을 멈췄어요. 아저씨를 기다리는 거예요. 그러니 저놈한테 직접 물어보세요. 저놈이 너덜너덜한 수세미를 좋아하는지 어떤지 물어보라고요."

다들 깔깔대고 웃었다. 알렉세이는 그 아이들을 멍하니 바라보았다.

"아저씨, 가지 마세요. 저 녀석한테 두들겨 맞을지도 몰라요."

한 아이가 경고했다.

"난 쟤에게 수세미 얘기는 물어보지 않을 거다. 너희가 그걸로 쟤를 놀리고 있는 게 분명하니까. 대신 너희가 왜 쟤를 미워하는지 알아볼 거야."

"알아보세요, 알아보라고요."

아이들이 다시 웃기 시작했다.

알렉세이는 다리를 건너서 담장 곁 언덕을 따라갔다. 아이는 꼼짝 않고 그를 기다리고 있었다. 가까이 다가가서 보니, 생각보다 키가 작아서 아홉 살도 채 되지 않은 것 같았다. 얼굴은 지나치게 여위어 있었다. 그를 쳐다보는 아이의 짙고 큰 눈에는 적개심이 가득했다. 아이가 입고 있는 외투는 상당히 낡고 오래된 것이었는데, 너무 커서 몸에 맞지 않았다. 외투 소맷자락 밖으로 드러난 팔이 매우 앙상해 보였다. 바지의 오른쪽 정강이 부분은 옷감을 대고 덕지덕지 꿰매었으며, 오른쪽 장화는 엄지발가락 부분에 커다란 구멍이 뚫려 있었다.

알렉세이는 아이와 서너 발짝 정도 거리를 두고 멈추어 섰다.

아이는 알렉세이가 자신을 때릴 생각이 없다는 걸 알아채자 기세를 꺾고 먼저 말을 걸었다.

"나 혼자서 저 녀석들을 모두 때려눕히고 말 거예요."

"아까 돌멩이에 제대로 맞은 것 같던데 괜찮니? 쟤들 말로는 네가 나한테 일부러 돌멩이를 던진 거라던데?"

알렉세이가 물었다. 아이는 말없이 그를 쳐다보았다.

"나는 네가 누군지 몰라. 그런데 넌 나를 알고 있니?"

알렉세이가 다시 물었다.

"귀찮게 하지 마세요!"

아이는 여전히 적개심을 감추지 않고 짜증을 냈다. 그러면서도 그 자리를 피하지 않는 걸 보니 뭔가를 기다리는 듯했다.

"좋아, 그럼 그냥 갈게."

알렉세이가 말했다.

"쟤네들은 너를 놀리지만, 난 너를 놀릴 마음이 없어. 그것만은 알아 줘."

"수도사가 양복바지를 입고 다니네!"

아이는 도전적으로 시비를 걸었다. 그러고는 이번에야말로 알렉세이가 자기를 당연히 공격할 거라 생각했는지 싸울 태세를 취했다. 그러나 알렉세이는 뒤를 한 번 돌아봤을 뿐 별다른 반응을 보이지 않았다. 세 걸음도 채 가기 전에 아이가 던진 큰 돌이 알렉세이의 등을 정확히 맞혔다.

"뒤에서 던지다니, 쟤네들 말이 사실이군. 네가 몰래 덮치는 버릇이 있다고 하던데."

아이는 약이 올랐는지 알렉세이의 얼굴에다 다시 돌멩이를 던졌다. 그러나 다행히 돌멩이는 팔꿈치에 맞았다.

"대체 내가 너한테 무슨 짓을 했다고 이러는 거니?"

알렉세이가 언성을 높였다. 그러자 이번에는 알렉세이가 틀림없이 자기를 때릴 것이라고 여긴 아이는 곧바로 덤벼들 자세를 취했다. 하지만 알렉세이가 여전히 폭력을 쓰려고 하지 않자, 열을 받은 아이가 먼저 덤벼들었다. 마치 들짐승처럼 머리를 숙이고 전속력으로 돌진했다. 그러더니 두 손으로 알렉세이의 왼손을 거머쥐고 가운뎃손가락을 꽉 깨물었다. 졸지에 공격을 당한 알렉세이는 손가락을 빼내려고 안간힘을 썼지만, 아이는 십초 정도나 이를 악물고 버텼다. 알렉세이는 너무 아파서 비명을 질렀다. 그제야 아이는 손가락을 놓아주고 뒤로 물러났다. 손톱밑 뼈가 드러나도록 심하게 깨물려서 피가 줄줄 흘렀다. 알렉세이는 손수건을 꺼내 손가락을 싸맸다.

알렉세이는 여전히 차분한 말투로 아이에게 물었다.

"자, 이제 내가 너에게 무슨 짓을 했는지 말해 줄래?"

아이는 너무도 침착한 알렉세이의 태도에 놀란 눈치였다.

"나는 네가 누군지 몰라. 오늘 처음 봤으니까. 하지만 내가 너에게 뭔가 잘못을 저지른 건 분명한가 보구나. 나에게 이렇게까지 화가 나 있는 걸 보면 말이야. 그러니까 내가 너에게 도대체 무슨 짓을 했는지 말해 주렴."

아이는 한참 동안 대답 없이 서 있다가 울음을 터뜨리며 달아나 버렸다. 알렉세이는 시간이 나는 대로 저 아이를 찾아내 이 수수께끼를 풀어야겠다고 마음먹었다. 하지만 지금은 그럴 겨를이 없었다.

제 11 장
파 열

얼마 후, 알렉세이는 호흘라코바 부인의 집에 다다랐다. 호흘라코바 부인은 우리 마을에도 선조에게 물려받은 집이 있었지만, 주로 다른 현에 있는 영지나 모스크바에서 지냈다. 그래서 그녀가 우리 마을을 찾아오는 것은 꽤 드문 일이었다.

호흘라코바 부인은 알렉세이를 맞이하려고 현관까지 뛰어나왔다.

"카테리나가 우리 집에 와 있는 거 알고 계세요?"

"정말 다행이군요, 부인 댁에서 그분을 만나게 되다니요. 그분이 오늘 저를 만나고 싶다고 했거든요."

"네, 알고 있어요. 어제 그 집에서, 그 요사스런 여자가 벌인 일은 모두 다 들었어요. 비극이에요. 내가 카테리나였다면 가만있지 않았을 텐데……. 당신 형 드미트리도 어쩜……. 아, 맙소사! 알렉세이, 내가 정말 정신이 없네요. 지금 저기 당신 형이, 그러니까 이반이 와 있어요. 지금 심각한 대화가 오가는 중이에요. 두 사람 사이에 끔찍한 일이 벌어지고 있는 것 같아요. 이건 한마디로 파열이에요. 둘 다 자신들을 망치고 있다고요. 이걸 알면서도 즐기고 있으니, 원.

나는 줄곧 당신을 기다렸어요! 당신에게 모든 걸 이야기하려고요. 하지만 지금은 다른 거, 가장 중요한 것……. 아이, 이런! 가장 중요한 게 뭐였는지 잊어버렸네요. 이것부터 말해 주세요. 리즈가 왜 신경질을 부리는 거죠? 당신이 왔다는 말을 듣자마자 신경질을 부리기 시작했거든요!"

"엄마! 지금 신경질을 부리는 건 내가 아니라 엄마예요."

옆방으로 통하는 문틈으로 리즈의 목소리가 들려왔다.

"당연한 일이야, 리즈. 네가 어찌나 변덕을 부리는지 엄마의 신경이 온통 곤두서 버렸으니까. 얘가 지금 아파요. 밤새도록 열이 펄펄 나서 끙끙 앓았거든요. 아침까지 간신히 돌보다가 의사 게르첸슈투베를 불렀죠. 그는 무슨 영문인지 모르겠다면서 무작정 기다려 보래요. 게르첸슈투베는 만날 무슨 영문인지 모르겠다고만 한다니까요. 어쨌든 당신이 오자마자 얘가 또 소리를 지르고 발작을 하면서……."

"저, 부탁이 좀 있는데요."

알렉세이가 부인의 말을 가로챘다.

"깨끗한 헝겊 좀 주시겠어요? 손가락을 심하게 다쳤는데 너무 아파서요."

알렉세이는 피에 젖어 엉망이 된 손수건을 치우고 깨물린 손 가락을 보여 주었다. 호흘라코바 부인은 깜짝 놀라 소리를 질렀 다.

"맙소사, 끔찍해라! 어쩌다 이렇게 다쳤나요?"

그녀는 실눈을 뜨고 상처를 살펴봤다. 리즈는 옆방에서 문틈 으로 엿보다가 자기도 모르게 소리를 꽥 질렀다.

"이쪽으로 오세요. 아이, 정말! 아무 말도 없이 그냥 그렇게 서 있으면 어떡해요? 피를 다 쏟아 버릴 수도 있었잖아요. 엄마, 물! 차가운 물! 상처를 씻고 통증이 가시도록 차가운 물에 손가 락을 담가야 해요, 얼른!"

리즈가 신경질적으로 말했다. 알렉세이의 상처 때문에 충격 을 받았는지 그녀는 완전히 겁에 질려 있었다.

"게르첸슈투베를 불러야겠어요."

호흘라코바 부인이 소리쳤다.

"엄마, 제발! 게르첸슈투베 선생은 와 봤자 영문을 모르겠다 고 말할 게 뻔해요! 물, 물! 엄마, 차라리 율리야를 불러오세요. 어서요, 안 그러면 내가 죽어요."

"별거 아닙니다!"

알렉세이는 그들이 호들갑을 떠는 바람에 오히려 더 당황했다. 그는 율리야가 가지고 온 물에 손가락을 담갔다.

"엄마, 거즈 좀 갖다 줘요. 그리고 상처 난 데 바르는 물약, 이름이 뭐더라? 엄마, 그 약병이 어디 있는지 아세요? 엄마의 침실 오른쪽 서랍, 거기에 커다란 유리병과 거즈가 있어요."

"모두 가져올 테니 제발 소리 좀 지르지 마라, 리즈. 이렇게 큰 상처를 입고도 알렉세이는 늠름하게 잘 참고 있잖니?"

호흘라코바 부인이 방에서 나갔다. 리즈는 오로지 그 순간이 오기만을 기다렸다.

"우선 질문에 대답해 주세요."

리즈는 알렉세이에게 재빨리 말을 걸었다.

"어디서 이렇게 다쳤어요? 그것부터 들어야 다른 얘기를 할 수 있을 것 같아서요."

알렉세이는 호흘라코바 부인이 돌아오기 전까지의 시간이 그녀에게 얼마나 소중한지 본능적으로 느꼈다. 그래서 조금 전에 일어난 일을 대략적으로 전했다. 리즈는 그의 얘기를 듣고 나더니, 어이없다는 듯 손뼉을 탁 쳤다.

"아니, 어떻게 그런 옷을 입고서 꼬맹이들과 어울릴 수가 있어요?"

리즈는 그에게 화를 버럭 냈다.

"그 괘씸한 꼬마 녀석을 어떻게든 찾아낸 다음에 어떻게 된 일인지 꼭 얘기해 주세요. 분명 비밀이 있을 테니까요. 자, 이제 두 번째 얘기예요. 알렉세이, 통증이 아무리 심해도 잘 말할 수 있죠?"

"물론입니다. 게다가 통증은 이제 심하지 않아요."

"손가락을 물에 담그고 있어서 그래요. 물을 갈아야겠어요, 금방 미지근해져서요. 율리야, 얼른 얼음 조각이랑 물을 새로 담아 와. 자, 본론으로 들어가죠. 내가 어제 당신에게 보냈던 편지를 내놓으세요. 엄마가 오시기 전에 빨리요."

"지금은 가지고 있지 않은데요."

"거짓말! 지금 가지고 있잖아요. 그렇게 대답할 줄 알았어요. 나는 밤새도록 편지 쓴 일을 후회했단 말이에요. 얼른 편지를 돌려주세요!"

"두고 왔어요."

"바보 같은 편지를 받고 당신은 나를 대책 없는 철부지로 생각했겠지요? 제발 부탁이에요. 편지를 돌려주세요, 어서요!"

"당분간은 안 되겠는데요. 오늘 수도원에 들어가면 이틀이나 사흘, 어쩌면 나흘 정도는 지나야 나올 수 있을 거예요. 조시마 신부님께서……."

"나흘이라니, 말도 안 돼! 당신은 분명 어제 나를 비웃었죠?"

"조금도 비웃지 않았어요."

"왜요?"

"모든 걸 믿으니까요."

"나를 모욕하는군요!"

"전혀 아니에요. 모든 게 당신이 편지에 쓴 대로 될 거예요. 조시마 신부님께서 돌아가시면 곧 수도원을 떠날 테니까요. 그다음엔 공부를 계속해서 시험을 치를 거고, 법적으로 허용된 나이가 되면 결혼을 할 겁니다. 나는 당신을 사랑하게 될 거예요. 당신보다 더 훌륭한 신붓감은 없을 테니까요. 신부님께서도 나더러 결혼하라고……."

"난 지금 휠체어에 실린 채 끌려다니는 신세인데요!"

리즈는 뺨을 붉히고 미소를 지었다.

"내 손으로 당신의 휠체어를 밀고 다닐 생각이지만, 그 전에 완전히 건강해질 거예요."

"당신은 미쳤어요."

리즈가 신경질적으로 대꾸했다.

"바보 같은 농담 때문에 헛소리를 하시다니! 아, 엄마가 오시네요. 어쩜 이리도 시간을 딱딱 맞춰서 오시는지. 엄마, 왜 이렇게 능장을 부리시는 거예요? 율리야는 벌써 얼음을 갖고 왔는데……."

"리즈, 목소리 좀 낮춰라, 제발! 네가 거즈를 엉뚱한 곳에 처박아 뒀잖니?"

"됐어요, 엄마. 어서 거즈하고 물이나 주세요. 아, 그래! 이제야 이름이 생각나네. 이건 찜질용 초산연수예요. 아주 좋은 찜질 약이죠."

리즈가 명랑하게 말했다.

"지금도 아프세요? 그나저나 카테리나가 아까부터 당신을 애타게 기다리고 있어요."

호흘라코바 부인이 말하자, 리즈가 갑자기 발끈했다.

"아이, 엄마도! 이렇게 다쳤는데 카테리나를 어떻게 만날 수 있겠어요?"

"괜찮습니다. 만날 수 있어요."

알렉세이가 말했다.

"카테리나에게 다녀올게요. 그러고 나서 다시 얘기를 나눠요. 그녀를 만난 뒤, 가능한 한 빨리 수도원으로 돌아가야 하거든요."

"알렉세이, 나한테 다시 올 필요는 없어요. 곧장 수도원으로 가세요. 그게 당신의 길이니까요. 나는 한숨 자고 싶어요. 밤새 한숨도 못 잤거든요."

알렉세이는 목례를 하고 리즈의 곁을 떠났다. 리즈의 방을 나오자, 호흘라코바 부인이 나지막한 목소리로 속삭였다.

"알렉세이, 지금 저기서 무슨 일이 일어나고 있는지 직접 보세요. 아주 끔찍해요. 카테리나는 당신의 작은형 이반을 사랑하고

있으면서도 자신이 사랑하는 건 드미트리라고 우겨 대고 있어
요. 함께 안으로 들어가죠. 쫓아내지만 않는다면 나도 끝까지 남
아 있을 참이니까."

그들이 응접실에 들어섰을 때, 대화는 거의 끝나 가고 있었다.
카테리나는 대단히 흥분해 있었고, 이반은 막 자리를 뜨려던 참
이었다. 그의 얼굴이 창백했기 때문에 알렉세이는 몹시 불안해
졌다. 그러니까 지금, 얼마 전부터 그를 괴롭혀 온 의혹 하나가
풀리고 있는 중이었다.

한 달쯤 전부터 사방에서 이반이 카테리나를 사랑하고 있고,
그녀를 드미트리에게서 가로챌 거라는 소문이 들려왔다. 알렉
세이는 이 소문 때문에 매우 불안했다. 사랑하는 두 형 사이에
좋지 않은 일이 생길까 봐 겁이 났던 것이다. 그런데 드미트리
는 어제, 이반이 연적이 되어 주는 바람에 자신이 많은 도움을
받게 될 것이라고 대놓고 말했다. 도대체 무슨 도움이 된단 말
인가? 그가 그루센카와 결혼하는 데 도움이 된단 말인가? 알렉
세이는 드미트리가 절망에 빠진 나머지, 최후의 발악을 하는 거
라고 생각했다.

그뿐만이 아니었다. 바로 어제 저녁까지만 해도 알렉세이는
카테리나가 이반 같은 사람을 사랑할 리 없다고, 그녀는 오로지
드미트리만을 사랑한다고 굳게 믿고 있었다. 하지만 그루센카
와 벌인 한판의 소동을 보면서 불길한 생각이 들었다.

호흘라코바 부인의 입에서 튀어나온 '파열'이란 말을 듣고서 그가 전율했던 까닭은, 그날 동틀 녘에 잠에서 깨어 자기도 모르게 "파열이야, 파열!"이라고 중얼거렸기 때문이다. 그는 꿈속에서 어제 카테리나 집에서 있었던 소동을 다시 보았다. 거기에다 호흘라코바 부인까지 같은 말을 하고 있지 않던가. 카테리나는 이반을 사랑하지만, 은혜를 갚아야겠다는 생각 때문에 드미트리를 사랑하는 척하고 있다는 것이다. 알렉세이는 모든 것이 혼란스러웠다.

'그래, 어쩌면 정말 파열일지도 몰라! 그럼 이반 형은 어떻게 되는 거지?'

알렉세이는 카테리나의 성격을 잘 알고 있었다. 그녀는 다른 사람 위에 군림해야만 되는 성미인데, 그게 가능한 상대는 오직 드미트리뿐이었다. 이반은 절대로 누군가의 밑에 있을 사람이 아니었다. 드미트리는 비록 오랜 세월이 걸리더라도 그녀 앞에 굴복할 수 있지만, 이반은 절대로 그녀에게 굴복하지 않을 것이었다. 어쩌다 굴복을 한다 해도 그것은 불행으로 이어질 게 뻔했다.

'그녀가 아무도 사랑하지 않는다면? 이쪽도 저쪽도 모두 사랑하지 않는다면? 내가 사랑이나 여자에 대해 뭘 안다고 함부로 결론을 내리겠어?'

알렉세이는 스스로를 책망했지만 복잡한 생각을 떨쳐 버릴 수는 없었다. 그는 두 형의 운명에서 이 문제가 매우 중요하다는 것을 자연스럽게 깨달았다. 어제 이반도 아버지와 드미트리를 보며 '한 마리의 독사가 다른 한 마리의 독사를 잡아먹을 거야.'라고 말하지 않았던가. 혹시 이반이 카테리나를 알게 된 그때부터 이반의 눈에는 드미트리가 독사로 보인 게 아닐까? 어제 이반이 무심결에 내뱉은 말이 알렉세이에게는 큰 걱정거리가 되었다. 과연 우리 집안에 평화가 깃들 수 있을까? 오히려 갈등과 증오만 깊어지는 건 아닐까?

알렉세이는 누구를 동정하고 무엇을 위해 기도해야 할지 막막했다. 이토록 복잡하고 답답한 상황을 견디기가 몹시 힘들었다. 지금은 모든 것에 확신이 서지 않았고, 형들을 도울 방법도 알 수가 없었다.

알렉세이가 들어서자 카테리나는 지금 막 자리를 뜨려던 이반을 붙잡았다.

"잠깐만 더 계세요. 내가 진심으로 신뢰하는 이분의 생각을 같이 들어요. 부인도 여기 앉으시고요.

그녀는 알렉세이를 자기 곁에, 호흘라코바 부인은 맞은편의 이반 옆에 나란히 앉혔다. 그러고는 떨리는 목소리로 말했다.

"여기에 내가 사랑하는 벗들이 다 모였네요. 알렉세이, 당신은 어제 그 끔찍한 사건의 증인이지요? 이반, 당신이 보지 못한 것을 이분은 두 눈으로 똑똑히 봤어요. 알렉세이, 당신이 어제 내 모습을 보고 어떤 생각을 했는지 모르겠어요. 하지만 같은 일이 또 반복되더라도 나는 어제와 똑같이 행동할 거예요. 똑같은 감정에, 똑같은 말에, 똑같은 행동을…… 내 행동이 어땠는지 기억하죠? 분명히 말하는데 나는 그 어떤 것과도 화해할 수 없어요.

알렉세이, 나는 드미트리를 사랑하는지 어떤지 사실 잘 모르겠어요. 나는 이제 그이가 불쌍해지기 시작했거든요. 이런 걸 사랑의 증거라 할 순 없겠죠. 만약 내가 그이를 사랑한다면, 진심으로 사랑한다면 그를 불쌍히 여기지 않고 증오해야 할 텐데요."

카테리나의 목소리가 떨렸다. 그녀의 속눈썹에 맺힌 눈물을 보고 알렉세이는 내심 놀랐다.

'이 아가씨는 의롭고 진실해. 그런데 더 이상 드미트리 형을 사랑하지 않아!'

"그래요, 그렇고말고요!"

호흘라코바 부인이 갑자기 크게 소리쳤다.

"잠깐만요, 부인. 나는 아직 가장 중요한 것, 지난밤에 최종적으로 마음먹은 것은 아직 말하지 않았어요. 이 결정이 나에게조차 불행을 가져다줄 수도 있지만, 이젠 어떤 일이 있어도 마음을 바꾸지 않을 거예요. 언제나 관대한 나의 조언자 이반, 혜안을 가진 이분도 모든 점에서 나를 격려하고 있습니다. 이분께 내 결정을 말씀드렸거든요."

"그래요, 나는 당신을 격려합니다."

이반은 확고한 태도로 말했다.

"알렉세이, 당신도 나의 두 친구가 있는 이 자리에서 내가 옳은지 아닌지 밝혔으면 해요. 당신의 결정과 격려가 이 모든 고통 중에 있는 나에게 평온을 줄 거예요. 당신의 말을 듣고 나면 내 마음이 잠잠해질 테니까요."

그녀는 알렉세이의 차갑게 식은 손을 잡고 환희에 들떠 말했다.

"무슨 말씀이신지 잘 모르겠어요."

알렉세이는 얼굴이 빨개져서 말했다.

"알렉세이, 잘 들어요. 이 일에서 가장 중요한 것은 명예와 의무예요. 나는 이미 마음을 굳혔어요. 결코 용서할 수 없는 그 여자, 그러니까 그 요사스런 계집과 결혼한다고 해도 그이를 버리지 않기로 말이에요! 결혼, 그 순간부터 나는 절대로 그이를 버리지 않을 거예요!"

그녀는 이렇게 말하면서 스스로에게 매우 만족한 듯한 표정을 지었다.

"물론 그이의 뒤를 쫓아다니겠다는 건 아니에요. 아무 때나 불쑥 그이 앞에 나타나 괴롭히겠다는 것도 아니고요. 나는 다른 곳으로 떠나겠지만 평생 그이를 지켜볼 생각이에요. 그이가 그 여자와 있다가 불행해지면 언제든 나한테 돌아와도 좋다는 뜻이에요. 그때 그는 친구를, 아니 여동생을 만나게 되는 셈이죠. 물론 영원히 여동생일 뿐이에요. 그는 이 여동생이야말로 평생 진심으로 자신을 사랑했고, 자신을 위해 살고 있다는 걸 알게 될 거예요. 어떤 일이든 그이가 창피해 하지 않고 내게 다 말할 수 있도록 하겠다고요. 이 결심을 꼭 실행할 생각이에요!"

그녀의 목소리가 점점 높아졌다.

"나는 그이의 신이 될 거예요. 그이는 내 앞에서 기도하게 되 겠지요. 그는 자신의 배반에 따른 대가를, 그 배반 때문에 내가 어제 겪은 수모의 대가를 치러야 해요! 그이는 직접 보게 될 거 예요. 그이에게서 배반당하고도 평생 동안 약속한 것을 충실하 게 지키는 나를요. 나는 그이의 행복을 위한 도구가 되겠어요. 그이가 이것을 알게 하는 것, 이것이 바로 내 목표예요! 이반은 이 결정을 완전히 지지하고 있고요."

카테리나는 숨을 헐떡였다. 자신의 생각을 훨씬 더 기품 있게 표현하고 싶었지만 자기도 모르게 노골적으로 되고 말았다. 그 녀는 이 점을 깨닫고 돌연 우울해졌다.

알렉세이는 이야기를 다 듣고 나자 마음속에서 동정심이 일 었다. 이반이 불쑥 입을 열었다.

"나는 그저 내 생각을 얘기했을 뿐입니다. 다른 여자라면 이 모든 게 억지 부리는 일로 보이겠지만…… 당신은 아닙니다. 다 른 여자라면 틀렸겠지만 당신은 옳아요. 어떻게 설명해야 할지 모르겠군요. 당신이 진실하다는 것, 당연히 옳다는 것만은 분명합니다."

"하지만 단지 한순간에만 그런 거잖아요? 고작해야 어제 받은 모욕 때문에 그런 결정을 내리다니요!"

조용히 있던 호흘라코바 부인이 자제력을 잃고 끼어들었다.

"그렇습니다, 그렇고말고요."

이반이 다시 말을 이었다.

"다른 여자에게 그런 순간은 그야말로 찰나에 지나지 않겠지요. 그러나 카테리나에겐 그런 순간이 평생 계속될 겁니다. 다른 이들이 쉽게 잊어버리는 약속도 그녀에게는 영원히 감당해야 하는 무거운 의무인 거죠. 언젠가 그녀는 의무를 완수했다는 뿌듯함을 즐길 수 있을 겁니다. 카테리나, 이제 당신의 삶은 고통스러운 날들의 연속일 겁니다. 그 고통이 가라앉는 날이, 바로 이 계획을 완전히 실현하게 되는 날이고, 그때 비로소 모든 것과 화해할 수 있을 겁니다."

이반은 자신이 빈정거리고 있다는 사실을 애써 숨기려 하지 않았다. 호흘라코바 부인이 소리쳤다.

"오, 맙소사! 그게 무슨 소리예요?"

카테리나는 결국 감정을 억누르지 못하고 눈물을 쏟아 냈다.

"알렉세이, 무슨 말이든 해 주세요. 당신이 뭐라고 하는지 들어야겠어요."

알렉세이는 소파에서 일어났다.

"신경 쓰지 마세요. 괜찮아요!"

그녀가 눈물을 흘리며 덧붙였다.

"그저 간밤의 일 때문에 마음이 혼란스러워서 그래요. 나에게 당신과 이반 같은 친구가 있어서 얼마나 든든한지 몰라요. 두 분 모두 나를 절대로 버리지 않으리라는 걸 알고 있거든요."

"안타깝게도 나는 내일 모스크바로 떠납니다. 그렇게 되면 오랫동안 당신을 버려 둬야 할 것 같은데……. 이건 이미 오래전에 계획돼 있던 일이어서요."

이반이 아랑곳없이 말했다.

"내일, 모스크바로요?"

순간 카테리나의 얼굴이 확 일그러졌다.

"맙소사! 하지만 다행이네요."

그녀는 순식간에 목소리를 싹 바꾸고 눈물도 뚝 그쳤다. 이제 울었다는 흔적조차 남아 있지 않았다. 갑작스러운 그녀의 변화는 알렉세이를 무척 놀라게 했다. 조금 전까지도 감정을 추스르지 못해서 하염없이 흐느끼던 여자가 한순간에 스스로를 완벽하게 제어하고 있었다. 그녀는 언제 그랬냐는 듯, 마치 기쁜 일을 앞둔 듯 잔뜩 들뜬 표정이 되었다.

"물론 당신이 나를 떠나서 다행이라는 게 아니고요."

그녀는 사교계 여성다운 미소를 띠면서 능수능란하게 말을 바로잡았다.

"내가 다행이라고 한 건 당신이 모스크바에 있는 이모와 아가피야 언니에게 나의 이 끔찍한 처지를 말해 줄 수 있을 것 같아서 그런 거예요. 편지로는 도무지 이 일을 다 전할 수가 없어서 난감했거든요. 당신이 나서서 모든 걸 설명해 줄 테니, 편지 쓰기가 한결 수월하겠네요. 당장 편지를 써야겠어요."

그녀는 소파에서 일어나 응접실에서 나가려고 걸음을 옮겼다.

"어딜 가는 거예요? 아까 알렉세이의 얘기를 꼭 들어야겠다고 했잖아요?"

호흘라코바 부인의 목소리에 약간의 분노가 서려 있었다.

"당연히 그럴 거예요."

카테리나는 걸음을 멈추고 호흘라코바 부인을 돌아보며 말했다.

"그런데 왜 나한테 화가 났지요? 나는 내가 말한 건 반드시 실행에 옮겨요. 나는 이분의 견해를 꼭 들을 거예요. 이분이 무슨 얘기를 하든 모두 그대로 될 거예요. 나는 당신의 의견을 갈망하고 있답니다, 알렉세이. 아니, 왜 그래요?"

"나는 미처 생각지 못했습니다. 상상할 수도 없는 일이에요!"

알렉세이가 비통에 잠겨 소리쳤다.

"뭐가요?"

"형이 모스크바로 가는 일이 잘된 거라고요? 당신은 괜히 그러신 겁니다. 마치 무대에서 연기를 하듯이 말이에요!"

"연기라고요? 무슨 뜻이죠?"

카테리나는 미간을 잔뜩 찌푸리며 발끈했다.

"나도 잘은 모르지만 머릿속이 확 밝아진 건 사실입니다. 장담할 순 없지만, 내 생각을 말씀드리겠습니다."

알렉세이는 떨리는 목소리로 띄엄띄엄 말을 이었다.

"당신은 드미트리 형을 사랑하지 않는 것 같아요. 처음부터 그랬던 것 같습니다. 드미트리 형도 당신을 사랑하지 않아요. 역시 처음부터요. 형은 그냥 당신을 존경할 뿐이에요. 아무도 진실을 말하려 들지 않으니 어떻게 말해야 될지 모르겠군요."

"진실이라뇨?"

카테리나는 신경질적으로 말했다.

"지금 당장 드미트리 형을 찾아오겠습니다. 큰형이 이리로 와서 당신과 이반 형의 손을 잡아 결합시켜 줘야 해요. 왜냐하면 당신은 이반 형을 사랑하면서 괴롭히고 있으니까요. 사실이 아닌데도 끊임없이 드미트리 형을 사랑하고 있다고 스스로에게 우기고 있으니, 이것이 바로 이반 형을 괴롭히는 일이죠. 그건 진짜 사랑이 아니에요."

알렉세이는 숨이 가쁠 정도로 큰 소리로 말했다.

"당신은 철부지, 바보로군요!"

카테리나가 매섭게 딱 잘라 말했다. 분을 삭이지 못한 그녀의 얼굴은 하얗게 질려 있었고, 입술은 바르르 떨렸다. 그 순간 이반이 웃음을 터뜨리면서 자리에서 일어났다. 그의 손에는 모자가 들려 있었다.

"우리 착한 알렉세이가 뭔가를 오해했구나."

그는 이렇게 말하면서, 알렉세이가 한 번도 본 적 없는 표정을 지었다. 그것은 도저히 억누를 수 없을 만큼 격정적인 감정을 담고 있었다.

"카테리나는 결코 나를 사랑한 적 없어! 대신 내가 자기를 사랑한다는 걸 알고 있지. 내가 직접 고백한 적은 없지만 말이야. 또한 내가 카테리나의 친구였던 적은 단 한 번, 단 하루도 없어! 오만한 여자한테 우정 따윈 필요하지 않거든.

그럼에도 불구하고 나를 곁에 붙잡아 둔 건 복수하기 위해서야. 이분은 처음 드미트리 형과 만났을 때 받은 모욕, 그 때문에 지속적으로 감수해야 했던 모욕을 나에게 복수하려 한 거야. 참으로 대단하지 않니? 나는 형을 향한 이분의 사랑 얘기를 들어 준 것 말곤 한 일이 아무것도 없단다.

자, 나는 이제 떠나렵니다. 카테리나, 당신이 정말로 사랑하는 사람은 오직 형뿐이라는 사실을 기억하십시오. 모욕감이 클수록 사랑도 커질 테죠. 이게 바로 당신이 하는 사랑의 실체입니다. 당신은 형이 당신을 모욕했기 때문에 사랑하는 겁니다. 당신은 그렇게 스스로가 얼마나 신실한지를 지켜보면서 만족하고 있는 거죠. 이 모든 것은 당신의 오만함에서 비롯된 겁니다. 나는 너무 젊었고, 또 그만큼 당신을 열렬히 사랑했습니다. 그냥 조용히 당신 곁을 떠나는 편이 더 품위 있는 거겠죠. 이런 말이 당신에게 모욕을 주는 것도 아니고요. 나는 여길 떠나면 절대로 다시 오지 않을 겁니다. 더 이상 파열 곁에 머물지 않겠습니다.

카테리나, 화내지 마십시오. 나는 당신보다 백 배는 더 가혹한 벌을 받았으니까요. 당신을 다시 볼 수 없다는 것만으로도 가혹하지 않겠습니까? 안녕히 계십시오. 나한테 손을 내밀 필요 없습니다. 당신이 나를 너무나 의도적으로 괴롭혔기 때문에 이젠 용서하기가 힘들군요. 용서는 나중에 하도록 하죠."

이반은 쓸쓸한 미소를 지으면서 말을 맺었다. 그는 아무에게도 작별 인사를 하지 않은 채 밖으로 나가 버렸다.

"이반 형, 돌아와! 아, 이반 형은 이제 어떤 일이 있어도 돌아오지 않을 거야."

알렉세이는 거의 넋이 나간 채 소리치다가 문득 뭔가를 깨달은 듯 괴롭게 말했다.

"나 때문이에요. 내 잘못입니다. 내가 문제예요!"

"당신은 아무 잘못 없어요. 오히려 멋졌어요. 천사 같았다니까요."

괴로워하는 알렉세이에게 호흘라코바 부인이 속삭였다. 잠시 동안 정적이 흘렀다. 알렉세이는 카테리나를 물끄러미 쳐다보았다. 웬일인지 그녀는 기쁜 듯한 표정을 짓고 있었다. 얼굴에서 반짝반짝 빛이 나는 것만 같았다. 그녀의 손에는 지폐 두 장이 들려 있었다.

"알렉세이, 어려운 부탁이 하나 있어요."

그녀는 아무 일도 없었던 것처럼 침착한 목소리로 말했다.

"일주일 전쯤 드미트리가 아주 추한 일을 저질렀어요. 그는 술집에서 당신의 아버님이 고용했던 퇴역 대위의 턱수염을 움켜쥐고 길거리에서 한참을 끌고 다녔다고 해요. 마침 초등학생인 그의 아들이 그 광경을 보았죠. 아이는 엉엉 울면서 아버지를 용서해 달라고 빌었대요. 구경하는 사람들에게 아버지를 구해 달라고 애원도 했고요. 하지만 다들 모른 척했다는군요.

알렉세이, 나는 그의 야만적인 행동을 생각할 때마다 화가 나서 견딜 수가 없어요. 수모를 겪은 퇴역 대위를 수소문해 보니 아주 가난한 사람이더군요. 그의 성은 스네기료프예요. 그는 병든 아이들과 정신이 나간 아내와 끔찍할 정도로 가난하게 살고 있어요. 그에게 금전적인 도움을 줬으면 해요. 여기, 이백 루블이 있습니다. 나보다는 당신이 이 일을 훨씬 더 잘하실 거예요. 알렉세이, 부디 나를 위해 한 번만 애써 주세요."

그리고 그녀는 몸을 홱 돌려 응접실에서 나가 버렸다. 알렉세이는 그녀에게 용서를 빌고 싶었지만 미처 그럴 겨를이 없었다. 곁에 있던 호흘라코바 부인이 속삭이듯 나지막하게 말했다.

"알렉세이, 부탁받은 일을 처리한 뒤에 다시 와 주세요. 나도 할 말이 있거든요."

제 1 2 장
치욕의 대가

잠시 후, 알렉세이는 무거운 마음을 안고 거리로 나왔다.

카테리나의 부탁을 곰곰이 되짚어 보니, 알렉세이의 머릿속에 모든 상황이 정리되었다. 아까 그 아이, 그러니까 퇴역 대위의 아들이 아버지를 구하려고 울면서 빌었다는 이야기를 듣는 순간 자신의 손가락을 깨문 소년이 떠오른 것이었다. 알렉세이는 잰걸음으로 오제르나야 거리에 있는 퇴역 대위의 집을 찾았다.

퇴역 대위의 집은 매우 허름한 오두막이었다. 한눈에 봐도 가난에 찌들어 보였다. 알렉세이는 지나치게 고요한 오두막의 입구에 서서 한참을 망설였다.

'다들 자고 있거나 아니면 내가 오는 소리를 듣고서 문을 두드

리기를 기다리는지도 몰라.'

알렉세이는 조심스럽게 문을 두드렸다.

"누구쇼?"

웬 남자가 마치 화가 나 있기라도 한 듯 버럭 고함을 질렀다.

알렉세이는 안으로 들어섰다. 오두막 안은 생각보다 넓었지만, 가재도구로 꽉 차 있었다. 왼편의 커다란 벽난로에서부터 반대편 창문까지 이어진 빨랫줄에는 낡디낡은 옷가지와 이불이 잔뜩 널려 있었다. 양쪽 벽을 따라 침대가 놓여 있었고, 창문 아래에는 아무 장식도 없이 투박한 나무 탁자가 놓여 있었다. 창문은 세 개가 있었는데, 엄청나게 작은 데다 곰팡이까지 슬어 있어서 햇빛이 전혀 들지 않았다.

어두컴컴하고 답답한 방 안을 찬찬히 살펴보니, 여러 명의 사람들이 앉아 있었다. 왼쪽 침대 곁 의자에는 몹시 마르고 얼굴이 누렇게 뜬 부인이 앉아 있었다. 그녀는 중병을 앓는 환자처럼 보였다. 부인 곁에는 못생기고 머리숱이 적은 아가씨가 서 있었다. 오른쪽 침대에는 스무 살 안팎으로 보이는 아가씨가 앉아 있었는데, 꼽추에다 다리까지 마비되어 앉은뱅이나 다름없었다.

식탁 앞에 앉아 계란 프라이를 먹고 있는 남자는 마흔다섯 살쯤 된 것 같았다. 중키에 바싹 말라 체격도 부실한 편이었다. 불그죽죽하고 숱이 적은 턱수염은 다 해진 수세미 같았다. 알렉세이는 그를 보자마자 아이들이 말했던 '수세미'가 떠올랐다.

방 안의 남자는 그 사람뿐이었으므로 누구냐고 소리친 사람이 틀림없어 보였다. 그는 알렉세이를 보자 자리에서 벌떡 일어났다. 그러더니 구멍투성이 냅킨으로 입가를 닦으며 물었다.

"무슨 일로 이 누추한 곳에 오셨는지요?"

그에게서 술 냄새가 풍겼지만 취한 것 같진 않았다. 그의 얼굴에는 뻔뻔함과 비굴함이 동시에 어려 있었다. 오랫동안 남 앞에서 굽실거리며 수모를 참아 왔지만, 언제라도 불쑥 나서서 자기 자신을 과시하고 싶어 하는 부류 같았다.

알렉세이는 그가 눈을 부라리면서 바짝 다가오자, 자기도 모르게 뒤로 한 발 물러섰다.

"저는 알렉세이 표도로비치 카라마조프라고 합니다."

"잘 알고 있습니다."

남자는 그가 누구인지 이미 알고 있었다.

"나로 말할 것 같으면 이등 대위 스네기료프입죠. 그나저나 무슨 일로 오셨는지요?"

"예, 그냥 들렀습니다. 아니, 실은 드릴 말씀이 있어서……."

"일단 여기 앉으십시오."

퇴역 대위는 재빠르게 빈 의자를 방 한가운데로 가져왔다. 자기가 앉을 의자도 하나 더 끌어와서 알렉세이 맞은편에 앉았다. 그런데 너무 바짝 붙어 앉은 바람에 무릎이 거의 맞부딪칠 지경이었다.

"다름이 아니라 그 일 때문에……."

"그 일이라뇨?"

퇴역 대위가 말을 끊었다.

"제 형 드미트리가 저지른 일 말입니다."

알렉세이가 겸연쩍어 하며 어렵게 말을 꺼냈다.

"무슨 일을 말씀하시는 겁니까? 혹시 수세미, 목욕탕 수세미 사건 말씀입니까?"

그러면서 그가 갑자기 몸을 앞으로 내밀었기 때문에 진짜로 알렉세이의 무릎과 맞부딪치고 말았다. 그는 입을 꾹 다물어 실오라기처럼 가늘게 만들었다.

"수세미라니, 무슨 말씀이세요?"

알렉세이가 물었다.

"지 사람은 내 일을 일러바치려고 온 서예요, 아빠!"

그때 알렉세이의 귀에 익은 아이의 목소리가 들렸다.

"내가 저 사람의 손가락을 깨물었거든요!"

소리나는 쪽을 자세히 살펴보니, 한쪽 구석에 쳐진 커튼 뒤에 아까 입었던 코트와 낡은 솜이불을 덮어쓴 채 아까 그 아이가 누워 있었다. 열이 나는지 눈이 빨갰다.

"손가락을 깨물었다고? 우리 아들이 당신 손가락을 깨물었다는 겁니까?"

알렉세이는 아까 있었던 사건을 이야기했다.

"지금 당장 혼내 주겠습니다요. 당장 저 녀석을 흠씬 두들겨 패 주겠어요!"

남자는 의자에서 벌떡 일어나며 소리를 질렀다.

"아닙니다. 단지 저는 정황을 설명한 것이고, 저 애가 매를 맞는 건 원치 않습니다. 게다가 아이가 몹시 아픈가 보군요."

"내가 정말로 우리 일류샤를 때릴 줄 알았습니까? 내가 당신 감정 따위나 만족시키려고 우리 일류샤를 흠씬 두들겨 패 준다고요?"

남자는 흥분해서 알렉세이에게 금방 달려들 듯한 기세였다.

"그런 것으로 만족감을 얻고 싶으시다면 일류샤가 아니라 내 손가락 네 개를 잘라 주죠. 아니, 다섯 개가 필요한가요?"

그는 숨이 찼는지 말을 멈추었다. 알렉세이를 바라보는 눈길에서 살의가 느껴졌다.

"이제야 모든 걸 알 것 같습니다."

알렉세이가 슬픔에 잠겨 말했다.

"제 형 드미트리는 그때의 행동을 뉘우치고 있습니다. 형이 여기로 올 수 있도록 허락해 주신다면, 아니 바로 그 장소에서 다시 당신을 만나게 된다면, 모든 사람들 앞에서 당신에게 용서를 빌 겁니다. 당신이 원한다면 말이죠."

"턱수염을 잡고 질질 끌고 다녔다가 용서를 빌면 그걸로 모든 게 끝납니까? 당한 사람의 마음은요? 그걸로 다 풀어질 거라고 생각합니까?"

"아닙니다. 형은 당신의 마음을 풀어 줄 수 있다면 뭐든 다 할 겁니다, 뭐든 다!"

"아빠! 어떻게 저 사람이랑……. 저런 사람은 당장 밖으로 내던져 버려요!"

아이가 침대에서 몸을 일으키더니 눈을 부라리면서 소리쳤다.

"밖으로 나갑시다. 진지하게 하고 싶은 말이 있는데, 집에서는 도저히 안 되겠군요. 어쨌거나 그 일은 끝을 내야 하니까요."

퇴역 대위와 알렉세이는 곧바로 거리로 나갔다. 알렉세이가 먼저 입을 열었다.

"중요한 용건이 있는데, 어디서부터 말을 꺼내야 할지 모르겠습니다."

"나한테 용건이 있다는 걸 모를 리가 있겠습니까? 그게 없다면 절대로 우리 집을 기웃거리지 않았겠지요. 설마 우리 아이 때문인가요? 그건 내가 생각해도 얼토당토않은 일이긴 합니다. 우리 애가 심하게 깨물었습니까? 집에서는 녀석도 있고 해서, 일부러 역정을 냈습니다. 자세한 얘기를 물어볼 수도 없었고요."

"예, 정말로 아프게 깨물더군요. 일류샤는 아주 예민한 상태였어요. 제가 카라마조프 집안사람인 걸 알고 당신 대신 복수하려 했던 겁니다. 하지만 그것보단 친구들과 돌팔매질을 할 정도로 사이가 나쁘다는 게 걱정되더군요. 아까는 정말 위험했습니다. 돌에 머리라도 맞았다면 큰일이 났겠죠."

"안 그래도 한 대 맞았습니다. 머리는 아니지만 가슴팍에 제대로 맞았죠. 아프다고 징징대다가 저렇게 앓아누웠답니다."

"그런데 사실은 일류샤가 먼저 돌을 던졌습니다. 당신 일로 화가 났던 거죠. 애들 말로는 콜랴라는 아이의 옆구리를 연필 깎는 칼로 찔렀다더군요."

"그 얘기도 들었습니다. 정말 큰일날 뻔했지요. 콜랴의 아버지는 현청 관리거든요. 자칫하다간 성가신 일이 생길지도 모르고요."

"아이가 좀 진정될 때까지 며칠 만이라도 학교에 보내지 않는 것이 어떨까요? 그러니까 분노가 좀 사그라들 때까지……."

"분노라고요?"

퇴역 대위가 기다렸다는 듯 말을 받았다.

"그렇습니다. 분노예요. 비록 어린것이지만 거대한 분노가 가슴속에서 끓어오른 것이지요. 무슨 이야기인지 잘 모르는 것 같으니 내가 설명해 줄게요.

내가 겪은 그 치욕적인 사건 이후 학교에서 아이들이 일류샤를 수세미라고 놀려 대기 시작했습니다. 아이들은 제각기 떨어져 있으면 천사 같지만, 함께 어울리는 학교에서라면 잔인해지기 쉬운 법이죠. 일류샤는 놀림을 받고도 이 아비를 위해 혼자서 아이들과 맞섰습니다. 풀이 죽거나 창피해 하지 않고 말이에요. 드미트리 표도로비치의 손에 입을 맞추면서 '아빠를 용서해 주세요. 용서해 주세요.'라고 애원하던 그 애가 어떤 심정이었는지는 하느님과 나밖에 모를 겁니다. 인내심을 발휘해 간절히 매달리던 그 순간, 그 애는 세상의 씁쓸한 진실을 깨닫게 된 거죠. 이제 그 진실은 일류샤의 마음속에 영원히 아물지 않는 상처를 남겼고요."

그는 극도로 흥분해서 자기 아들이 그 '진실' 때문에 얼마나 큰 상처를 입었는지 보여 주려는 듯, 오른손 주먹으로 왼쪽 손바닥을 내리쳤다.

"일류샤는 그날 밤 내내 오한에 떨며 헛소리를 해 댔습니다. 그러다 입을 꼭 다문 채 나를 한참 동안 바라보곤 했어요. 그다음 날부터 학교에서 아이들이 '야, 수세미! 너의 아버지는 수세미를 붙잡힌 채 술집에서 끌려 나오고, 너는 그 옆에서 쫓아다니며 용서해 달라고 빌었지?'라고 놀렸답니다.

사흘째 되던 날, 학교에서 돌아온 일류샤의 얼굴이 하얗게 질려 있더군요. 대체 무슨 일이냐고 물어도 아무 말이 없었습니다. 그날 저녁, 나는 그 애를 데리고 산책을 나갔죠. 아이는 나에게 '그자가 어떻게 아빠에게 그런 짓을 할 수 있었어요? 아빠가 그 일로 십 루블을 받았다는데 사실인가요?'라며 쉴 새 없이 질문을 퍼부었어요.

나는 돈을 받지 않았고, 앞으로도 받지 않을 것이라고 말했습니다. 일류샤는 나에게 절대 화해하지 말 것을 다짐받고, 세상에서 부자가 가장 힘이 세다면 자기도 부자가 되어 누구에게도 멸시받지 않겠다고 하더군요. 그렇게 그 애는 상처를 받았고, 지금까지 고통스러워하고 있습니다."

"아아, 정말로 일류샤와 화해하고 싶습니다! 당신이 그런 기회를 만들어 주신다면 말입니다."

알렉세이가 힘주어 말했다.

"예, 기회를 봐서 그렇게 하지요."

퇴역 대위가 중얼거렸다.

"참, 지금 중요한 건 그게 아닌데……. 저는 당신과 관련해 한 가지 부탁을 받았습니다. 드리트리 형의 약혼녀가 당신에게 금전적인 도움을 주라고 부탁했습니다. 드미트리 형이 주는 것은 아니고, 그 약혼녀가 주는 겁니다. 이건 여동생이 오빠를 돕는 것과 같습니다. 그분은 여동생과 같은 심정으로, 당신이 이백 루블을 꼭 받도록 설득해 달라고 부탁했습니다. 이 일은 아무도 모르니까 나중에 뒷말이 날 리도 없습니다. 그러니 이백 루블을 받아 주십시오."

그러면서 알렉세이는 백 루블짜리 지폐 두 장을 내밀었다. 주위에는 아무도 없었다. 돈을 보는 순간, 그는 충격을 감추지 못했다. 누군가로부터의 도움을, 그것도 이렇게 큰 금액을 받으리라곤 꿈에도 생각지 못했던 것이다. 그는 지폐를 받아 쥐고 잠시 동안 아무 말도 하지 않았다. 뭔가 알 수 없는 그늘이 그의 얼굴을 스쳐 지나갔다.

"이걸 나한테 정말로 주는 겁니까? 이렇게 많이, 이백 루블이나! 어떻게 이런 일이……. 지난 사 년 동안 이만한 돈은 구경도 못 했습니다. 맙소사! 여동생이 주는 거라고 했는데, 정말로 그런 겁니까?"

"맹세코 그렇습니다."

알렉세이가 소리쳤다. 남자의 얼굴에는 홍조가 떠올랐다.

"내가 이걸 받는 순간 비열한 놈이 되는 건 아닐까요? 여동생 운운하면서 설득하고 있지만, 이걸 진짜로 받으면 속으로 나를 경멸할 셈이지요?"

"절대로 안 그럴 거예요!"

"알렉세이, 당신은 이백 루블이 나에게 어떤 의미인지 이해하지 못할 겁니다. 이백 루블이면 아픈 가족이 치료를 받을 수도 있고, 고기를 사서 맛난 식탁을 차릴 수도 있어요. 맙소사, 이게 정말 꿈은 아니겠지요!"

알렉세이는 남에게 행복을 줄 수 있어서, 또 이 불행한 사람이 행복을 받아들이기로 한 듯해서 진심으로 기뻤다.

"알렉세이, 어쩌면 지금 당장 나와 우리 아들의 꿈을 실현시킬 수 있을지도 모르겠습니다."

퇴역 대위는 새로운 희망에 대해 주절대기 시작했다.

"일류샤는 말을 가지고 싶어 합니다. 그 말을 타고 다른 곳으로 이사 가면 좋겠답니다. 아, 일류샤가 신신당부한 대로 검정 말 한 필을 사고 포장마차를 꾸려 이곳을 떠날 수 있겠지요! K 현에서 변호사를 하고 있는 어릴 적 친구가 있는데, 거기로 가면 자기 사무실의 서기 자리를 줄 거라고 했습니다."

"다른 현으로 이사를 가시겠다니, 무엇보다도 일류샤를 위해서 정말 좋은 일입니다. 찬바람이 불어닥치기 전에 서둘러 떠나시는 것이 좋겠습니다. 거기에 정착하신 후에 편지 한 통 보내 주세요. 그러면 서로에게 진정한 형제가 될 테니까요. 반드시 그렇게 될 것입니다!"

알렉세이는 그를 끌어안고 싶을 만큼 흐뭇했다. 하지만 퇴역 대위의 얼굴을 보고는 흠칫 놀랐다. 그의 얼굴이 하얗게 질려 있었기 때문이다. 그는 뭔가를 말하려는 듯 삐죽 내민 입술을 달싹거렸다.

"아니, 왜 그러십니까?"

알렉세이는 불길한 마음이 들어 목소리가 떨렸다.

"알렉세이, 당신에게 마술을 한 가지 보여 드리겠습니다."

그는 빠르지만 분명한 어조로 말했다. 더 이상 말을 더듬거나 중얼거리지도 않았다.

"마술이라니요?"

"자, 한번 보시죠!"

그는 찢어질 듯 크게 소리를 질렀다. 그러고는 오른손에 쥐고 있던 두 장의 지폐를 갑자기 움켜쥐고 구겨 버렸다. 그다음엔 구겨진 지폐 두 장을 모래 위로 힘껏 내던졌다.

"보셨습니까? 바로 이것이올시다!"

그는 오른발로 모래 위에 내던진 지폐를 짓밟기 시작했다. 발길질을 할 때마다 소리를 지르고 숨을 거칠게 내쉬었다.

"이게 당신네들 돈입니다! 당신네들 돈, 당신네들 돈!"

그제야 분이 조금 풀렸는지, 그는 뒤로 물러서 몸을 똑바로 세웠다. 그의 모습에서 오만함이 넘쳐났다.

"당신을 보낸 사람에게 전하쇼. 수세미는 자신의 명예를 팔지 않는다고요!"

그는 허공을 향해 손을 뻗으며 외치고는 뒤돌아 달리기 시작했다. 하지만 다섯 걸음도 채 가지 않아 알렉세이를 돌아보며 손을 흔들었다. 그리고 또다시 다섯 걸음도 채 가지 않아 몸을 돌렸는데, 얼굴이 온통 눈물로 젖어 있었다. 그는 훌쩍거리느라 탁탁 끊어지는 말투로 소리쳤다.

"내가 받은 치욕의 대가로 당신네한테 돈을 받는다면, 우리 일류샤가 뭐라고 하겠습니까?"

이렇게 말한 뒤, 그는 더 이상 뒤돌아보지 않고 쏜살같이 사라져 버렸다. 알렉세이는 찢어질 듯이 가슴이 아팠지만, 그를 붙잡지 않고 뒷모습만 하염없이 바라보았다.

'저 사람은 마지막 순간까지도 자기가 지폐를 구겨서 집어던 질 줄은 몰랐을 거야.'

알렉세이는 그가 다시 몸을 돌리지 않을 것임을 알고 있었다. 그를 쫓아가거나 불러 세우고 싶지도 않았다. 그가 시야에서 완전히 사라진 뒤에야, 알렉세이는 모래 위에서 지폐 두 장을 집어 들었다. 그는 지폐를 반듯하게 편 다음 접어서 주머니에 조심스럽게 넣었다. 그리고 다시 카테리나에게 이 소식을 전하기 위해 발걸음을 옮겼다.

제 1 3 장
작은 연인들

이번에도 호흘라코바 부인이 가장 먼저 알렉세이를 맞아 주었다. 그녀가 허둥대는 것으로 보아, 그사이 무슨 일이 일어난 듯했다. 알렉세이가 퇴역 대위를 만나러 나서자, 카테리나는 신경질을 부리다가 급기야 정신을 잃었다고 했다.

"헛소리를 마구 하더니, 이제는 열까지 나요. 이모들은 불러왔고, 의사 게르첸슈투베에게는 사람을 보냈지만 아직도 안 오네요. 무슨 일이 일어날 것만 같아요. 여전히 의식이 없어요."

알렉세이는 카테리나를 대신해 호흘라코바 부인에게 자기가 겪은 일들을 얘기하려고 했지만, 그녀는 그의 말을 가로막았다.

"친애하는 알렉세이, 지금은 도저히 정신이 없어서 안 되겠어요. 리즈 방에서 잠시 기다려 주겠어요?"

호흘라코바 부인은 리즈의 방문을 향해 소리쳤다.

"리즈, 네가 그토록 모욕한 알렉세이를 다시 모셔 왔다. 잠시만 엄마 대신 이분과 함께 있어 주렴!"

"들어오세요, 알렉세이."

알렉세이는 안으로 들어갔다. 리즈는 당황스런 표정으로 그를 잠시 바라보다가 얼굴을 붉게 물들였다. 뭔가 부끄러워하는 눈치였다.

"엄마에게서 얘기 들었어요. 카테리나 대신 당신이 가난한 퇴역 대위를 만나러 갔다면서요? 당신 형이 그에게 어떤 모욕을 주었는지도 들었어요. 그래, 그 돈은 전해 주었나요? 그 불행한 사람은 지금 어떤가요?"

"전해 주지 못했습니다. 얘기하자면 길어요."

알렉세이는 탁자 위에 살짝 걸터앉은 뒤 이야기를 늘어놓기 시작했다. 일단 이야기가 시작되자 조금 전의 곤혹스런 기색은 없어지고 도리어 리즈의 시선과 감정을 온통 사로잡았다. 그에게는 조금 전에 겪었던 일의 강렬한 인상이 고스란히 남아 있었기 때문에 그때의 정황을 아주 생생하게 전할 수 있었다.

리즈는 그의 이야기에 깊은 감동을 받았다. 알렉세이가 자신의 감정을 최대한 살려서 일류샤의 모습을 묘사해 주었기 때문이다. 불행한 퇴역 대위가 돈을 짓밟는 대목을 묘사할 때는 감정을 억누르지 못하고 자기도 모르게 소리를 치기도 했다.

"결국 돈을 전해 주지 못했군요. 뒤쫓아 가지 그랬어요?"

"아니요, 리즈. 차라리 붙잡지 않길 잘했습니다."

알렉세이는 이렇게 말하고서 탁자에서 일어나 방 안을 왔다 갔다 했다.

"어째서 잘했다는 거죠? 이제 그 집 사람들은 빵이 없어서 굶어 죽을 거잖아요!"

"그런 일은 없을 겁니다. 이백 루블은 어차피 그들 손에 들어갈 테니까요. 그는 내일, 내일은 분명히 이 돈을 받을 겁니다."

알렉세이는 생각에 잠긴 채 계속해서 서성이며 말했다.

"그 남자는 겁이 많고 나약한 사람입니다. 산전수전을 다 겪었지만 마음씨는 아주 여리지요. 나는 그 사람이 무엇 때문에 갑자기 화를 내며 돈을 짓밟았을까 계속 생각하고 있어요. 아마 그는 마지막 순간까지도 자신이 돈을 짓밟을 줄 몰랐기 때문에 그랬던 것 같아요. 그는 여러 가지로 화가 났던 거예요. 우선 돈을 보고 너무 기뻐했고, 나한테 그것을 숨기지 못했다는 게 화가 났을 겁니다. 기뻤더라도 적당한 선에서 그것을 감춘 채 다른 사람들이 그러는 것처럼 점잔을 뺐어야 한다고 후회할 거예요.

아, 리즈, 그는 올바르고 착한 사람이라서 그런 불행을 겪고 있는 겁니다. 나한테 자신의 속내를 죄다 보여 준 게 부끄러워서 나를 증오하게 된 것이고요. 무엇보다도 너무 쉽게 나를 친구처럼 생각하고 마음을 열어 버려서 화가 났던 겁니다. 달려들어 겁을 주려다가 돈을 보자마자 곧장 나를 껴안는 격이 됐으니 얼마나 창피했겠어요? 중요한 것은, 비록 마지막 순간이지만 그가 지폐를 짓밟았기 때문에 더 이상 수치스러워하지 않아도 된다는 점입니다. 모든 게 잘 풀릴 거예요. 나는 사실 이보다 더 좋을 순 없을 거라는 생각마저 듭니다.”

“이보다 더 좋을 순 없다고요?”

리즈는 깜짝 놀랐다.

“만약 그가 지폐를 그냥 챙겼더라면, 집에 돌아가서 자신이 굴욕적인 짓을 저질렀다며 자책했을 테니까요. 반드시 그랬을걸요. 엉엉 울고 나서는 아마 내일 날이 밝기가 무섭게 찾아와서 돈을 집어던지고 아까처럼 광분했을 거예요. 지금 그는 굴러온 호박을 제 발로 찼다는 걸 알면서도 스스로가 자랑스러울 겁니다. 그러니까 그가 내일이라도 이백 루블을 받게 하는 것쯤은 식은 죽 먹기라는 얘기예요. 돈을 내동댕이치고 짓밟음으로써 이미 자신의 명예는 충분히 입증했으니까요.

내가 내일 돈을 다시 가져다주리라는 건 꿈에도 생각지 못할 겁니다. 그렇지만 그에겐 돈이 정말 필요해요. 지금은 자랑스럽겠지만, 금방 자기가 굴러 온 행운을 걷어찼다는 생각을 하겠죠. 그래서 아마 밤잠을 설칠 거고, 그러다 날이 밝으면 나한테로 달려와 용서를 빌고 싶을 거예요. 바로 그때 ‘당신은 자긍심이 강한 사람이며 그것을 입증했으니 이젠 그만 이 돈을 받고 우리를 용서해 주십시오.'라고 말하는 거죠. 그는 반드시 이백 루블을 받을 겁니다."

알렉세이는 이렇게 말하며 희열을 느꼈다. 리즈는 손뼉을 탁치며 맞장구를 쳤다.

"아, 나도 이제 이해했어요. 알렉세이, 어쩜 이 모든 걸 알고 있어요? 나라면 그런 건 절대로 생각하지 못했을 텐데. 알렉세이, 당신은 가끔 학자처럼 똑똑한 데가 있다니까요. 잠깐, 저쪽 문을 살짝 열고 엄마가 엿듣는지 살펴봐 주세요."

리즈가 다급하게 속삭이자, 알렉세이는 문을 살짝 열어 주위를 살펴본 뒤 아무도 엿듣지 않는다고 전했다.

"이리 가까이 오세요, 알렉세이."

리즈는 얼굴을 붉히면서 말했다.

"당신한테 중요한 고백을 해야겠어요. 어제 그 편지, 장난이 아니었어요. 정말로 진지하게 쓴 거예요."

그녀는 이런 고백이 아주 부끄럽다는 듯 한 손으로 자신의 눈을 가렸다. 갑자기 그녀는 그의 손을 잡고 세 번이나 정열적으로 입을 맞추었다.

"아, 리즈! 정말 멋져요."

알렉세이가 기쁨에 겨워 소리쳤다.

"나는 어제 당신이 진지한 마음으로 그 편지를 썼다고 믿었어요."

리즈는 손을 놓지 않은 채 얼굴을 홍당무처럼 붉히면서 생글생글 웃었다.

"리즈, 나는 늘 당신 마음에 들고 싶은데 그 방법을 잘 모르겠어요."

알렉세이 역시 얼굴을 붉히면서 중얼거렸다.

"알렉세이, 있잖아요. 당신은 뻔뻔스러운 데가 있어요. 나를 마음대로 신붓감으로 정해 놓고 있으니 말이죠. 내가 진지한 마음으로 편지를 썼다고 확신하다니, 너무 오만한 거 아닌가요?"

"내가 확신하고 있었다는 게 그렇게 나쁜 건가요?"

알렉세이는 웃음을 터뜨렸다.

"아이, 알렉세이, 아니에요. 그건 너무나도 좋은 일이에요."

리즈는 부드러운 시선으로 그를 바라보았다. 알렉세이는 손을 그녀의 손에 내맡긴 채 서 있다가 몸을 숙여 그녀의 입술에 입을 맞추었다.

"어머, 왜 이래요?"

리즈가 낮게 소리쳤다. 알렉세이는 당황해서 변명을 늘어놓았다.

"아, 미안합니다. 정말 잘못했어요. 나더러 오만하다고 해서 입을 맞춘 건데, 영 바보같이 굴었군요."

리즈는 빙그레 웃으며 손으로 얼굴을 가렸다. 잠시 후 리즈는 웃음을 멈추고 심각하다 못해 차가운 목소리로 말했다.

"알렉세이, 당신같이 똑똑하고 사려 깊은 사람이 왜 나같이 병들고 멍청한 아이를 선택했는지 말해 주세요. 알렉세이, 나는 당신에 비하면 정말로 형편없는 존재거든요."

"리즈, 나는 곧 수도원에서 나올 겁니다. 속세로 나오면 결혼을 할 거예요. 그런데 당신보다 더 좋은 사람을 어디서 찾을 수 있겠어요? 또 당신이 아니라면 누가 나를 데려가겠습니까? 당신은 나를 어린 시절부터 알고 있고, 또 당신에겐 특별한 능력들이 아주 많이 있습니다. 당신은 나보다 밝고 건강한 영혼을 지녔습니다. 무엇보다 중요한 건 당신이 나보다 더 순수하다는 점이에요. 나는 이미 아주 많은 것을 겪었거든요. 아, 당신은 모르고 있어요. 어쨌든 나도 카라마조프 집안의 아들이 아닙니까? 당신이 곧잘 사람을 비웃고 놀리는 게 어때서요? 괜찮아요. 아니, 오히려 더 비웃어 줘요. 나는 그쪽이 더 편하니까."

"그런데 알렉세이, 어제도 오늘도 왜 이리 슬퍼 보이는 거죠? 당신에게 이런저런 괴로운 일들이 있다는 건 알아요. 아마 비밀스러운 일이겠지요?"

"그래요, 리즈. 비밀스러운 일입니다. 그걸 알아챈 걸 보니 당신은 정말 나를 사랑하고 있군요."

"무슨 일인지 말해 줄 수 없나요? 형들과 아버지 때문에 괴로운 건가요?"

"맞아요, 형들 일도 있죠."

알렉세이는 깊은 생각에 잠기면서 중얼거렸다.

"형들은 스스로 파멸의 길을 걷고 있어요, 아버지도요. 더불어 다른 사람들까지 파멸의 길로 몰아넣고 있지요. 여기에는 얼마 전에 파이시 신부님이 표현하신 대로 '카라마조프적인 대지의 힘', '대지의 광폭하고 다듬어지지 않는 힘'이 도사리고 있어요. 중요한 건 나 자신도 카라마조프 집안의 아들이라는 사실입니다.

게다가 바로 지금 나의 벗이 떠나가고 있습니다. 세상에서 제일 존경하는 분이 이 세상을 떠나려 하고 있어요. 내가 얼마나 그분에게 매여 있었는지, 그분과 정신적으로 얼마나 굳게 결합되어 있었는지를 당신이 안다면! 아, 이제 나는 혼자 남게 될 겁니다. 그때 당신을 찾아오겠습니다. 리즈, 앞으로는 쭉 함께하도록 해요."

"그래요, 함께해요! 지금부터 평생 동안 언제나 함께하는 거예요. 다시 입 맞춰 줘요. 허락할게요."

알렉세이는 그녀의 입술에 자신의 입술을 살짝 댔다.

"이제 가 보세요. 그리스도가 당신과 함께하시길! 그분이 살아 계실 때 어서 가 보세요. 내가 당신을 너무 오래 잡아 뒀군요. 오늘 나는 그분과 당신을 위해서 기도하겠어요. 알렉세이, 우리는 행복할 거예요, 그렇죠?"

"그럴 거예요, 리즈."

알렉세이는 호흘라코바 부인을 만나지 않고 곧장 거리로 나섰다.

제 1 4 장
형 제

　정말로 시간이 없었다. 리즈와 작별 인사를 나눌 때부터 알렉세이의 머릿속에는 한 가지 생각만 간절했다. 자신을 피하는 것이 분명한 드미트리를 어떻게 하면 만날 수 있을까, 하는 것이었다. 벌써 오후 두 시가 훌쩍 넘어 있었다. 알렉세이는 당장이라도 사경을 헤매고 있는 '위대하신 분'께 달려가고 싶었지만, 드미트리를 만나야겠다는 생각이 모든 것을 압도해 버렸다.

　알렉세이는 끔찍한 일이 기필코 일어날 것만 같은 예감에 사로잡혀 있었다. 하지만 이 파국이 정확히 무엇인지, 형을 만난다면 무슨 말을 해야 하는지 그 자신도 정확히 알지 못했다. 모든 것이 불투명하고 불안했다.

알렉세이는 어제 드미트리를 만났던 정원에 다시 가 보기로 했다. 만약 형이 거기에 없다면 저녁까지라도 기다릴 작정이었다. 알렉세이는 어제처럼 담장을 넘어 몰래 오두막으로 들어갔다. 다행히 오두막에는 아무도 없었다. 알렉세이는 자리를 잡고 앉아 드미트리가 나타나기를 기다렸다.

　십오 분이 채 지났을까. 난데없이 아주 가까운 곳에서 기타 소리가 들려왔다. 기껏해야 이십 보쯤 떨어진 곳에 있는 덤불숲에 누군가가 자리를 잡고 있는 듯했다. 기타 반주와 함께 남자의 달착지근한 목소리가 들렸다가 멈췄다. 그러자 이번엔 새침한 여자 목소리가 부드럽게 이어졌다.

　"우리 집에 발길이 너무 뜸하셨어요, 파벨 표도로비치. 우리를 업신여기시는 건가요?"

　"그럴 리가요? 전혀 아닙니다."

　남자의 목소리는 예의 발랐지만, 왠지 자기를 과시하는 것처럼 들렸다. 보아하니 여자가 남자의 비위를 맞추고 있는 게 분명했다.

　'파벨 표도로비치라고? 스메르쟈코프인 모양이군. 여자는 모스크바에서 왔다던 이 집 노파의 딸이 분명해.'

　알렉세이가 이렇게 생각하는 순간, 예기치 못한 일이 벌어졌다. 알렉세이가 재채기를 한 것이었다. 말소리가 금세 뚝 그쳤다. 알렉세이는 자리에서 일어나 그들 쪽으로 다가갔다. 그곳에는 한껏 멋을 내어 옷을 차려입은 스메르쟈코프가 있었다. 머리카락은 포마드를 발라 번지르르하게 빗어 넘겼고, 발에는 반짝반짝 윤이 나는 구두를 신고 있었다. 여자는 알렉세이의 짐작대로 이 집 노파의 딸, 마리야 콘드라치예브나였다.

"드미트리 형이 곧 돌아올까요?"

알렉세이는 아무렇지도 않은 듯이 말을 걸었다.

스메르쟈코프가 벤치에서 일어서자, 마리야도 따라서 일어섰다.

"제가 그분의 일을 어떻게 알겠습니까? 제가 그분을 지키는 사람이라도 됩니까?"

스메르쟈코프는 퉁명스럽게 대답했다.

"그냥 물어본 거예요. 혹시 봤나 해서요."

알렉세이가 변명하듯 말했다.

"그분이 어디 있는지도 모르고, 또 알고 싶지도 않습니다."

"집에서 일어나는 일을 형에게 모두 알려 주는 사람이 당신이라고 들었어요. 그루셴카가 오면 알려 주기로 약속했다던데."

"그거야 그분이 무자비하게 몰아세웠기 때문이지요. 두 번이나 죽여 버리겠다고 협박하신걸요."

스메르쟈코프는 갑자기 생각났다는 듯이 덧붙였다.

"참, 오늘 이반 도련님께서 날이 새자마자 저를 오제르나야 거리에 있는 드미트리 도련님 댁으로 보내셨습니다. 편지도 없이 그저 함께 식사를 하고 싶으니 광장에 있는 술집으로 꼭 와 달라는 말을 전하라고 하셨죠. 그래서 가긴 갔는데, 드미트리 도련님께서는 댁에 안 계셨습니다. 이반 도련님이 집에 식사하러 오시지 않은 걸 보면, 지금쯤 두 분이 함께 술집에 계실지도 모르겠군요."

"이반 형이 오늘 드미트리 형을 술집으로 불러냈단 말이에요? 고마워요, 스메르쟈코프. 당장 그리로 가 봐야겠어요."

"제가 알려 줬다는 말은 절대로 하지 말아 주십시오. 제발 부탁드립니다."

스메르쟈코프가 알렉세이의 등에 대고 소리쳤다.

알렉세이는 곧장 술집으로 내달렸다. 옷차림이 마음에 걸리긴 했지만, 사람을 시켜 그들을 불러내면 괜찮을 것 같았다.

그가 술집에 도착하기가 무섭게 갑자기 창문 하나가 열렸다. 그러더니 누군가가 알렉세이를 내려다보며 이름을 불렀다. 이반이었다.

"알렉세이, 지금 이쪽으로 와 줄 수 있니? 그래 주면 정말 고맙겠는데."

"물론. 그런데 이런 옷차림으로 괜찮을까?"

"별실을 빌렸으니까 괜찮을 거야. 입구 쪽으로 오면 내가 데리러 뛰어갈게."

일 분 뒤, 알렉세이는 이반과 나란히 앉아 있었다. 이반은 혼자 식사를 마치고 차를 마시는 중이었다. 알렉세이는 이반이 술집에 거의 가지 않는다는 걸, 아니 술집 자체를 좋아하지 않는다는 걸 알고 있었다. 그러니까 그가 여기에 있는 것은 오직 드미트리와 만나기로 약속했기 때문인 듯했다. 하지만 드미트리는 없었다.

"너라고 차만 마시고 살진 않겠지? 생선 수프를 주문할까?"

이반은 알렉세이를 우연찮게 붙잡은 것이 흐뭇해 죽겠다는 듯한 표정이었다.

"생선 수프도 주고 차도 줘. 배고파 죽겠어."

알렉세이가 반갑다는 듯이 말했다.

"버찌 잼은 어떠니? 이 집에 있단다. 너, 꼬마였을 때 버찌 잼을 참 좋아했지. 기억나니?"

"형은 그런 것도 기억해? 버찌 잼도 줘. 지금도 좋아해."

이반은 벨을 눌러 종업원에게 생선 수프와 차, 그리고 버찌 잼을 주문했다.

"알렉세이, 나는 네가 열한 살이 될 무렵까지는 전부 기억나. 그땐 열다섯 살과 열한 살이면 나이 차이가 많이 나는 셈이었으니 형제끼리 친구가 되긴 힘들었지. 내가 너를 좋아했는지 어쨌는지도 잘 모르겠어. 모스크바로 떠난 후 처음 몇 해 동안은 네 생각을 전혀 하지 못했거든. 그러고 나서 네가 모스크바에 왔을 때 어디선가 딱 한 번 만난 것이 전부였구나. 그리고 여기로 온

지도 그럭저럭 넉 달째로 접어드는데, 지금까지 우리는 제대로 대화를 주고받지 못했어. 내일이면 나는 또다시 떠날 텐데 말이야. 여기 앉아서 어떻게 하면 이 녀석을 만나 작별 인사를 잘할 수 있을까, 고민하고 있었는데……. 마침 네가 이쪽으로 달려오는 게 보이잖니?"

"형은 나를 정말 만나고 싶었구나?"

"그래, 무척 만나고 싶었지. 마지막으로 너와 가까워지고, 또 너에게 나를 제대로 알려 준 뒤에 작별 인사를 하고 싶어서. 내 생각에 서로 가까워지기에는 이별을 앞둔 시점이 가장 좋은 것 같아.

요 석 달 내내, 너는 나를 조용히 지켜보았지? 네 시선 속에 끊임없는 기대가 담겨 있더구나. 나는 그걸 참을 수 없었어. 그래서 너한테 일부러 다가가지 않았던 거야. 하지만 결국에는 너를 존경하게 되었단다. 어린 녀석이 제법 확고해서 말이야. 웃으면서 말하고 있지만 나름 진지하다는 것을 알아줘라. 나는 확고한 녀석들이 좋아. 비록 네가 아직은 애송이이고, 나와는 입장이 다르더라도 말이야. 기대 어린 너의 시선이 결코 싫지 않았어. 오히려 좋아하게 됐지. 너도 왠지 나를 좋아하는 거 같았고. 그렇지 않니, 알렉세이?"

"좋아하고말고. 드미트리 형은 이반 형을 '무덤'이라고 말하곤 했어. 나는 형을 '수수께끼'라고 말하고 싶어. 지금도 여전히 수수께끼 같지만 처음보다는 많은 것들이 이해가 돼. 고작 오늘 아침부터 그런 거긴 하지만."

"뭘 이해했니?"

이반이 웃으며 물었다.

"화내지 않을 거지? 형도 스물네 살의 젊은이라는 거. 젊다 못해 풋풋한 청년……. 그러니까 아직 주둥이가 샛노란 애송이라는 거! 형, 기분 나빠?"

알렉세이가 웃으며 말했다.

"하하, 전혀. 오히려 너무 정확한 표현이라 충격적인걸!"

이반이 즐겁게 받아쳤다.

"실은 말이야, 아까 카테리나의 집에서 나온 뒤로 계속해서 나는 주둥이가 샛노란 스물네 살에 불과하다는 생각을 했어. 근데 네가 정확히 그걸 알아맞히는구나.

내가 여기서 무슨 생각을 했는지 아니? '내가 삶을 믿지 않을지라도, 사랑하는 여자에게 환멸을 느끼고 사물의 질서에 환멸을 느낄지라도, 모든 것이 무질서하고 저주받은 악마의 혼돈이라는 확신이 들더라도, 인류의 환멸이 아무리 무섭게 나를 내리치더라도 나는 살고 싶다.'라고 생각했어. 이 잔에 입을 댔으니 그것을 완전히 물리치기 전까지 절대로 입을 떼지 않을 거야! 서른 살쯤 되면 다 마시지 않은 잔을 내던지고 훌쩍 떠날 테지만. 서른 살이 되기 전까지는 나의 젊음이 모든 환멸과 삶에 대한 혐오를 압도할 거야. 나는 '내 안에 있는 광적이고 불순한 욕망을 압도할, 그렇게 큰 절망이 이 세상에 과연 있을까?'라는 질문을 수없이 던지곤 했어. 그리고 그런 건 없다는 결론을 내렸지. 나는 봄날의 끈끈한 잎사귀와 시리도록 파란 하늘이 좋아! 이건 머리나 논리의 문제가 아니야. 마음속으로, 뱃속으로 정말 사랑하는 거야. 나의 젊은 힘을 사랑하는 거지. 이런, 허튼소리를 잔뜩 늘어놓았군. 이해되니, 알렉세이?"

이반은 어딘가 허전한 듯이 쓴웃음을 지었다.

"이해해. 마음속으로, 뱃속으로 사랑하고 싶다니 정말로 멋진 말이야. 형이 그토록 살고 싶어 하다니 진심으로 기뻐."

알렉세이가 소리쳤다.

"나는 사람들이 무엇보다 삶을 사랑해야 한다고 생각하거든."

"삶을 더 많이 사랑해야 된다?"

"그래! 형 말대로 반드시 논리적일 필요 없이, 그저 삶을 사랑해야 해. 그래야 삶의 가치를 깨닫게 되니까. 나는 이런 생각을 오래전부터 해 왔어. 형도 이제 절반은 된 거야. 이반 형, 성취된 거라고! 살고 싶어 하니까 말이야. 이제 형은 형의 나머지 절반을 위해 노력하면 돼. 그러면 형은 구원받을 거야."

"너는 어떤 영감에 잠겨 말하는 것 같구나. 이런 식의 신앙 고백……, 미치도록 괜찮은걸! 그러니까 견습 수사들의 신앙 고백 말이야. 역시 너는 단단한 놈이야, 알렉세이. 참, 수도원에서 나오고 싶다는 건 정말이니?"

"응, 정말이야. 신부님께서 그걸 원하시니까."

"그럼, 또 보게 되겠구나. 속세에서 말이지. 내가 슬슬 잔에서 입을 떼기 시작할 서른 살이 되기 전에 만나자꾸나. 참, 오늘 드미트리 형 못 봤니?"

"못 봤어. 하지만 스메르쟈코프는 봤어."

알렉세이는 빠르고 자세하게 스메르쟈코프와 만났던 얘기를 했다. 이반은 걱정스런 얼굴로 귀를 기울였다. 어떤 것에 대해선 다시 질문을 던지기도 했다.

잠시 뒤, 이반은 인상을 찌푸리면서 생각에 잠겼다.

"형, 스메르쟈코프 때문에 그러는 거야?"

알렉세이가 물었다.

"그래, 그 녀석 때문이야. 드미트리 형을 정말로 만나고 싶었는데……. 이젠 됐다!"

이반은 무언가 마음에서 떨쳐 내려는 듯이 말했다.

"정말로 이렇게 떠나는 거야, 형?"

"그래."

"드미트리 형과 아버지는 어떡하라고? 두 사람 일은 결국 어떻게 끝날까?"

알렉세이가 불안한 마음에 잠겨서 말했다.

"또 지긋지긋한 그 얘기냐? 나는 뭐냐? 내가 드미트리 형을 지키는 사람이라도 된다는 거야, 뭐야?"

이반은 짜증스럽다는 듯 말하며 씁쓸한 미소를 지었다.

"하느님이 살해된 동생에 대해 물었을 때, 카인이 내놓은 답이군. 너도 혹시 그 생각을 한 거니? 내가 그들 옆에서 문지기 노릇이나 하고 있을 수는 없잖아. 볼일이 끝났으니까 떠나는 거야. 네가 증인이잖아."

"아까 카테리나와 있었던 일?"

"그래, 그녀와의 일……. 단칼에 끝장을 봤지. 드미트리 형이 나와 무슨 상관이야? 나는 단지 카테리나에게 볼일이 있었던 것뿐이야. 형이 나와 무슨 음모라도 꾸민 듯 행동했다는 건 너도 알고 있지? 하지만 나는 형한테 아무것도 부탁한 게 없어. 알렉세이, 내 마음은 지금 정말로 홀가분해. 나는 처음으로 맞는 이 자유의 시간을 축하하려고 샴페인을 주문할 참이었어. 거의 반년이나 매달려 있다가 한 방에, 모든 것을 한 방에 벗어던진 거야."

"지금 형의 사랑 얘기를 하는 거야?"

"네가 그렇게 생각한다면 사랑이라고 해 두자. 그래, 나는 그 아가씨한테, 그 여대생한테 정말로 홀딱 반했었다. 그녀는 나를 괴롭혔고, 나는 그녀와 더불어 괴로워했지. 완전히 그녀에게 매달려 있었는데, 한순간에 다 끝나 버린 거야. 지금도 그녀를 사랑하지만, 그녀 곁을 떠나는 것이 너무나 홀가분해. 내가 허세를 부린다고 생각하니?"

"아니. 그런데 그게 정말 사랑이 아니었을까?"

"알렉세이, 그녀 때문에 내가 얼마나 괴로웠는지 아니? 그동안 나는 파열 옆에 앉아 있었던 거라고. 그녀는 내가 자기를 사랑한다는 걸 알고 있었어. 사실은 그녀도 드미트리 형이 아니라 나를 사랑했지."

이반은 즐거운 듯 말을 이었다.

"드미트리 형은 그저 그녀의 파열에 불과해. 내가 아까 그녀에게 말한 건 모두 사실이야. 하지만 가장 중요한 문제는, 자신이 드미트리 형을 전혀 사랑하지 않고, 오직 자기가 괴롭히는 나를 사랑하고 있다는 사실을 깨닫기까지 앞으로 한 이십 년은 걸릴지도 모른다는 점이지. 아니, 어쩌면 영원히 깨닫지 못할 수도 있어. 그게 더 좋을 수도 있고. 그나저나 그녀는 어떻니? 내가 나온 뒤에 어땠어?"

알렉세이는 그녀가 발작을 일으켜 헛소리를 하다가 끝내 의식을 잃었다고 말했다.

"호흘라코바 부인이 거짓말하는 건 아닐까?"

"그런 것 같지는 않았어."

"신경 쇠약으로 죽었다는 이야기는 아직 들어 보지 못했다. 자, 나의 자유를 위해 축배를 들자꾸나."

"아니야, 형. 나는 마시지 않는 편이 낫겠어. 웬일인지 우울한 생각이 들어서……."

"그래, 네가 오래전부터 우울해 했다는 걸 알고 있었어. 넌 그 우울함을 하느님께 의지하면 풀 수 있다고 생각하니? 나는 하느님을 거부하지 않지만 온전히 받아들이기도 힘들어."

"왜?"

"만약 하느님이 존재하고 그분이 진실로 세상을 창조했다면, 인간은 자신들이 만들어진 목적을 이해해야 하지 않겠니? 사람들을 봐. 그런 존재냐? 그러니까 당연히 하느님이 창조한 세상을 거부할 수밖에 없는 거야."

"진짜 그게 형이 하느님을 받아들일 수 없는 이유야?"

"인간은 자신과 별 상관이 없는 존재에 대해서는 애정을 품으면서도 이웃을 사랑하진 않잖아. 그리스도가 행하신 사랑이 이 세상에서는 불가능하단 뜻이야. 세상에 넘쳐나는 고통과 야만적인 행위가 바로 그 증거야.

우리 러시아의 고대 풍습 모음집에서 읽었는데, 19세기 농노제 때 한 장군의 이야기야. 이 장군은 자기가 기르는 사냥개의 다리에 상처를 냈다고, 여덟 살 난 소년 앞에다 자신의 사냥개를 모두 풀었단다. 소년을 아주 갈기갈기 찢어 죽인 거지. 그것도 소년의 어머니가 보는 앞에서 말이야. 만약 하느님이 존재한다면 이처럼 참혹한 일들이 어떻게 일어나겠니? 인간의 죄 때문이라고? 아무 죄도 없는 어린아이들이 고통받는 건 무엇 때문이니? 나는 세상에서 이러한 불의가 자행되도록 내버려 두는 하느님을 결코 받아들일 수가 없어. 알렉세이, 나는 단지 존경하는 마음으로 하느님의 권리를 되돌려 줄 뿐이야."

알렉세이는 형의 긴 이야기를 묵묵히 듣다가 겨우 입을 열었다.

"형, 그런 생각은 반역이야!"

"반역이라고? 사람이 작은 생명체를 고문하고 죽여야만 완벽한 인간 세계가 유지된다고 가정해 봐. 너는 그런 세상의 건설자가 되겠니?"

"나는 그리스도가 만물을 위해 무고한 피를 흘렸기 때문에 모든 것을 용서할 수 있는 분이 존재한다는 것을 믿어."

"그래, 죄를 짓지 않은 분이 계신다는 거지? 참, 말이 나온 김에 한번 들어 보겠니? 일 년 전쯤에 내가 지은 서사시야."

"서사시를 썼어?"

"별거 아니야. 아직 쓴 건 아니고……. '대심문관'이라고 제목을 붙였는데, 부족한 작품이긴 하지만 너한테는 꼭 들려주고 싶어서 그래."

이반의 서사시는 16세기 스페인의 세비야를 배경으로 하고 있었다.

눈에 띄지 않게 민중 속에 살며시 출현한 그리스도를, 세상 사람들은 순식간에 알아챘다. 민중은 억누를 수 없는 강력한 힘에 이끌리듯 그를 에워싸고 뒤를 따라갔다. 어릴 때 장님이 된 한 노인이 '주여, 눈을 뜨게 해 주십시오!'라고 외치자, 그는 곧 눈을 뜨게 되었다.

뚜껑을 덮지 않은 조그만 관이 그리스도 곁을 지나 성당으로 운반되고 있었는데, 죽은 아이의 어머니가 그리스도의 발밑에 몸을 던지고는 '만약에 당신이 예수님이시라면 내 딸을 다시 소생시켜 주십시오!'라며 두 손을 뻗치고 외쳤다.

그리스도가 조용히 입을 열어 '소녀야, 일어나라!'라고 하자, 소녀는 관 속에서 일어나 앉더니 눈을 동그랗게 뜨고 방실방실 웃으며 주위를 둘러보았다. 군중 속에서 엄청난 동요가 일어났다. 바로 그때 대심문관인 추기경이 나타났다.

대심문관은 나이가 아흔 살에 가까운 노인이었다. 그는 키가 크고 허리가 꼿꼿했으며 여윈 얼굴에 눈자위가 움푹 꺼져 있었다. 하지만 아직도 눈동자에 불꽃과 같은 광채가 번쩍였다. 그는 모든 것을 보았다. 소녀가 다시 살아나는 것까지.

대심문관은 호위병에게 그리스도를 체포하라고 명령했다. 그의 명령이라면 누구나 복종하도록 길들여져 있었으므로, 군중은 호위병들에게 얼른 길을 비켜 주었다. 호위병들은 그리스도를 신성 재판소의 낡은 건물 앞에 있는 감방으로 끌고 가서 가둔 다음 자물쇠를 굳게 잠가 버렸다.

날이 저물어 밤이 밀려오자, 늙은 대심문관이 감방으로 그리스도를 찾아왔다. 대심문관이 말했다.

"너는 오랜 세월 동안 우리가 견고하게 완성한 교회를 파괴하려 하고 있다. 너는 지금 자유를 세상에 퍼뜨리려 하고 있다. 그러나 어리석고 비천한 민중은 자유의 뜻을 이해하지 못하고 오히려 두려워하고 있지. 왜냐하면 인간들에게 자유보다 더 견디기 어려운 것은 없기 때문이다! 그들은 자신들이 너무나 무력하고 나약할 뿐만 아니라 한 푼의 값어치도 없는 반역자들이기 때문에 절대로 자유를 누릴 수 없다는 것을 깨닫게 될 거야.

너는 그들에게 하늘의 양식을 약속했지만, 무력하고 죄 많은 비천한 인간의 눈으로 볼 때 과연 하늘의 빵이 지금 땅 위에서 먹는 빵만 할 수 있겠느냐? 너는 인간이 선악의 자유로운 선택보다 평안함을 더욱 귀중하게 여긴다는 것을 잊었느냐? 물론 인간은 양심의 자유를 가장 매혹적으로 여기지만, 또한 그것보다 더 괴로운 것도 없다. 그런데 너는 인간의 양심을 영원히 평안케 할 확고한 근거를 주지 않은 채 수수께끼처럼 아리송해서 인간이 힘에 겨워하는 자유만을 주려 한다. 너는 인간의 양심을 지배하는 대신에, 오히려 그 양심에 책임을 지워 더 큰 괴로움을 주지 않았느냐는 말이다.

그 결과 인간은 무엇이 선이고 무엇이 악인지, 각자의 의지에 따라 결정하지 않을 수 없게 되었다. 무력한 인간들의 양심을 영원히 정복해서 행복을 줄 수 있는 방법은 세 가지밖에 없다. 바로 기적과 신비와 권위이다. 그런데 너는 이 세 가지 모두를 거부했다.

너는 많은 사람들이 '십자가에서 내려와 봐라. 그럼 네가 하느님의 아들이라는 걸 믿겠다.'라고 희롱할 때에도 십자가에서 내려오지 않았다. 그때도 역시 인간을 기적의 노예로 삼기를 거부하고 자유로운 신앙을 심어 주려고 내려오지 않았던 것이다. 너는 자유로운 사랑을 원하기 때문에 사람의 마음속에 복종하고자 하는 의지를 외면한 것이다.

그러나 너는 인간을 너무 높이 평가했다. 기적을 부정하는 인간은 신까지도 부정한다. 왜냐하면 인간에게는 신보다 기적이 더욱 필요하기 때문이다. 우리는 너의 사업을 수정해 그것을 기적과 신비와 교권의 위에 세워 놓았다. 그러자 민중은 다시 자기들을 양 떼처럼 이끌어 줄 목자가 생기고 끝없는 고통의 원인인 그 무서운 양심을 마침내 제거해 줄 거라며 기뻐했다.

나는 너의 사랑 같은 건 원하지 않는다. 우리의 친구는 네가 아니라 '악마'이다. 숭배할 만한 사람과 양심을 맡길 만한 사람, 그리고 모두가 일치하여 개미처럼 결합할 수 있는 신앙이 인간에게는 필요하다. 너는 너를 선택한 사람들만 사랑하지만, 우리는 모든 사람에게 안식을 주려고 한다. 우리는 비밀을 간직한 채, 그들 자신의 행복을 위해 천국의 영원한 보상을 미끼로 하여 그들을 끝까지 유혹할 것이다."

줄곧 말없이 듣고 있던 알렉세이는, 서사시가 끝날 무렵 자리에서 벌떡 일어나며 소리쳤다.

"이건 불합리해! 형의 서사시는 그리스도에 대한 찬미일 뿐 비난이 아니잖아. 과연 이것이 정교의 해석일까? 이건 로마의 해석이야. 아니, 로마의 해석이라 하더라도 아주 부분적인 것에 지나지 않아. 이건 거짓말이야. 이건 기독교 중에서도 가장 나쁜 사상이라고!"

알렉세이는 잠시 숨을 고르고 이반에게 물었다.

"그래서 끝은 어떻게 돼?"

이반이 대답했다.

"나는 이렇게 끝내고 싶었어. 늙은 대심문관은 말을 마치고 얼마 동안 죄수의 대답을 기다려. 죄수는 말없이 대심문관에게 다가오더니, 아흔 살의 그 핏기 없는 입술에 조용히 입을 맞추지. 그것이 대답의 전부야. 대심문관은 몸서리를 치지. 입술 양끝이 경련을 일으킨 듯 파르르 떨리는 거야. 그는 문을 열어젖히고는 '자, 어서 나가라. 그리고 다시는 오지 마라. 앞으로 영원히!' 이렇게 말하고 그를 어둠의 광장으로 내보내. 죄수의 입맞춤은 대심문관의 가슴에 불을 지폈지만, 그래도 그는 자기 사상에서 빠져나올 수 없지."

"형도 그 대심문관과 한패지? 가슴과 머리에 그런 지옥을 품고서 어떻게 살 수가 있어? 도저히 견딜 수 없을 거야."

"무엇이든 견딜 만한 힘은 있어."

"어떤 힘인데?"

"카라마조프적인 힘이지. 카라마조프적인 비열한 힘 말이다."

"그래서 모든 것이 허용된다는 거야?"

"그래, 모든 것이 허용된다고 할 수도 있겠지. 내 입으로 한 말이니 부정하지는 않을게."

알렉세이는 자리에서 일어나 형에게로 다가가 조용히 입술에 입을 맞췄다.

"문학적인 표절이군!"

이반이 외쳤다.

"너는 이 입맞춤을 내 서사시에서 훔쳤어! 자, 알렉세이, 이만 일어나자."

그들은 밖으로 나오다가, 술집 현관에서 걸음을 멈췄다.

"알렉세이, 네가 이 세상 어딘가에 있다는 생각만으로도 나는 삶에 싫증을 느끼지 않을 거야. 그래, 내 사랑의 고백이라고 해도 좋다. 다음에 우리가 또 만날 땐 오늘 있었던 일에 대해서는 아무 말도 하지 않았으면 해."

알렉세이는 말없이 형을 바라보았다. 이반은 다시 확고한 목소리로 덧붙였다.

"알렉세이, 너한테 한 가지 약속하마. 서른 살쯤 되어 술잔을 바닥에 내동댕이치고 싶어질 때 반드시 너를 찾아갈게. 설령 내가 아메리카에 있더라도 달려갈 테니, 그리 알고 지내렴. 일부러 찾아가겠다는 거야. 그때 너는 어떤 모습을 하고 있을까? 자, 이제 너의 죽어 가는 신부님에게 가 봐라. 내가 너를 붙잡아 둔 바람에 그의 임종을 못 지켰다고 화를 낼지도 모르니까."

이반은 뒤도 돌아보지 않고 뚜벅뚜벅 앞으로 걸어갔다. 알렉세이는 이반의 뒷모습이 어제 보았던 드미트리의 모습과 너무나 비슷하다고 생각했다. 이 슬프고 애잔한 느낌이 머릿속을 번뜩 스치자, 알렉세이는 이반의 뒷모습을 더 오랫동안 바라보며 서 있었다. 무엇 때문인지 이반은 비틀거리듯 걷고 있었는데, 오른쪽 어깨가 왼쪽보다 더 처져 있었다. 전에는 미처 알지 못했던 모습이었다.

이반의 뒷모습을 물끄러미 바라보던 알렉세이는 문득 정신을 차리고 뛰다시피 해서 수도원으로 향했다. 사방은 이미 깜깜했다.

'이반 형, 가엾은 이반 형! 언제쯤 형을 다시 보게 될까? 암자에 다 왔다. 주여! 그래, 그분이 나를 구원해 주실 거야. 형에게서 영원히!'

그는 아침까지만 해도, 아니 불과 몇 시간 전까지만 해도 반드시 드미트리를 만나야겠다고 생각했다. 오늘 안에 그를 찾지 못하면 수도원으로 돌아가지 못하더라도 시내에 머물러 있겠다고 다짐하면서. 그런데도 이반과 헤어진 뒤, 그는 드미트리를 깡그리 잊고 말았다. 이것은 두고두고 의혹으로 남았다.

제 15 장
수상한 예감

이반은 알렉세이와 헤어진 후 아버지 집으로 갔다. 그런데 그에게 참기 힘든 우수가 엄습했다. 걸음을 내딛고 집이 가까워질수록 그 감정이 점점 더 커졌다. 무엇 때문인지는 알 수 없었다.

그러나 이런 감정은 이전에도 자주 느꼈으므로 그리 놀랄 일은 아니었다. 그는 자신을 이곳으로 이끈 모든 것에서 완전히 벗어나, 내일이면 다시 예전처럼 혼자가 되어 미지의 길로 떠날 채비를 마쳤기 때문이다. 그런데 지금 느껴지는 우수는 그간의 것과 조금 다르게 와 닿았다.

'아버지에 대한 혐오감 때문일까? 그 정도로 역겨워졌나? 이 추악한 문지방을 넘는 것도 오늘로 마지막이다. 그렇지만 이건 아닌데. 알렉세이와 그런 이야기를 나누고 헤어졌기 때문인가? 그러나 그것도 아니야, 절대로 아니야. 구토가 날 만큼 강렬한 느낌인데, 뭔지 알 수가 없군. 차라리 생각하지 말자.'

이반은 가장 고약하고 짜증스러운 상태로 아버지 집에 도착했다. 그는 대문 안을 힐끔 들여다보다가 대번에 자신을 그토록 불편하게 한 것이 무엇인지 알아냈다. 대문 옆 벤치에 스메르쟈코프가 앉아 있었던 것이다.

이반은 그를 보자마자 자신의 영혼 속에도 스메르쟈코프가 앉아 있으며, 바로 그것 때문에 강렬한 우수가 시작됐음을 깨달았다. 모든 것이 명확해졌다. 아까 알렉세이가 스메르쟈코프를 만났다는 이야기를 듣는 순간, 뭔가 음울하고 역겨운 것이 그의 심장을 파고들어 반사적인 악의가 생겨났다.

'아니, 저 걸레 같은 불한당이 이 정도까지 내 신경을 긁어 놓다니!'

이반은 요 며칠 사이에 스메르쟈코프를 깊이 증오하게 됐다. 처음 이 마을에 왔을 때와는 달리, 스메르쟈코프에 대한 증오심은 나날이 커져 갔다. 처음에는 스메르쟈코프에게 특별한 관심을 보이며 여러 차례 대화를 시도하기도 했다.

그러나 시간이 흐를수록 상대방의 불안한 정신 상태를 이해할 수 없었다. 그들은 종교적이고 철학적인 주제에 대한 토론을 즐겼다. 태양, 달, 별 같은 것은 넷째 날에 만들어졌는데, 첫째 날에는 대체 어떤 빛이 존재했을까, 같은…….

오래지 않아 이반은 스메르쟈코프의 관심이 완전히 다른 것에 있다는 것을 알게 되었다. 차츰차츰 그의 비열한 면모를 파악하게 된 것이었다. 그럴수록 이반은 그가 마음에 들지 않았고 결국은 혐오하게까지 되었다.

그루셴카와 드미트리의 소동으로 집 안이 시끄러울 때에도 그들의 토론은 끊이지 않았다. 스메르쟈코프는 그만큼 이런 대화에 적극적이었지만, 그가 정말로 무엇을 원하는지는 알아낼 수가 없었다. 그가 내뱉는 말들은 모두 앞뒤가 맞지 않고 허황된 것들이라 어이가 없을 정도였다.

스메르쟈코프는 미리 준비한 것이 분명한 질문들을 이반에게 넌지시 던지면서 이것저것 캐물었다. 그러면서도 무엇을 위해서인지는 설명하지 않았다. 자신의 궁금증 때문에 대화가 절정에 올랐을 때에 갑자기 입을 다물어 버리기 일쑤였다.

스메르쟈코프는 지나치게 허물없는 태도를 보였는데, 이것이 이반을 자극한 데 결정적인 요인이 되었다. 그는 주인을 섬기듯 공손한 태도를 취하면서도 이반과 남다른 친분이 있는 양 처신했다. 늘 둘만의 약속이나 비밀이 있는 것처럼 구는 것이 이반의 신경에 거슬렸다. 이반은 최근에 와서야 이런 점을 좀 더 확실히 깨달았다. 그래서 스메르쟈코프를 점차 멀리하고 있는 중이었다.

스메르쟈코프는 벤치에서 잽싸게 일어나며 이반과 특별히 나눌 얘기가 있다는 듯한 몸짓을 보였다.

'썩 꺼져라, 불한당 같은 놈. 내가 네놈이랑 두 번 다시 어울릴 줄 알고? 바보 같은 자식!'

이반의 혀끝에서는 이 말이 맴돌았지만 전혀 엉뚱한 말이 튀어나왔다. 스스로도 깜짝 놀라지 않을 수 없었다.

"아버지는 주무시나, 아니면 일어나셨나?"

이반은 속마음과는 다르게 태연히 말을 걸었다. 게다가 스메르쟈코프 옆에 나란히 앉기까지 했다. 순간 그는 속으로 섬뜩했다.

"아직 주무십니다요."

스메르쟈코프는 '나한테 먼저 말을 건 사람은 네놈이야, 내가 아니라……'라고 말하는 듯한 표정을 지었다.

"도련님도 참 놀랍습니다."

그는 불쑥 이렇게 말했다.

"뭐가 놀랍다는 거냐?"

"왜 체르마쉬냐에는 안 가십니까?"

스메르쟈코프가 그를 훑어보면서 묘한 미소를 지었다.

'영리한 사람이니까 내가 무엇 때문에 미소 짓는지 금방 알아차리겠지.'

왼쪽 눈을 윙크하듯 가늘게 뜨는 모양새가 꼭 이렇게 말하고 있는 듯했다.

"내가 체르마쉬냐에 왜 가야 하는데?"

이반이 물었지만, 스메르쟈코프는 입을 굳게 다물었다.

"에이, 빌어먹을! 어서 말해, 네놈한테 필요한 게 뭐야?"

이반은 버럭 성질을 냈다. 스메르쟈코프는 여전히 태평한 표정을 하고서 그를 바라보았다.

"특별한 건 없고 그저 대화를 좀 나눴으면 해서……."

다시 침묵이 찾아왔다. 거의 일 분가량 두 사람 다 아무 말을 하지 않았다.

이반은 당장이라도 벌떡 일어나서 화를 내야 된다는 것을 알고 있었다. 스메르쟈코프는 꼭 뭔가를 기다리는 듯한 눈치였다. 마침내 이반은 자리에서 일어나기 위해 몸을 움직였다. 그 순간을 스메르쟈코프는 놓치지 않았다.

"제 처지가 말이 아닙니다, 도련님. 제 몸 하나 건사하기도 힘들 지경입니다."

그는 말을 끊고 한숨을 내쉬었다. 이반은 다시 자리에 앉았다.

"모두 어쩌나 고집을 부리시는지, 두 분 다 완전히 어린애가 된 것 같습니다. 주인 나리와 드미트리 도련님 말입니다. 두 분은 따로따로 이것저것 캐물으면서 저를 닦아세웁니다. 자정이 넘어서도 계속 말입죠. 드미트리 도련님께서는 무기까지 들고 협박합니다. 날이 갈수록 두 분의 역정이 심해지는 바람에 무서워서, 어떨 때는 확 죽어 버리고 싶다니까요."

"왜 중간에 끼어서 그러고 있는 거지? 어째서 형에게 아버지의 일과를 시시콜콜 일러바치느냐고."

이반은 짜증스럽게 말했다.

"어떻게 끼어들지 않을 수 있겠습니까? 아니, 제가 끼어든 건 아닙니다. 전 그저 그분의 하인일 뿐이니까요. 그나저나 도련님, 저는 내일 오래도록 간질 발작을 일으킬 것 같습니다."

"간질 발작?"

"굉장히 오랫동안 발작하는 거죠. 몇 시간, 어쩌면 하루나 이틀 동안 말입니다. 한번은 다락방에서 떨어져 사흘 정도나 계속된 적이 있습니다. 발작이 멎나 싶다가 또다시 시작됐죠. 그렇게 꼬박 사흘 동안 정신을 못 차렸습니다."

"간질 발작은 예측할 수 없다고 하던데, 너는 어떻게 내일이라고 말하는 거지?"

이번엔 이반이 호기심을 보이며 물었다.

"물론 미리 알 수 없습니다."

"게다가 다락방에서 떨어진 것은 사고가 아니냐?"

"다락방에는 매일 올라가니까 내일도 다락방에서 떨어질 수 있다는 뜻이죠. 다락방이 아니라면 지하 창고에서 떨어질 수도 있고요. 지하 창고에도 매일 가니까요."

이반은 그를 유심히 바라보았다.

"허튼수작하지 마. 네놈은 알다가도 모르겠어. 내일부터 사흘 동안 간질 발작이 일어난 척이라도 하겠다는 거냐?"

이반이 조용하지만 위협적으로 말하자, 땅바닥을 보면서 발로 장난을 치던 스메르쟈코프는 고개를 들며 씩 웃었다.

"만약에 그럴 수 있다면요. 저는 간질에 대해서라면 노련하니까 그런 시늉을 하거나 장난을 칠 수도 있죠. 어쨌거나 그건 완전히 제 권리입니다. 그루센카가 주인 나리를 찾아오더라도 제가 발작으로 누워 있으면 아무 일 없을 겁니다. 그분도 아픈 사람한테 '왜 알리지 않았느냐?'고 따지실 순 없을 테죠."

"에이, 빌어먹을! 드미트리 형은 그저 홧김에 겁을 준 것뿐이야. 형이 겨우 네놈 따위를 죽일 것 같아?"

이반은 얼굴을 일그러뜨리면서 소리를 질렀다.

"파리 새끼 잡듯이 간단하게 죽일걸요. 하지만 그것보다 더 무서운 게 있어요. 그분이 주인 나리에게 터무니없는 일을 저지를까 봐요. 그렇게 되면 제가 그분과 공범으로 몰리지 않겠습니까? 그분에게 신호를 알려 준 것이 바로 저니까요."

"신호라니? 누구에게 뭘 알려 줬다는 거냐? 똑바로 말해!"

"결국 모두 고백해야겠군요."

스메르쟈코프는 약을 올리듯 뜸을 들이다가 말했다.

"저와 주인 나리 사이에 한 가지 비밀이 있습니다. 그분은 벌써 며칠째 밤이 되면, 아니 해가 떨어지기만 해도 곧장 문단속을 하시는데요. 그러면서 저에게, '너는 자정, 아니 더 늦더라도 그 여자가 오는지 살피거라. 만약 그 여자가 오면 냉큼 달려와 문이나 정원 쪽으로 난 창문을 두드려. 처음 두 번은 조용하게 톡톡, 그다음엔 좀 더 빠르게 세 번 툭툭툭 두드리는 거다. 그러면 내가 살그머니 문을 열어 주마.' 이렇게 말씀하셨죠.

다급하고 특별한 일이 일어날 때를 대비해 다른 신호도 알려 주셨어요. 처음 두 번은 급하게 툭툭, 그다음에는 한 템포를 기다린 뒤 훨씬 더 세게 두드리는 것이죠. 이 신호는 저와 그분만의 비밀이지만, 이제 드미트리 도련님도 아시게 됐습니다."

"네가 말해 주었으니까 알게 됐다는 거잖아. 어떻게 그런 짓을 할 생각을 한 게냐?"

"너무 무서워서 그랬습니다. 그분 앞에서 제가 어찌 입을 다물고 있겠습니까?"

"형이 그 신호를 이용해서 안으로 들어가려고 해도 절대 들여보내지 마."

"하지만 제가 발작으로 누워 있기라도 하게 되면, 그때는 막을 도리가 없지요."

"너는 어떻게 간질 발작이 일어나리라고 확신하는 거냐? 이놈아, 지금 나를 갖고 노는 거냐?"

"도련님을 갖고 놀다니, 그럴 리가 있습니까? 간질 발작이 일어나리라는 예감이 듭니다. 그저 예감이 든다 이겁니다. 너무 무서워도 발작은 일어날 수 있거든요."

"그럼, 그리고리가 망을 보면 되겠구나. 그리고리에게 미리 알려 주지 그러냐?"

"주인 나리의 명령 없이는 절대로 알려 줄 수 없습니다. 게다가 그리고리는 어제부터 몸져누웠습니다. 내일 마르파가 물약을 가져다줄 거예요. 그들은 독한 물약을 먹고 그대로 잠들어서 오랫동안 일어나지 않곤 해요. 내일 마르파가 물약을 가져다주면, 그리고리는 드미트리 도련님이 오시더라도 알 수 없을 겁니다. 들여보내고 말고 할 것도 없죠. 자고 있을 테니까요."

"무슨 헛소리를 늘어놓는 거냐? 그러니까 네놈한테는 간질 발작이 일어나고, 두 사람은 인사불성 상태가 될 거라는 소리냐? 모든 것이 맞아떨어지도록 네놈이 뭔가 수작을 부릴 작정이지?"

이반은 위협적으로 말하며 미간을 찌푸렸다.

"수작을 부리다니요? 어떻게 그럴 수가 있어요? 무엇을 위해서요? 이 모든 것이 드미트리 도련님의 생각에 달려 거죠, 뭐. 그분이 뭔가를 저지르고 싶다면 저지르는 것이고 아니면 아닌 것이지. 제가 일부러 그분을 주인 나리 방으로 떠밀기라도 하겠습니까?"

"뭐라고? 형이 어째서 아버지 방에 들어간단 말이냐? 네 말대로 그루센카가 오지 않는다면 몰래 그런 짓을 할 이유가 없지

않느냐?"

이반은 열이 잔뜩 올라 소리를 질렀다.

"네 입으로도 그렇게 말했고, 내 생각에도 아버지 혼자서 공상에 빠져 있는 거야. 대체 네놈의 생각은 뭐냐? 냉큼 말해 봐."

"그건 도련님이 더 잘 알고 계실 텐데요. 분을 참지 못해 오실 수도 있고, 혹시 제가 앓아누운 게 미심쩍어 오실 수도 있죠. 또 그분은 주인 나리가 삼천 루블이 든 봉투를 준비했다는 것을 알고 계십니다. 이것이 제일 겁난다 이 말씀입니다."

"헛소리 작작해! 드미트리 형은 돈을 강탈할 위인도 아니고, 아버지를 죽일 위인은 더더욱 못 돼. 형은 강도 짓을 하러 오진 않을 거라고."

"그분에게는 돈이 절실하게 필요합니다. 얼마나 절실한지 도련님은 모르시지요? 게다가 그분은 그 삼천 루블이 사실은 자기 돈이나 다름없다고 하신걸요."

스메르쟈코프는 지나치다 싶을 정도로 또박또박하게 설명했다. 이반은 온몸에 부르르 경련이 일었다. 그는 힘겹게 숨을 몰아쉬었다.

"이런 상황에 네놈은 나더러 체르마쉬냐에 가라고 권하는 거냐? 도대체 왜지? 내가 떠나면 이 집에서 어떤 일이 벌어질지 모르는데."

"바로 그 말씀입니다."

스메르쟈코프는 짐짓 사려 깊은 척하며 이반의 눈치를 살폈다.

"바로 그 말씀이라니?"

이반이 가까스로 화를 참으며 되물었다.

"도련님이 가엾어서 드리는 말씀입니다. 제가 도련님의 처지라면 당장 이곳을 떠나겠습니다. 이런 일을 지켜보고 있느니 차라리……."

스메르쟈코프는 이반의 번득이는 눈을 바라보며 대답했다. 두 사람은 잠깐 동안 아무 말이 없었다.

"너는 구제 불능의 백치에다 끔찍하리만큼 추잡한 놈이야!"

이반은 벤치에서 벌떡 일어나 쪽문으로 향했다. 그러다 걸음을 멈추고서 스메르쟈코프를 돌아보았다. 이반은 떨리는 입술을 꽉 깨물고 주먹을 불끈 쥐었다. 그대로 스메르쟈코프에게 달려들 기세였다. 상대방은 이미 그것을 눈치채고 몸을 뒤로 움찔 뺐다. 이반은 풀지 못한 의혹을 간직한 채 쪽문으로 향했다.

"나는 내일 모스크바로 간다. 그것도 내일 아침 일찍. 이게 전부야."

이반은 악에 받쳐 소리를 질렀다. 훗날 그는 자기가 무엇 때문에 스메르쟈코프에게 이런 말을 했는지 몹시 놀라워했다.

"그게 가장 좋은 방법이죠."

스메르쟈코프는 기다렸다는 듯 대꾸했다.

"여기서 모스크바에 있는 도련님한테 전보를 쳐서 오시라고 할 순 있겠지요. 행여 무슨 일이 생긴다면……."

이반은 걸음을 멈추고 몸을 홱 돌렸다. 뭐 더 말해 줄 건 없나 하는 듯한 시선으로 스메르쟈코프가 그를 바라보고 있었다.

"내가 체르마쉬냐에 간다고 못 부를 이유가 있느냐?"

이반이 엄청나게 큰 소리로 고함을 쳤다.

"체르마쉬냐에 계셔도 오시라고 할 수 있죠."

스메르쟈코프는 작게 웅얼거리며 이반의 눈을 똑바로 바라보았다.

"모스크바는 멀고 체르마쉬냐는 가까울 뿐이야. 네놈이 그렇게 체르마쉬냐 타령을 하는 이유는 대체 뭐냐? 여비를 아껴 주려는 거냐, 아니면 먼 길 떠나는 내가 안쓰럽기라도 한 거냐?"

"바로 그 말씀입니다."

스메르쟈코프는 이렇게 웅얼거리면서 능글맞게 웃었다. 여차하면 몸을 뒤로 빼기 위해 긴장하는 그를 보면서 이반은 미친 듯이 웃음을 터뜨렸다. 그리고 급히 쪽문 안으로 들어가 버렸다. 누군가 그의 얼굴을 봤다면, 즐거워서 웃는 것이 절대 아니라는 것을 금방 알아챘을 것이다.

이반은 집 안으로 들어서기가 무섭게 표도르 파블로비치와 마주쳤다. 그는 두 손을 내저으면서 소리쳤다.

"제 방으로 가는 길입니다. 아버지한테 가는 게 아니에요. 안

넝히 주무세요."

그는 아버지와 눈도 마주치지 않은 채 그냥 지나쳐 갔다. 이 순간 그에게 아버지가 너무도 증오스러웠기 때문이다. 그렇다고 해서 이렇게까지 적개심을 겉으로 드러내는 것은 표도르 파블로비치로서도 매우 뜻밖의 일이었다. 표도르 파블로비치는 제 방으로 올라가는 아들을 아니꼬운 시선으로 한참 동안 지켜보았다.

다음 날 아침, 이반은 일곱 시쯤 잠에서 깨어났다. 그는 잽싸게 일어나 옷을 입고 여행용 가방을 끌고 와 짐을 챙기기 시작했다. 어제 잠자리에 들 때만 해도 본인이 정말로 떠날 거라고는 생각하지 않았다. 더군다나 아침에 눈뜨기가 무섭게 여행용 가방부터 챙길 줄은 꿈에도 생각지 못했다. 그럼에도 불구하고, 그는 조금도 꾸물대지 않고 여행용 가방과 배낭을 모두 꾸렸다.

시곗바늘은 어느새 아홉 시를 가리키고 있었다. 아래층으로 내려온 이반은 아버지에게 생뚱맞을 정도로 다정스럽게 안부를 물었다. 그러더니 정작 아버지의 대답은 듣지도 않고, 한 시간 뒤에 모스크바로 떠날 테니 말을 불러 달라고 말했다.

표도르 파블로비치는 서운해 하기는커녕, 급하게 처리해야 할 자신의 일을 어떻게든 떠넘기려고 수선을 떨었다.

"이놈 하는 짓하곤! 어제만 해도 아무 말 없더니만……. 그래,

이러는 건 어떠냐? 선심 쓰는 셈 치고 늙은 아비 대신 체르마쉬냐에 들렀다 가는 건…… 볼로비야 역에서 조금만 더 가면 되는데."

"죄송하지만 안 되겠어요. 모스크바행 기차 시간에 맞추기도 빠듯해서요."

"모스크바엔 내일 가면 되잖니? 오늘은 체르마쉬냐에 들러 주려무나. 아비 소원을 들어주는 게 그리도 싫으냐?"

"시간이 없어요. 아버지가 절 좀 봐주세요."

그 후 얼마간 더 옥신각신하다가 이반이 한마디 했다.

"갈지 안 갈지, 가는 도중에 결정할게요."

"도중이라니? 그러니까 간다는 말이지? 급히 쪽지에다 몇 자 휘갈겨 주마. 일을 다 보거든 결과를 나한테 두 줄만 써서 신부한테 맡기렴. 그자가 금방 나한테 네 편지를 보내 줄 거야. 부탁하마!"

표도르 파블로비치 흥분을 감추지 못하며 쪽지에 무언가를 휘갈긴 다음 말을 준비시켰다.

드디어 이반은 여행용 마차에 올랐다.

"잘 가거라, 이반. 이 아비를 너무 욕하지는 말고!"

표도르 파블로비치가 마지막으로 소리쳤다. 스메르쟈코프, 마르파, 그리고리가 문밖으로 배웅하러 나왔다. 이반은 그들에게 십 루블씩을 주었다.

이반이 마차에 자리를 잡자, 스메르쟈코프가 양탄자를 바로 잡아 주려고 뛰어올랐다.

"봐라, 이렇게 체르마쉬냐로 가는구나."

이반의 입에서는 자기도 모르게 이런 말이 튀어나왔는데, 그는 훗날 이 장면도 자주 회상하곤 했다.

"사람들 말이 사실이었군요. 영리한 사람과는 얘기를 나누는 것이 더 흥미롭다더니!"

스메르쟈코프는 이반을 뚫어져라 쳐다보며 이렇게 중얼거렸다.

잠시 뒤, 여행용 마차는 엄청난 속도로 달리기 시작했다.

'영리한 사람과 얘기를 나누는 것이 왜 흥미롭다는 거야? 그놈은 무슨 말을 하려고 했던 걸까? 나는 또 뭣하러 그놈한테 체르마쉬냐에 간다고 한 걸까?'

마차는 쉬지 않고 달려서 볼로비야 역에 도착했다. 이반이 마차에서 내리자 마부들이 그를 에워쌌다. 그는 잠시 역사 안으로 들어가 주위를 둘러보고 밖으로 나왔다.

"체르마쉬냐에는 갈 필요 없네. 이보게들, 모스크바행 일곱 시기차를 타려는데 가능하겠나?"

"딱 맞게 갈걸요. 말을 맬까요?"

"얼른 매게나. 참, 자네들 중 내일 시내에 가는 사람 없나?"

"있습니다요, 미트리가 갈 겁니다."

"그래 미트리, 부탁 하나만 들어줄 수 있겠나? 우리 아버지 표도르 파블로비치 카라마조프의 집에 들러 내가 체르마쉬냐에 가지 않았다고 전해 주게. 그리고 차라도 한잔 사 마시게. 어차피 아버지한테는 땡전 한 닢 못 받을 테니까."

"여부가 있습니까요. 들르도록 합죠."

저녁 일곱 시, 이반은 모스크바행 기차에 올랐다.

'지난 일은 모두 다 안녕, 지난 세계와 영원토록 작별이다! 그 세계로부터 어떤 소식도 없기를. 옆도 뒤도 안 돌아보고 새로운 세계, 새로운 장소로 가는 거다!'

하지만 환희 대신 칠흑 같은 어둠이 이반의 영혼에 찾아들었다. 그는 이전에는 느껴 본 적 없는 크나큰 비애를 감지했다. 그는 밤새도록 곰곰 생각에 잠겼다. 기차는 영원히 멈추지 않을 듯 질주하다가 날이 밝을 때쯤 모스크바에 도착했다. 이반은 정신이 번쩍 들었다.

'나는 비겁한 놈이야!'

그는 속으로 되뇌었다.

표도르 파블로비치는 아들을 보내 놓고 아주 만족스러운 상태였다가 순식간에 기분이 엉망이 되고 말았다. 다름 아니라 스메르쟈코프가 지하 창고에 갔다가 계단에서 굴러떨어지는 사고가 터졌던 것이다.

마당에 있던 마르파가 비명 소리를 듣고 달려가 보니, 스메르 쟈코프는 지하 창고 바닥에서 입에 거품을 문 채 온몸을 빌빌 꼬면서 몸부림을 치고 있었다. 처음에는 팔이나 다리가 부러진 줄 알았지만, 다행히 별다른 외상은 없었다. 이웃 사람들의 도움을 받아 그는 그리고리와 마르파의 거처 옆 작은 방에 뉘어졌다.

그는 좀체 정신을 차리지 못했다. 발작이 멈추는가 싶다가 또다시 재발하곤 했다. 사람들은 그가 다락방에서 굴러떨어졌을 때와 똑같은 일이 일어나리라고 생각했다. 저녁때 의사 게르첸슈투베가 도착해 환자를 꼼꼼하게 진찰하고는 목숨이 위태로울 수도 있다고 했다. 일단 급한 처방은 하겠지만 별 소용이 없을지도 모른다는 것이었다.

저녁 무렵, 표도르 파블로비치에게 또 다른 근심거리가 생겼다. 사흘째 앓고 있던 그리고리의 허리가 완전히 마비됐기 때문이다. 표도르 파블로비치는 차 마시는 일을 일찍 끝내고 혼자 집 안에 틀어박혀 있었다. 두려움과 설렘이 수시로 교차했다. 오늘 아침 일찍 스메르쟈코프에게서 "그분이 꼭 오시겠다고 약속하셨습니다."라는 말을 들었던 것이다. 쿵쾅거리는 심장을 부여안고 텅 빈 방들을 자꾸만 서성이면서 무슨 소리가 들리는지 귀를 쫑긋 세웠다.

그녀가 창문을 두드리자마자(스메르쟈코프는 어떻게 두드려야 할지 그녀한테 전했노라고 벌써 사흘 전에 표도르 파블로비치에게 말했다.) 최대한 빨리 문을 열어야 했다. 어수선하기 짝이 없었지만, 표도르 파블로비치의 마음은 달콤한 기대로 한껏 부풀었다.

푸 른 숲
징 검 다 리
클 래 식
0 2 8

카라마조프 집안의 형제들 1

첫판 1쇄 펴낸날 2010년 11월 15일
7쇄 펴낸날 2023년 10월 10일

지은이 표도르 M. 도스토옙스키 **옮긴이** 서상범
발행인 김혜경 **편집인** 김수진
주니어 본부장 박창희
편집 강정윤 정예림 조승현
디자인 전윤정 김혜은
마케팅 최창호 임선주
경영지원국 안정숙
회계 임옥희 양여진 김주연

펴낸곳 (주)도서출판 푸른숲
출판등록 2003년 12월 17일 제2003-000032호
주소 경기도 파주시 심학산로 10, 우편번호 10881
전화 031) 955-9010 **팩스** 031) 955-9009
홈페이지 www.prunsoop.co.kr **인스타그램** @psoopjr
이메일 psoopjr@prunsoop.co.kr

ⓒ 푸른숲주니어, 2010
ISBN 978-89-7184-906-4 44890
      978-89-7184-464-9 (세트)